孔雀东南飞

严苏 / 著

花山文艺出版社

图书在版编目（CIP）数据

孔雀东南飞/严苏著. —石家庄 ： 花山文艺出版
社，2016.7（2022.1重印）
ISBN 978-7-5511-2886-5

Ⅰ．①孔… Ⅱ．①严… Ⅲ．①中篇小说－小说
集－中国－当代②短篇小说－小说集－中国－当代
Ⅳ．①I247.7

中国版本图书馆CIP数据核字（2016）第156393号

书　　名：**孔雀东南飞**
著　　者：严　苏

责任编辑：梁　瑛
责任校对：齐　欣
美术编辑：胡彤亮
出版发行：花山文艺出版社（邮政编码：050061）
　　　　　　（河北省石家庄市友谊北大街330号）
销售热线：0311-88643221/29/31/32/26
传　　真：0311-88643225
印　　刷：三河市华东印刷有限公司
经　　销：新华书店
开　　本：650×940　1/16
印　　张：17.75
字　　数：260千字
版　　次：2018年1月第1版
　　　　　　2022年1月第2次印刷
书　　号：ISBN 978-7-5511-2886-5
定　　价：56.00元

目 录

长在天上的庄稼

　　从起身到吃饭，这短短的几十分钟，儿子家像打仗一样紧张而又忙碌，待推开饭碗，先是孙子背书包去上学，紧跟着是儿子和儿媳去上班，一转眼，家里就剩下蒋老根和老伴两个人了。老两口你看我我望你，老眼对老眼，从厨房到卧房再到客厅，满屋子就他们两个人。蒋老根像一头困兽，抠挲着手在客厅里转圈圈，不一会儿，身上的热汗就从毛孔里往外冒。他把外衣的纽扣解开，面朝屋顶呼出一口浊气。

　　现在是星期一早晨七点整，新的一天刚刚开始，蒋老根琢磨他应该干点什么，要不这一双糙手都不知往哪里放。蒋老根的两只老眼在客厅里逗摸，客厅里各式物件大小有序，纤尘不染。蒋老根伸头瞅瞅，茶几的漆面能照出人影，跟走道里的穿衣镜差不多。蒋老根直起腰，往后退几步，手下意识地伸进口袋，从烟盒里抠出一支烟叼到嘴上，揿亮打火机刚要点又停下。蒋老根摇摇头，噗地一口把火苗吹灭。儿子蒋丰收听说吸烟有害健康，几年前就戒掉，眼下指甲盖上的烟黄已褪得干干净净。一个休息日，一家人坐在一块吃饭，儿媳桂林像似无意地说，今天看报，报上说间接吸烟比直接吸烟危害更大。蒋丰收听桂林说这话，怕父亲多心，赶紧把话往别处引。蒋老根不是木头人，桂林虽然没明着说，但话里的意思就跟秃子头上的虱子一样明摆着，他一听就懂一想即明。蒋老根一辈子没别的嗜好，就好这一口，烟瘾来了心里像猫抓似的痒痒，骨头软软酥酥的做啥都提不起精神。掰手指算算，他打十八岁开始抽烟，眼下七十岁，斩头去尾，烟龄已超过五十年。人生苦短，一辈子能活几个五十年？戒烟看来难喽，除非伸腿闭眼见阎王。革命靠自觉，做事看行动，桂林已说过那话，他要是倚老卖老，还一如既往无所顾忌地抽，那就是他的不是了。老要识时少要乖。打那天起，蒋老根就像个地下工作者，再不当着桂林的面抽烟，也不在客厅里抽，烟瘾来了，他就到阳台或者下楼去抽几口。蒋老根的烟瘾不是很大，早年一荷包烟叶抽一天；后来抽卷烟，先是一天一包，眼下两天一包。由此可见，他的烟量已经削减。

蒋老根叼着烟走上阳台，反手把客厅的玻璃门关死，让客厅与阳台成为两个世界，这才点火抽起来。蒋老根眯起眼睛深深地吸一口，让烟在肚子里转一圈，感觉浑身的每一个关节、每一块肌肉、每一个细胞都轻松了，才把烟从鼻孔里悠悠放出来。烟在阳台上立不住，刚出鼻孔就迫不及待地溜出去，眨眼之间就消失在蓝天里。

蒋老根抽着烟，眼睛却不闲着，他倚着阳台看蓝天。蒋老根身处的位置是这幢楼的顶层，不算阁楼应该是十六层。第一次从楼底往上看，他的帽子像刀削一般脱落了。现在他抬起老眼往上看，感觉自己站在半空里，腾云驾雾似的，离天很近。蒋老根看得头晕眼花，赶紧收回目光，闭一闭眼又打量楼下。楼下草坪一片碧绿，仿佛蓝天倒转过来。再看那些树木，一株一株跟盆景似的，矮趴趴地卧在那里；人更小，大人小孩分不清，走路慢慢吞吞不急不躁，甩着胳膊在赶路，走半天也没走出他的视野；那些汽车，往日神气活现，一踩油门，眨眼就跑得不见影子，眼下也老实下来，一辆辆甲壳虫似的慢慢爬行……

蒋老根看得兴致盎然，老伴走上阳台，想和蒋老根出去转悠转悠。老伴捶着膝关节说，再不走动，两条腿就废了。蒋老根心里犯难，犹豫半晌才问，果真下楼去？老伴态度坚决，说，待在家里跟坐牢一样，我一刻也不能待了。蒋老根又问，我们是走楼道还是坐电梯？老伴一听没立即回话。蒋老根和老伴坐电梯吃过亏。一次两个人下楼去，老伴图省力要坐电梯，蒋老根听她的，结果两个人关在里面半天出不来，要不是保洁员上楼做卫生，他俩不知要待多久。电梯真欺负人，别人伸手一按电钮，电梯的门就张开，然后轻轻合上，上行或者下去，噌噌噌跑得贼快，想停哪层停哪层。而到他们手里，就跟死猪一样，手指戳痛了也不见反应。有了那次教训，他们再出门就走楼道，老牛推磨似的跟着楼道转圈圈，左一层右一层，一下一上得个把钟头，累个半死。哎，累就累吧，总比闷在家里好受。过去听人说闲得骨头疼，那会儿他们不信，现在他们就是这感受。老伴这时说，还用问吗？走楼道。蒋老根一听赶紧把烟熄灭，烟头窝在手心里，准备到楼下去扔。

　　蒋老根是去年从农村到蒋丰收家里来的。早几年蒋丰收就动员他和母亲到城里来享老福，他一直犟着，说你小子吃灯草放轻屁，我和你妈拍屁股走人，这鸡啊狗的咋办，也带进城去？还有这几间老屋，关门上锁，长年不住人，缺少人气，朽得就快了。蒋丰收屋里屋外瞅望一遭，无关痛痒地说，朽就朽吧，我又不指望回来。蒋老根一听，肚子气得一鼓一鼓的，说你个臭小子，才离家几天，就要饭的背火炉穷烧。你别忘本，不是这老宅庇护，怕你连小命都难保！这话算是戳到蒋丰收的痛处。中学毕业后，蒋丰收一直想跳出农门，参加高考几年未中。蒋老根看他连遭打击，人瘦得跟豆芽菜似的，背驼了，眼睛也近视，一个大男人文弱得像个女人，担心他闹出啥闪失，就劝他说，小猪前拱小鸡后扒，人这一生该吃啥饭，在娘胎里就定论好的。蒋丰收闻后半晌无语，蒋老根当他思想转弯，不再一条道走到黑了，哪知他开口提要求，说再拼搏一年，考不上就彻底死心。蒋老根不好反对，话说回头，他也从心底巴望他能考上，为祖宗争脸。哪知复读一年，又名落孙山。蒋老根心里像针扎似的难过，但他脸上风平浪静，跟平常一样该干啥干啥。蒋丰收无颜面对父母，也不想在村里露面，他把自己关在屋里，母亲咋叫都不出门。老辈人说，人要是走运，跌个跟头都能捡个大元宝；要是背时，放个臭屁也砸脚后跟。蒋丰收就应验这话。那天他待在家里，下午时分，天突然黑下来，伸手难见五指，不一会儿刮起大风，风有十级，所到之处摧枯拉朽，墙倒瓦飞。大风刮了一袋烟工夫才停下，人们从惊恐中清醒过来，纷纷往回跑，进村一看满目疮痍，好多人家的房顶都没有了。蒋老根跑在人群中，跑着跑着两条腿像失去筋骨一样抬不起来。他跌坐在地上，只喊出一句我的丰收啊，人就晕了过去。苏醒后他躺在自家的木板床上，蒋丰收正捧着大碗给他喂水。他当自己在梦中，不相信地问，这是真的吗？丰收你没事吧？蒋丰收往前走一步，说，爸，你看我好好的，毫发未损。说后抬头看老屋，老屋岿然不动，与刮风前一样。蒋老根一边往起爬，一边说，无恙就好。他不敢想象，他家的屋顶要是像别人家那样被风掀去，丰收待在屋里，一块砖一片瓦飞到头上，后果会是什么样子。

这样的老屋，蒋老根咋舍得扔下？蒋丰收看劝不动父亲，也就不费口舌。

蒋老根同意进城是三年以后。事情来得有点突然，让蒋老根措手不及。那天吃过晚饭，老伴对蒋老根说她有点累，先上床歇息。蒋老根说，你一天不停手，就不知道劳逸结合，六十多的人还当自己十八呢。老伴反手捶腰说，你还有嘴说我，也不用镜子照一照自己，你要是歇下我会不歇？蒋老根一看这不是小鸭吃蛐蟮自己绕自己吗？赶紧刹住话题，说去去，睡觉去吧！老伴爬上床，面朝里躺下来。蒋老根忙活一天也有点累，拾掇拾掇，抽支烟也睡下。半夜时分，蒋老根突然醒来，感觉老伴身上凉凉的，开灯一看，她满脸汗水，面呈黄色，呼吸急促。蒋老根推她不动，叫她不醒。不好！蒋老根第一反应是老伴病了，十万火急，赶紧上医院。这就难了，他一个人去不了，找人帮忙，村里的青年都外出打工。他穿上衣服满村跑，最后找到吴老二做帮手。用平板车把老伴拉到乡医院，医生一看说是冠心病，这里治不好，得赶紧送大医院。打急救电话，个把时辰救护车才赶到，拉到城里医院抢救。还算及时，老伴的命保住了。通过这件事，蒋丰收旧话重提，蒋老根也借坡下驴松口同意。岁月无敌，毕竟年近古稀，蒋老根不敢犟了。

　　蒋丰收进城已经十多年，眼下是个彻头彻尾的城里人。回首往事，蒋丰收感慨万千，说早知今日，当初就不那么拼了，拼来拼去，还是没入大学的门。蒋老根纠正说，话可不能这么说，如果没有当初的拼搏，你也不会进城，也就不会有今天。还是那句话：小猪前拱小鸡后扒，生就的命定好的秤。蒋丰收不置可否地笑一笑，他琢磨一会儿，也找不出更具说服力的话来反驳父亲。

　　蒋丰收经历那场有惊无险的龙卷风，不敢在家里待，想出门走走。去哪里他没有细说。儿大不由娘，蒋老根也就随他去。其实蒋丰收也没地方去，也就是到几个背时的同学家串一串门，彼此哀叹相互安慰，两日后回来。就是这两日，让蒋丰收改写了人生，决定出今后的路。回家那天，蒋丰收郑重其事地对父母说，他要进城去。蒋老根听后惊得半天合不拢嘴，想儿子读书读傻了。进城去？这不是痴人说梦吗！城里无亲无故，他去了投靠谁？到哪里食宿？蒋丰收想要父母给他一个明确答复，没听他们回话，他把原话又复述一遍。蒋老根不能装聋作哑了，他先把烟点上，抽了一口才说，你说我听听，你进城去干啥？可惜你是个男人身，要不还能当个保姆。蒋老根说出这样的话，是他听别人说吴老二的大闺女进城给人家当保姆，每天带孩子、洗尿布，吃住不花钱，到月还有三百元进项。蒋老根说这话丝毫没有贬低儿子的意思，他巴望儿子好，但他不知道儿子心里想的啥。蒋丰收急着想出门，他对父亲说，我和几个同学进城去打工。那时还没有打工一说，蒋老根听不懂。蒋丰收解释说，打工和做工一个意思。弄明白，蒋老根也就未加阻挡。

也幸好未阻拦，要不蒋丰收今生只会在老土里刨食吃。

蒋丰收高中毕业，虽没考取大学，但毕竟经过几次高考锤炼，实打实地学了一些知识。就是这些知识让他在城里如鱼得水，他先做苦力，后干文秘，继而跳槽到外企，收入提高，还娶了同事的女儿。在城里安家得有房子，前几年他贷款买了一套，楼层是高了点，但有电梯，出入还算方便。

蒋老根走出门，听到老伴在后面砰的一声关上门，他回过头说，你掏口袋看看，忘带钥匙没有。老伴用力拉一拉门，确认关死了才说，马后炮，我要是忘带钥匙，你这会儿说还有啥用？蒋老根不满道，你早饭吃的枪药咋的？真是狗咬吕洞宾不识好人心。好好，下次出门我啥也不说，装哑巴！老伴说，哑巴好，耳不听心不烦！两个人你一言我一语，经过电梯进出口，眼皮都不抬就过去了。他们拐一个弯，来到楼梯口。楼道暗，蒋老根前进一步，伸手找开关，灯兀自亮了，把蒋老根吓得一跳。楼道的灯装的是感应开关，见人就亮，三十秒后自行关闭。

他们手扶楼梯开始下行，老伴在前，蒋老根在后。蒋老根看老伴行动缓慢，两步一级台阶，想助一臂之力。老伴甩手摆脱开，说你别狗拿耗子多管闲事，我又不是七老八十，走不动了。蒋老根一听，呵呵大笑，说你个老婆子，到这年龄还要强。你说我听听，你不是七老八十，难道是十八不成？老伴低头看路，本不想理睬的，最后没忍住，说，我不是打十八过来的？你敢说我嫁到蒋家就是今天这个年龄？蒋老根说，和你扯不清。我不说话了，我当哑巴！老伴得理不饶人，说你想得美，想当哑巴我偏不让你当！蒋老根心里发笑，说，我不开口，你拿棍子来撬我嘴巴？老伴说，费那劲干啥？你放心，我有的是办法。蒋老根信心十足地说，我等着，看你使啥鬼招数。

他们顺着楼道往下走，走了半天感觉还在原地，具体到了哪一层心里没个底数。老伴抬头看一眼，又低头看一眼，感觉被吊在半空中。她叹出一口长气，说我的妈呀，累死我了。说后，一屁股坐到台阶上。蒋老根说过要当哑巴的，这会儿他的嘴巴像上了封条，一个字也不说。

到儿子家来，蒋老根是做出奉献的。他们是头年进的城，到眼下还不满一年，但感觉比十年还长，真是度日如年，远不如在老家养鸡喂狗舒坦。蒋老根是身在曹营心在汉，他只要闭上眼睛，梦里全是乡下的人和事。乡里着实好哇，一村几百口人，和谁碰面都打招呼，亲热得跟一家人似的。谁家的小子结婚，或是闺女出嫁，一村人就到一块儿喝酒，不喝个歪歪扭扭就不下桌。那些婆娘，平时忙得脚打后脑勺，要是得空包一顿饺子，左邻右舍也跟着沾光，大人孩子都能品尝到。大老爷们更没说的，谁身上揣了好烟，见面就散，天女散花似的，散光了拉倒，没有小气的。农忙时节，哪家缺少人手，忙好的人家就去帮忙，从不谈钱，做完活喝顿老酒就行。看一看城里，同住一个楼道，碰面跟陌生人一样，眼皮都不抬。有人上门，也是先按门铃，主人听到门铃响，眯起眼睛对住猫眼瞅，认识的才开门，陌生人就隔着门说话。刚来那会，蒋老根看着不习惯，批评丰收怠慢人家。桂林插话说，城里人都这样，大家习以为常。她还对蒋老根说起发生在这幢楼里的一件事。她说有一户人家，男主人自我保护意识差，有陌生人敲门，他竟然开门接待。陌生人进门就散烟，男主人礼貌地拿出自己的烟回敬，两个人推让一番就抽上了。蒋老根说，做人就该这样，瞧人家多有人情味！说后得意地瞅丰收一眼。桂林见蒋老根不说话了又接着说，两个人坐在沙发上抽烟，一支烟刚抽去一半，男主人开始犯迷糊，不一会儿就睡着了，待清醒过来，陌生人早不见踪影。男主人几间屋里看了看，一看魂都吓飞了！你们猜怎么着？蒋老根听得汗毛倒竖，心里嗖嗖地往外冒冷气，他自言自语地说，知人知面不知心，那个陌生人肯定是孬货，那烟里有麻醉药。儿媳看一眼蒋老根，点头说，爸说得对！那人确是坏人，他偷了那户人家的钱不算，还顺手牵羊地拎走笔记本电脑。那户损失可大了，拨打110报案，公安来了先拍照，后做笔录，折腾半天，到现在也没听说破案。蒋老根听后，汗都吓下来了。乖乖，这城里还真不消停，眼瞅一个个穿得西装笔挺的，原来肚子里装的全是坏水呀！桂林看她的话起了效果，也就不多说。蒋老根不糊涂，知道桂林说这话的意思，她是醉翁之意不在酒哇。从那开始，他和老伴在家，不管谁叫门，他们都不理会。

老伴歇好了，起身拍去屁股上的灰尘，继续往下走。蒋老根跟在后面，像个保镖似的护着她。他们在楼道里一圈一圈地往下走，眼瞅快到底层，胜利就在眼前。老伴半晌没听蒋老根说话，心想老东西长记性了，看来不逗一逗他，今天还真的不肯开口说话呢。走到底层的最后一级台阶，老伴假装闪了腰，哎哟哎哟直叫唤。蒋老根不知有诈，一把拉紧她，问怎么啦老婆子？要紧吗？老伴见状扑哧笑了，说，怎么样，我说我有办法对付你吧？蒋老根见老伴是和他开玩笑，抹一把额头上的冷汗说，没什么就好，没什么就好。

出了楼道，眼前是一片绿草地。蒋老根想起扔烟头的事，一看手里是空的，烟头已不知去向，他回忆一下，估摸是刚才受到惊吓时丢掉的。

老伴在前面走，不见蒋老根跟上来，回头问他鬼鬼祟祟地干啥。蒋老根紧走几步，说我能干啥？我就是孙悟空也跳不出你的手掌心。老伴一听，笑出满脸菊花，说，嗯，这话我喜欢听。自老伴心脏出过问题，蒋老根事事顺着她，从不惹她生气。老伴住院时医生告诉他，这病不能生气，要保持心情舒畅。蒋老根一直记着医生的话。

　　他们到楼下来，也没别的事，就在小区的绿化带里走一会儿，甩甩胳膊踢踢腿，疏松一下筋骨。绿化带里全是卵石小路，走在上面脚底痒痒的，痒得钻心。开始走不习惯，日子长了感觉怪舒坦的。蒋丰收对他们说过，走卵石路好，多走走有益健康。蒋老根闹不明白，卵石路跟健康咋会牵扯到一块。蒋丰收解释说，脚底穴位多，卵石凹凸不平，起到按摩功效，跟针灸是一个道理。蒋老根听得似懂非懂。不过他抱定一条，老伴想走，他就陪她。

　　这是在城里，要是在农村，老哥们知道他们没事跑卵石路上瞎溜达，不把大牙笑掉才怪。还活动筋骨呢，这简直是脱裤子放屁——多此一举！有这闲工夫早跑到大田里，锄草挖地，割麦插秧，既干活又活动了身子——那可是搂草打兔子一举两得的美事。刚进城那会，蒋老根跟丰收说，他们不能总闲着，别的事插不上手，去菜场买菜还行。蒋丰收了解父母，知道他们忙碌了一辈子，乍闲下来不习惯，休息日那天就带他们去菜场。蒋老根和老伴跟着丰收，感觉城里的路挺好走，一式的柏油路，左拐一下右拐一下就到菜场，不像想象中的那么难找。事隔二日，家里的菜吃完了，蒋老根和老伴兴冲冲地出门去，顺着那天的路往前走，几个弯转下来就迷失了方向，菜场没找着，最后连回家的路也搞不清了。老两口一筹莫展，坐在马路牙子上长吁短叹，是好心的民警把他们送回小区。从那往后，蒋老根和老伴再不提买菜的事，下楼就在小区里转悠。

　　他们转到小花园，小花园里有秋千、滑梯、跷跷板。他们知道，这里是儿童玩的地方。距这里不远还有一个活动场所，那里有走路器、转轮，还有一些形状各异说不上名字的活动器具。早晚一些上了岁数的人都去那里，扭腰踢腿甩脖子，五花八门，看得人眼花缭乱。蒋老根和老伴站在远处看，从不过去。他们打农村来，人生地不熟，去了和人家说不上话。现在没人了，他们才过去，照着人家的样子，在那些器具上活动一下。老伴看蒋老根的样子滑稽，笑他说，我看你跟杀猪差不多。蒋老根一边活动一边说，不管杀猪杀羊，只要不闲着就好。一句话说到老伴的心窝里，她把衣袖捋上去，对蒋老根说，你看看，进城还不到一年，我胳膊上的肉跟鬼偷似的，眼见就松弛了。蒋老根深有感触，附和说，谁说不是呢？我眼下是有力没处使，骨头都闲出锈来了。老婆子，说出来不怕你笑话，我现在是越活越糊涂，连季节都搞不清楚。你看这小区里的树木花草，一年四季全一个色调，啥变化没有！老伴叹口气说，谁说不是呢？蒋老根向往地说，说一千道一万，还是老家好哇，春发芽、夏茂盛、秋成熟、冬枯死，四季分明。老伴听后沉默不语，半晌才说，我是脚踩西瓜皮，滑到哪里是哪里。老头子，你是为我才进城的，我拖累你了。言多必失。蒋老根知道自己说多了，他赶紧检讨说，我这人一辈子就这毛病。老婆子，你把我的话当耳旁风，别往心里去！老伴说，我不计较。说后两眼盯住绿草看，一看就有了主意。她高兴地说，老头子，我有办法啦，保管你往后有事做！蒋老根怀疑道，莫不是做梦吧？老婆子，你搞清楚没有，这是城里，要是在老家我就信你！老伴说，信不信由你。走，我们上楼去！

从这天开始，蒋老根和老伴真的忙碌起来。他们像燕子衔泥，似蚂蚁搬家，用塑料袋去楼下装土，然后一袋一袋地往楼上拎。心里装着事，日子就有了奔头，不注意一天就过去。他们饭量增了，睡觉也香了，人刚倒到床上，呼噜声跟着就响起。蒋丰收见父母这样，心里松出一口气，他对桂林说，我的心终于放下了。桂林也说，是的，他们终于适应了。

蒋老根和老伴坐电梯吃过一次苦头，他们一朝被蛇咬，自那以后见到电梯连看都不看。现在他们下楼运土，一下一上要个把小时，蒋老根嫌速度慢，要老伴在家歇着，他一个人干。老伴不乐意，冷脸说，嫌我拖后腿是吧？拿镜子照一照你那张老脸，看看自己是不是当年那个蒋老根！蒋老根呵呵一笑说，看你，把我好心当成驴肝肺。想做事还不容易？走，下楼去！说后蒋老根就出门，老伴紧跟在后，经过电梯进出口，两个人不约而同地停顿下来。蒋老根回过头，用征询的口吻问，我们再坐一次咋样？老伴默不作声。蒋老根不等回答，便自作主张地伸手一揿，电梯飞速上升，门上方的数字在不停变化。老伴没注意，她看电梯的门紧紧闭着，拉蒋老根一把，说别瞎猫等死老鼠了，赶快走吧！说着门哗的一声打开，两个人吓得后退一步。犹豫间门轻轻地合上了。蒋老根不知咋回事，又伸手揿一下。不多会儿，门又一次开了。蒋老根一步跨进去，伸手拔萝卜似的把老伴拉进去。电梯的门再次合上，他们屏气等待，电梯却不动。蒋老根心里紧张，嘴里却安慰老伴，说别怕，我来看看是咋回事。电梯里刻写着一排排数字，蒋老根和老伴跟蒋丰收坐过几次，他看到蒋丰收上来就揿那些数字，结果电梯就向他指定的楼层跑去。蒋老根照葫芦画瓢也在那一串数字上揿，不想电梯竟然动了，到他揿的那个数字上停顿下来。蒋老根似乎看出点门道，又揿一个数字，电梯又动，很快停在新的数字上。蒋老根摸到了窍门，高兴得哈哈大笑。这次他大胆地揿一下"1"，电梯果然停在一楼！蒋老根笑着走出电梯，他对老伴说，怎么样，瞅出门道没有？老伴捂着胸口说，乖乖，吓死我了！蒋老根豪迈地说，怕啥，天塌下来由我顶着！老伴嗔怪道，给鼻子上脸。想了想又说，看不出，你个老东西还挺聪明的。蒋老根见老伴佩服他，翘尾巴说，那当然，要不咱也生不出丰收这样的能干儿子！

　　坐电梯效率高，不到两天，他们就运了一堆土。蒋老根看差不多了，就不再下楼。楼顶的旮旯里堆着十多只花盆，估摸是丰收把花养死后扔在这里的。蒋老根把花盆拾掇出来，将里面的杂物清除掉，着手装新土，没有工具，他就用手扒。蒋老根做这事跟女人做面食似的，温情、娴熟。没用半天，他就把手里的活干好了。花盆整齐地放在一处，新土暄腾，在阳光下散发着浓郁的芳香。蒋老根和泥土打了几十年交道，他知道这一盆盆新土，只要播下种子就会发芽。蒋老根什么都想种，小麦、玉米、花生、大豆，还有青菜、萝卜、韭菜、辣椒……花盆有限，想大面积种植显然不可能，但有计划地种一点还是可行的。蒋老根想到种子，他打算瞅个合适的机会回农村去，自己家没有，到别的人家随便抓几把就能解决问题。老伴性子急，她说干脆明天就回。蒋老根笑说，不急不急，还没到播种季节。老伴说，霜降前种小麦，寒露都过了几天，你看是不是快啦？蒋老根伸出指头一掐算，乖乖，还真是迫在眉睫。他说，幸好你提醒，要不还误了时节呢！

想要的种子全有了。蒋老根挑选两只大点的花盆种小麦，转年春天又种下玉米、花生、豆子和几种蔬菜。一场春雨过后，小苗从泥土下探出毛茸茸的小脑袋，像胆小的孩子，东张西望探头探脑。楼层高，几天不下雨泥土就干，小苗像干渴的孩子舔着小嘴唇。蒋老根想给小苗水喝，看太阳当顶，怕冷热不均伤了小苗，他就撑开雨伞给小苗遮挡太阳。过了一会儿，他把冷水喝进嘴里，雾似的喷洒出来。小苗受到滋润，叶子绿油油的显得特别精神。蒋老根和老伴下楼次数明显减少，他们没事就在楼顶待着，看嫩苗生长。嫩苗一天一个样，麦苗已拔节，玉米苗昨天还两个叶，今天再看，已是三个叶了。蒋老根蹲下身子看一会儿，他把花盆举到眼前。老伴说，你当心，别摔坏了。蒋老根睨视老伴一眼，说你老鸦嘴，就不能说点好听的！老伴说，我是提醒你，以防万一。蒋老根不再生气，他对老伴说，我瞅这玉米苗就跟丰收小时候一样，不注意它就长高了。老伴感慨地说，谁说不是呢？丰收六个月学语，十个月学步，没多费心就长大了……蒋老根的注意力又转移到豆苗上，他一惊一乍地说，老婆子，你看这豆苗长得多快，再不搭架，它的小手就要攀住麦苗啦！老伴兴奋地说，老头子，我们有这些庄稼和蔬菜，不看日历，瞅瞅它们就知道是啥时节了。蒋老根点上烟，笑呵呵地说，有它们做伴，我再不会犯糊涂啦。

这天是星期天，蒋丰收和桂林在家休息，孙子也没上学。吃过早饭，蒋丰收见父母去楼顶，不知干啥，就上来看看，一看楼顶青枝绿叶一片葳蕤，十几只花盆摆放得错落有致，父亲用细树枝给豆苗搭架；母亲神情专注，用手指细心地梳理麦苗。蒋丰收心里一热，眼睛湿润了。他悄悄下楼，把桂林和儿子叫上来。一家三口屏声敛息，目不转睛地看着二位老人忙活。孙子耐不住，张开小手扑到蒋老根怀里，说，爷爷，楼顶真好看！他骨碌着眼睛好奇地问，爷爷，你种这些小草干啥呀？蒋老根心里咯噔一跳，他回过头用力挖一眼丰收，想批评几句又怕吓着孙子。他换一副表情，笑呵呵地说，乖孙啊，你先回答爷爷，你喜欢它们吗？孙子像在课堂里回答老师的提问，大声说，太喜欢啦！蒋老根把孙子放下来，指着花盆说，爷爷纠正一下，这些不是小草，而是庄稼和蔬菜，爷爷奶奶已和它们打了一辈子交道。孙子想象力很强，他问蒋老根，我们每天吃的就是它们吗？蒋老根高兴地说，爷爷再次纠正你，庄稼不好吃，要吃也要等成熟啊！说后，他拉着孙子，细说花盆里种的是什么，还把播种和收获的季节也告诉他。

王老五和他的黑牯

小满过后，天上的老日一日强似一日，毛辣子似的直刺人的眼，人站到晒场上，不多一会儿，皮肤跟着火一般，枯焦生痛。

王老五这两天很寂寞，形影相吊，屋里屋外就他自己，想说话都找不着人。往日可不是这样，王老五的家是老哥们的聚集点，上午下午从没断过人，抽烟、聊天、说笑，热闹着呢。从上几天开始，往日的老哥们，一个个像被野猫叼去似的，一天稀少一天，到前天，一个都不来了。王老五的耳朵灵光着呢，夜晚，只要村里的狗一叫，他就能分辨出是谁家的小子回来了，第二天那个老哥们就不来串门了。是呀，麦收在即，各家都在做开镰准备。

王老五的独生儿子王大贵也在南方打工，早几天给他打电话说今年麦收不回家，厂里事多，请不来假。王老五当儿子开玩笑，说大贵你不回家我没意见，但你必须叫麦子长脚跑回家，自个儿到粮仓里蹲着。王大贵说，爹，我说的是真话。你找人用收割机割吧，花不了几个钱的。王老五见儿子没开玩笑，气得鼻孔冒青烟，跺脚道，你小子讨饭的背火炉穷烧个啥！我告诉你，你若是把三亩好麦子糟蹋了，我端你的狗窝！王大贵说，爹呀，你端窝我也不回，我是真的走不开，秀丽也回不去。王老五对着电话喊，不光是麦子问题，麦收完了还要插秧你知道不知道？王大贵叹口长气，无奈地说，爹呀，请假老板要扣工钱，闹不好还会把我们炒鱿鱼。王老五命令道，炒鱿鱼也得回，没商量！可命令归命令，王大贵到底没回来。直到昨晚，王老五竖起耳朵听到半夜，村里的狗一声没叫，他这才死了心。王老五把烟锅里的灰在鞋底上磕干净，起身给棚里的黑牸添足草料，进屋倒头睡下。一夜没睡踏实，天亮时眼皮发沉。王老五没敢多睡，他一边下床一边嘀咕，我这是瞎猫等死老鼠，白白耽搁工夫。早知你小子不回来，我也不指望了！王老五走进牛棚，把黑牸脚下的粪便铲去，又抱来草料。黑牸的大嘴像切割机，王老五喂啥它吃啥，从来不挑拣。王老五背着手呆呆地看了一会儿，自己的早饭顾不上做，转身来到西屋，气呼呼地把平板车拖出来拾掇，轮胎打气，板上揳钉，轴承膏油。做好这个，又找出磨刀石霍霍磨锈镰。王老五磨刀在村里是出了名的，他磨的刀耐用，碰到硬物也不会卷刃豁牙，老伴在世时最爱用他磨的刀。王老五蹲在树荫下屁股一撅一撅地磨得起劲，脚下的锈水四处流淌，鞋子浸湿了也不挪窝。磨了一会，他从脚底抽出刀，将大拇指对着刀口搓动，有脆脆的声音传入耳际。王老五知道刀已磨好。王老五磨刀是备用。收割机是个铁家伙，转弯不灵活，收割时田边地角割不干净，这时镰刀就派上用场。

　　收割的事准备妥当，王老五没别的事做，这才生火做饭。人是铁饭是钢，麦收季节，他和黑牸得把肚子填饱，而且还要吃好喝足。

　　饭后，王老五把碗筷收起来洗刷，又将锅里剩下的饭用水兑温了给黑牸送过去。走出牛棚，看日头升起老高，赶紧锁门到村里去。眼下人变懒了，收割舍不得下力，都掏钱雇机器。要说机器收割也是快，几亩麦子个把时辰，就粮是粮草是草。王老五脚下走得急，他想抢早登记。收割按的是先来后到，去晚了自然就排到后面。

　　王老五和老伴一辈子就生大贵一个。那时还没有计划生育这一说，可他们愣没生出第二胎。一个也好，省心。不过眼下看，一个也未必省心。

　　老伴是五年前过世的，也不是啥要命的病，今天头疼明天肚痛，疼痛起来冷汗淋漓，昼夜哼哼，乡里县里的医生都看过，每次进医院，医生都开药，大包小包，中药西药都有。老伴看到药就皱眉头，说当饭吃了，药渣子堆成小山，这病就是不见好转，花多少冤枉钱，干脆死掉算了！王老五一听慌慌捂紧她的嘴，说好死不如赖活，不吉利的话不敢乱说，老天爷听得到呢。大贵那年二十三岁，刚到法定结婚年龄。有人出主意，建议大贵把媳妇娶回家，老伴的病就会不治而愈。王老五明白说话人的意思，乡里风俗叫冲喜。家里添新人口，病人见到新人心里高兴，病自然会去掉几分，久而久之，身上的病像抽丝一样就没有了。村里有的人家这么做过。既然如此，那就让大贵将喜事早一天办了。媳妇是定下了的，叫高秀丽，后圩人。高秀丽一家通情达理，乍听说要秀丽过门为婆婆冲喜，感到突兀，意见不一，但最后一家人还是统一思想，点头应允大贵家的要求。

　　结果冲喜没有成功，高秀丽过门不到半年，老伴还是恋恋不舍地走了。老伴走得安然，看不出痛苦。不过家人都挺悲伤，那些日子整个家庭都笼罩在痛失亲人的氛围里。几个月后，这个家庭迎来一个小生命——高秀丽为王家生了一个大胖小子。胖小子代表的是新的生机，新的希望。从胖小子降生那天起，王老五的家才有了欢声和笑语。从这个意义上说，王老五家冲喜还算成功。

　　王大贵自从有了胖小子，家庭责任感强了，他像个真正的男子汉主动挑起家庭重担，为爹分忧解愁。他看一家人守着几亩田地，日子虽说过得去，但遇着花钱的事就抓瞎。他跟爹和媳妇打声招呼，就跑到南方去打工。王大贵读过书，脑子灵悟性高，老板让他学车工，没过一个月，他就能独立操作，车出的零件跟师傅做的不相上下。老板看他是棵好苗子，有意培养他，半年后，他就当上了车间组长，管着车间里十几名工人。王大贵当了组长，收入比过去高得多，第一个月工钱发下来，王大贵一数比当工人时整整多出二百元。钱多了，王大贵的心气也高了，第二年就把高秀丽带出来。老板想留住人才，不等王大贵开口，就把他的媳妇安排在车间做学徒。王大贵看媳妇有了着落，带着感恩的心情，今年麦收他自然不好张口请假了。

王老五赶得巧，到村里没一会儿就登记上了。他拿上号头匆匆往回返，迎面撞上王德富。王德富常到王老五家聊天，他们是无话不说的老哥们儿。王德富见到王老五，立住脚问，老五兄弟，你家大贵几时回？我家两个小子都被我吆喝回来了。王老五一听，刚想张口说气话，一想家丑还是不外扬的好，于是忙转移话题，说我正打算去找你，没想在这里碰上，呵呵，巧了。

王德富往前凑凑，老脸贴饼子似的靠紧王老五，关切地问，啥要紧事，快说来听听，看我能否帮衬你一把？

王老五说，你当然能帮衬！要不我急着找你干啥？他见王德富不停地眨巴眼睛，估摸他心里不落底，怕大忙季节找他麻烦，忙用话宽他的心，说你我相处几十年，知根知底，你把心稳稳地放在肚子里，我王老五不会狮子大张口提无理要求的。

王德富听出端倪，心踏实下来，大方地说，看你说的，才两天不见就见外了不是？谁跟谁呀！你我同在土里刨食，谁没个难处。

话说得投机，王老五这才亮出自己的老底，他说，大贵这浑小子有几个臭钱就穷烧，前天打电话说不回家麦收，当时我没当回事，不想到今天还不见他两口子人影。王老五苦着老脸，两手往外一摊说，德富你说说，缺了胡屠夫，我王老五还能吃带毛猪不成？

王德富连连说，不能吃！不能吃！

王老五骂道，这个浑小子，翅膀硬了！

王德富知道王老五一个人过活有难处，他们是老哥们儿，他不想让王老五太难过。于是忙转移话题，说，老五你该知足呢，大贵是百里挑一的好小子！听我家两个小子说，大贵混得不赖，当组长了！

王老五一听，有点嗤之以鼻。他说，小组长，针鼻儿大点儿官，没啥了不起！

王德富说，你是门缝里瞅人！小组长咋了？管着十几个人不说，一个月还比他们多挣二百块。二百块少吗？你雇机器收麦用不清。告诉你，我家两个小子都眼馋死了！

王老五听着心里很是受用，但他考虑的是麦收大事。这日头明晃晃地照着，看来明天就得开镰，最迟后天，割晚了会有损失。王老五一辈子在土坷垃里刨食，他知道季节与土地的关系。老伴在世时他曾与她开玩笑，说庄稼熟了就跟女人怀胎一样，一天都不能耽误。瓜熟蒂落，两腿撇慢了伢就掉裤裆里了。

王德富眼瞅王老五脸色好看了，又把话扯回来。他开口问，你刚才说有事要我帮衬，赶紧说，我还急着去村里拿号呢。

王老五惊讶道，你家两个小子双双归来，你还要雇机器，是钱多花不了咋的？

王德富说，机器收割快，麦子收完小子们就走。昨天我细算了一下，还是你家大贵聪明，往家跑划不来。

王老五一听慌了神，伸手拉住王德富，说我打算用黑牯和你家换工，让两个小子帮我把秧插上。照你这么说，我的计划要泡汤啦？

王德富听后，心里一喜——他家的母牛怀犊，眼瞅着要生产，麦子收下紧跟着是耕田插秧。耕田可以雇用拖拉机，但平整水田需要用牛。王德富正琢磨向谁家借牛，不想王老五先一步提出来，他正好做个顺水人情。王老五家三亩田，耕耕插插也就两天。两个小子晚走两天少挣几个工钱，但换来黑牯使唤也亏不到哪里去。话又说回来，就是亏一点也无妨，一个村里住着，朝夕相见，算得那么清楚就显出小气了。

王老五见王德富迟迟不说话，当他不愿换工。王老五换工心切，他松开手，试探着说，你要是感到吃亏，我另外加工钱，算两个小子的误工损失……

王德富见王老五想岔了，呵呵笑着说，看你琐琐碎碎的像个老娘们儿。就照你说的办，我回头叫小子们把你的秧插上了再走。

换工的大事解决了，王老五心头的重石轰然落地，浑身一下子轻松起来。他拉上王德富往回走，要陪他去村里登记。王德富说，你忙你的，赶紧回家把准备工作做好。

王老五打开院门锁，听到动静，黑牸不停地拱栏，有意弄出很大响动。王老五边跑边说，别拱啦别拱啦！你这个坏东西当我闲得没事干是吧？把栏拱散了你就自由了是吧？黑牸仿佛听懂王老五的话，见他来了立马乖顺下来，把头靠在王老五身上，脚在原地不停走动，尾巴发出扑嗒扑嗒的甩动声。王老五抬手拍拍它，转身拿出好草料。黑牸见到好东西，低头大口吃起来。好草料是去年秋天收下的花生藤。花生藤有营养，里面有成串的瘪花生，牛吃着香。每年收下花生藤，王老五都将泥土抖干净，把杂草剔除出去，放在暴阳里晒干，然后用铡刀铡碎。王老五铡草像女人绣花一般用心。他看过牲畜饲养方面的书，书上说寸草铡三刀，不带料也上膘。他照书上说的做，把草铡得细细碎碎，在棚里储藏好。花生藤是上等草料，油水足有营养，农忙时牛出大力才拿出来。牛吃好草如同人吃好饭，吃了身上就添力量，干起活来也不累。黑牸不是天天能吃上好草料，王老五对它采取计划供给，合理分配，确保干重活时吃得上。

黑牸今年四岁，牛在这个年龄是青年，身上有着使不完的劲。

黑牸是老伴生病那年买的，当时还是小牛犊，跟羊一般大小，但卖家要价一千元，一口价。贵是贵了点，但王老五瞅上了，他看小牛犊毛如墨染，四蹄如碗，胸宽背厚，料想长大了一定是耕田好把式。王老五相信自己的眼光。他发现众多买家都青睐小牛犊，与卖家讨价还价，最后恋恋不舍地离开。走出不远又折回来，把手揣在兜里，两眼盯牢小牛犊，前后左右，左右前后不停地瞅望。王老五的心在嗓子眼里乱蹦跶，大气不敢出——他怕夜长梦多，有人提前下决心牵走小牛犊，于是一咬牙一跺脚，抢先一步买下了。

小牛犊牵回家，王老五把它当小子喂养，饥食嫩草渴喝温水，夏凉冬暖；还天天为它梳毛篦虱。小牛犊的毛油光水亮，有风吹来，毛发飘起，像风过水面，一波撵着一波，看着让人心生柔情。

小牛犊在王老五的呵护下，身子一天天粗壮起来。

老伴见了说，看你，把牛当人，大贵小时也没这福气。

王老五说，人畜同理，我把它当二小子喂养呢。

老伴说，你在取笑我。我这辈子对不起你，没为王家多生几个带把的。

王老五说，小牛犊也带把，它就是我二小子！王老五说的是笑话，说后回过头，见老伴倚门而立，眼里饱含泪水。王老五心里一抖，怪自己言语不慎。老伴身体不好，受不得刺激，医生告诫他要多说顺耳话。看来，自己爱说笑话这毛病还真的要改一改呢！王老五放下梳子，过来将老伴搀扶到床上去。

小牛犊确像个伢子，一会儿看不到王老五就叫唤，叫声揪人，像迷路的伢子找娘，声声含泪，字字带情，王老五听到，把手里的活放下，快步跑进牛棚。王老五下田劳动，怕小牛犊在家里想他，就用长绳拴上牵着，找一片好草让它在那里吃。小牛犊很乖，它低头啃草，隔一会儿抬头看看王老五，待嘴里的草吃完了又低下头啃。夕阳西沉，王老五要回家，小牛犊的肚子也圆了。他牵起牛绳，夕阳里一人一牛，悠悠然然，慢步行走。

　　小牛犊长到三岁时，王老五才让它下田干活。别人家的牛犊两岁时就学着干轻活，如拉车打场等等。王老五没有，他怕小牛犊干活早伤了身子。第一天干活，王老五教小牛犊耕田。耕田是重活。早晨，王老五将小牛犊喂得饱饱的，草料是花生藤，还烧了一锅稀饭让它喝。小牛犊的肚子吃得滚圆，看着像怀犊的母牛。牵到田头，王老五将农具套上，让大贵在前面牵着走。小牛犊善解人意，也非常乖，大贵牵一个来回它就学会耕田。第一天，王老五怕小牛犊累坏了，耕一会儿就站下来休息，晚上还用热毛巾敷在小牛犊的嫩肩上，让它活血祛痛。

　　在王老五看来，小牛犊还没长大。王德富家的母牛起性那天，王德富来找王老五，想借小牛犊一用。王老五说，牛犊还小，怕是不行，你去别人家看看。王德富听后哈哈大笑，说看你一把年纪，咋愈活愈糊涂了？小牛犊是牯牛，你看它两个蛋比鹅蛋还大，早成熟啦，不信叫它试试！就试了。那场面真是惊心动魄，羞得人不敢多看，王老五啥时想起都耳热心跳，血流加快。

　　王德富把母牛牵来了，小牛犊还没见着，就感到要发生什么事，在栏里骚动不安，不停走动，还哞哞直叫。待看到母牛，小牛犊鼻息加重，双眼圆睁，肚子下红嫩嫩地长出一截东西，身子拼力向母牛靠拢，鼻孔挣破了也不顾。王老五一见，满脸蹿火，羞得说不出话，慌慌解开绳子。小牛犊解放了，像斗士昂头起身，稳稳地跨到母牛身上……

　　这时王老五才承认，小牛犊长大了，是条牯牛了。打这天开始，王老五正式把小牛犊叫黑牯。

　　开镰那天，机手把收割机开到田里，不足两小时就把三亩麦子割下了。王老五看着粮是粮草是草，心里着实高兴。王德富见王老五一个人在忙活，忙叫两个小子过去，把麦子运到场上去晒。王老五想趁热打铁，从家里牵出黑牯，准备套犁耕田，走到田头变了主意，又改用拖拉机。王老五想让黑牯的力留着，明天放水整地，水里的活都靠它呢。太阳下山时，三亩田已耕好。看着新耕的土地，王老五想明天插秧是没问题了。一天忙碌下来，王老五感到身子骨酸酸的，走路两腿发飘。回到家他就生火做饭，想吃过饭就上床歇息。

推开饭碗，王老五走进牛棚给黑牯加足草料。往屋里来，听电话丁零零地直叫唤。王老五知道是大贵打的，抓起电话故意问是谁？大贵说，是我呀爹，你听不出吗？王老五拖着声音说，我累了，耳朵不灵光了。大贵一听着急起来，说爹你千万要注意身体，为几亩麦子累倒了划不来。王老五在电话里哼哼哈哈的，大贵又安慰两句，跟着向爹报告好消息，说高秀丽能单独操作了，按件计酬，一个月能挣一千块，加上他的，收入很可观。他说他有个宏伟计划，过两年在那边买个二手房，把家安下来，正经过一过城里人的日子。王老五听后不紧不慢地说，你打工挣钱，天经地义。你的根在农村，衣胞在屋后埋着，背井离乡的有啥好？大贵说，技术就是我的根，大男人四海为家。爹呀，我靠技术吃饭，城里需要我这样的农民工。到我有房子那一天，把爹接过来，让你离开那个穷地方……

听到这话王老五满肚子来气，他对着电话嚷嚷，你个浑小子说的啥话？没这穷地方能有你今天？看把你烧的！刚当个小组长就不知天高地厚，要是当了班长怕就摸不着回家的路了！儿不嫌母丑，狗不嫌家穷。你袋里才有几个钱，就要在南方买窝，想着离开这里？我告诉你，要走你走，你走你的阳关道，我一辈子就待在这，死不挪窝！大贵一听话不投机，赶紧撤退，说爹你累了赶紧歇着吧，我过几天再打电话回家。说着把电话挂上。王老五听电话里没有说话声，啪的一声放下话机，气哼哼地说，浑小子你别打了，我不爱听！

王老五说的是气话，但也是真心话。

　　王大贵有所不知，他爹这一辈人是不愿离开故土的。老话说，金窝银窝不如自己的穷窝。故土已渗透进他们的血脉，他们与故土须臾难离。王老五与土地，就像鱼和水，万物与阳光。一句话，土地就是他的衣食父母。离开故土，抛弃土地，王老五只要一息尚存，就不会做这丢家舍业的事。

　　王老五家原有七亩地，一家人衣食住行都靠它。前几年老伴过世，村里收回去两亩。王老五当时不想让收，说不是三十年不变吗，咋说话不算数了？村主任说你老伴不在了，还占地也不合理，活人还要吃饭呢。一句话堵得王老五哑口无言。去年大贵回家接他媳妇出去打工，他怕王老五把身体累垮了，背着他又丢掉两亩，待王老五知道，生米已做成熟饭——田已被村里划给别人。王老五当场警告王大贵，要他今后别再动那三亩田的心思，动了他将和他拼老命，不信就试试！王大贵显然被吓住了，连连说，我信！我信！

　　家里仅剩下三亩田，王老五采取套种的办法，高效合理地使用土地，麦子割了插水稻，水稻收了种麦子，让土地生机盎然，四季不歇。

　　在王德富两个小子的帮助下，不到两天，王老五家的秧就插好了。秧插好，夏忙也就结束了。

　　按约定，王老五家的黑牯明天就要到王德富家干活。从田里回来，王老五牵着黑牯悠悠慢走。黑牯这两天累了，走路明显没有往日欢。三亩水田不算多，关键是黑牯做事少，一年有大半时间在棚里闲着。人牛同理，一个人要是整天忙着，突然一天没活干了，那么他一定会坐立不安，浑身不爽，如果闲得时间长了，说不定身体还会出毛病。反过来要是整天闲着，突然干活，身体也会不适应。黑牯就是这样。回到家，王老五把黑牯在棚里拴好，忙不迭又送去饮水和好草料。黑牯先饮水，后吃草，肚子吃圆了便卧下来反刍。

王老五拍拍黑牤，说，好好歇着吧伙计，明天还有更重的活等着你做呢。说后到灶屋洗锅做饭。

王老五这两天也累得够呛，虽说他没有下水田插秧，但是跑前跑后地照顾人，也挺紧张的。吃过饭，王老五坐着不想动，一想夜里还要给黑牤喂草料，便起身拾掇。黑牤明天到王德富家干活，不吃饱肚子干活会伤身子的。王老五上床时提醒自己，夜里千万不能贪睡。哪知道怕事有事，他闭上眼睛一觉睡到天明。王老五醒来后来不及后悔，趿上鞋子慌慌往牛棚跑。黑牤正想吃东西，站在槽前，两眼望着棚外。王老五一边对黑牤检讨说对不起！对不起！一边捧上草料。黑牤刚吃几口，王德富来了。王老五赶紧跑出牛棚，把烟荷包拿出来。王德富两手摇成蒲扇，说没工夫抽哇，插秧要紧，两个小子急着走呢！王老五回头看看黑牤，再次把烟荷包递过去，说，抽一袋吧，让黑牤填饱肚子。王德富往前走，说黑牤到我家干活，该我喂才是。王老五拦下王德富，手指着牛槽说，分啥你的我的？黑牤吃的是我备下的好草料。王德富伸头一瞅，说，花生藤！这草料不孬，油水足。说着伸手接过烟荷包，真的抽烟等着。黑牤吃完槽里的草，王德富才解下牛绳，牵着走出牛棚。黑牤往外走，看王老五没跟着出来，便站下等候。王德富使劲吆喝，黑牤像定在地上一动不动。王德富没辙，举起鞭子抽打。王老五跑出来，从王德富手中夺下鞭子，说黑牤是等我呢，你等等，我和它一道去。王老五跑回里屋捧两捧黄豆装进衣兜，锁上门，抬脚往田里来。黑牤看王老五在前面走，不要吆喝，甩着尾巴，跟着王老五欢快地走。王德富跟在后面，笑着说，老五兄弟，看黑牤被你惯成啥样了！王老五头也不回，说，黑牤自小跟着我，认生呢！

到田里干活，王老五在田头蹲着，稍一离开，黑牤就东张西望，干活分心。王德富做事心切，举鞭抽打，王老五回来看到黑牤身上的鞭痕，心疼地对王德富说，你可不能真打，黑牤听话呢，你只要甩一甩鞭子它就下猛力！王德富看出黑牯离不开王老五，就说，你不想我打它，就请你在田头蹲着，让黑牯看到你。王老五赶紧说，中，中，我听你的！

天近中午，人疲牛乏。歇息之际，王老五到树丛里割来嫩草给黑牯吃。黑牯见到嫩草，舌头一伸，嫩草就跑到它嘴里去了。吃完嫩草，王老五又从兜里抓出黄豆，放在掌心里喂黑牯。王德富见了，心里一软说，老五兄弟，我对我那两个小子远不如你对黑牯亲……王老五听了头也不回，他说，小子是白眼狼！嫌贫爱富，见了钱比亲爹还亲！王德富听出王老五话中有话，再不多言。王德富和王老五一个村里同住几十年，闲时常到他家唠嗑，直到今天他才对王老五有比较深的了解。大贵带着他媳妇去南方打工，老五兄弟一个人在家孤单呀。黑牯是头畜牲，而老五兄弟显然把它当成伙伴。意识到这个，王德富就打算下午把黑牯还回去，家里的活，他再另想办法。

扭秧歌的老人

当老槐树的影子一寸一寸地把窗户蚕食掉，太阳就爬到了头顶上。

这个时候，德福就从屋子里蹒跚而出，先在院子里活动几下筋骨，待腿脚灵便了又继续往外走，在院门口那里停顿下来，打起眼罩往远处瞭望。村路上有几个火柴头大小的黑点点正一蹦一跳地往村里走。德福知道，今天老师没有拖堂，娃子们放学回家来了。一丝浅笑爬上德福的面颊，他从腰间抽出烟袋，身子一趄蹲在墙脚下，对着村路吧嗒吧嗒地吸起来。

德福的烟袋锅是空的，他抽烟是习惯动作。

两年前，德福生过一场重病。那病如同夏日的洪水来得凶猛，让德福防不胜防。犯病时，德福感觉胸口闷闷的，气管里像塞了一团棉花，堵得他透不过气来，老脸都憋紫了。老伴发现后急忙叫人，跑遍全村，也没找到一个能帮上忙的。后来多亏村东的马老汉提醒，叫老伴拨打120急救电话。老伴既紧张又害怕，身子抖得像筛糠，好半天才拨上号，不长时间一辆救命车就呜哇呜哇地开到大门口，车顶的绿灯像警灯一样闪烁，把全村的老人和娃子都惊动了。到县里的大医院检查后，医生告诉他犯的是肺气肿。德福喘息着问医生，你们不会搞错吧，我又不咳嗽，哪来的肺气肿？医生问，你抽烟吗？德福豪气冲天地说，抽！抽了六十年大叶子烟，身子骨硬朗着呢！我们村里的男人都好这一口！医生把片子拿过来，德福抬眼一看，我的娘呀，那片子乌黑一团，像阴云密布的天空，好像随时会有雷电暴雨袭来。医生指着片子对他说，赶紧戒掉，再抽病情会加重，到那时后悔就晚了！德福是明白人，他听出医生话里有话，从医院回来就着手戒烟。德福自控力极强，他对自己说，人是铁饭是钢，一顿不吃饿得慌——只听说不吃饭能饿死人，自小到大还没听说不抽烟憋死人的。但是不抽又难过，烟瘾上来，眼泪鼻涕哈欠不断，嘴里也寡淡，吃饭都没有胃口。最后德福琢磨出一个两全其美的办法——从那天起，他就抽起了空烟袋。

德福不懂科学，也不会养生，但他能听进别人的意见，不认死理。他明白人活着不全是为自己，也得换个位置，为他人想一想。儿子媳妇不在身边，自己要是有个三长两短，自己一辈子完了，老伴成了孤鬼，往后的日子可就难了。

几个娃子的身影愈来愈大，仔细瞅已能辨清他们的眉眼鼻子。德福瞅着瞅着咧开嘴巴乐了，他把烟袋从嘴里拿下，笑着骂，这几个不安分的东西，走路你推我搡的，从来没个正形。德福骂完了站起身，给娃子们一个提醒，告诉他们他已等在这里。走在前面的大胖看到了，撒腿就跑，后面的娃子也不甘落后，他们跑出百米冲刺一样的速度，眨眼就来到德福面前。大胖看几个人都到齐了，把书包扔到一旁，清理一下嗓子，张开嘴巴就唱起来：

> 老汉今年七十多，
> 胡子拖到胸膛窝，
> 人老胡老心未老，
> 人老还扭小秧歌。
> 咳嗓嗓，
> 笑呵呵，

咳嗦嗦，

笑呵呵，

一步一步向前挪啊，

一步一步向前挪啊，

人老还扭小秧歌！

　　第一句是大胖一个人唱，接下来几个人合唱，一边唱还一边表演，扭起秧歌来。几个娃子的声音清脆、响亮，像在课堂里唱歌一般，用劲吼，把吃奶的力气都使出来。但扭动的步伐却不齐，七零八落，像一群鸭子进入荒芜之地，左右摇摆、跌跌撞撞。一遍唱完了，又唱一遍。德福在边上呵呵大笑，脸上的笑纹宛若老槐树的皮，一棱一棱地凸起。第二遍刚唱完，德福举起烟袋杆，做出停止的手势。大胖是娃子头，他见德爷爷叫他们停唱，一个紧急刹车，把歌声关在喉咙深处。德福上前一步，给他们做示范，他手捧烟袋，弯腰弓背，从"老汉今年七十多"，一句句往下唱。德福不像娃子们那样用劲吼，而是轻轻地哼唱，声音低沉、浑厚。身子也扭动起来，走三步退两步，动作轻盈连贯，一气呵成，给人一种美的享受。扭完一遍，他问大胖，看清楚没有？大胖先是点头后又摇头，德福感到身上有点热，他脱下外衣，很有耐心地说，不急不急，心急喝不得热粥。注意看喽！说着又扭动起来……

　　德福今年七十三岁。这个年龄是个坎，上了岁数的人都忌讳说起。有人问德福的年龄，他要么瞒起一岁，要么虚加一岁，从不说实话。民间流传一句谚语：七十三八十四，阎王不请自己去。掰开手指数一数，打德福记事算起，村里的老人在这两个年龄上走掉的还真不少。自从前年生过那场病，德福的胆子变小了，他怕哪一天一口气上不来，腿一蹬就见了阎王。

　　村里人都说德福老两口是有福之人，儿子一家都在大城市里挣钞票，全家老小没一个吃闲饭的。德福深吸一口"烟"，往空中吐出一口长气，反驳人家说，话不能这样说，我和老伴一年到头挣不来一分钱，用钱全靠儿子和媳妇供给，不是吃闲饭是什么？那人说，你老两口看家护院，养鸡喂鸭，把家照应得好好的，让儿子媳妇安心打工，功劳不小哇，怎么能说是吃闲饭呢？这样一说，德福也就无话可说了。

　　德福和老伴生有一儿两女。两个闺女早就长大嫁人，成了别人家的媳妇。儿子排行老小，今年也过了四十。这小子早年响应号召，只生一个，德福和老伴说破嗓子，他就是不多生。这样全家加到一块也就是五口人。前几年老伴还能跟德福下田干活，锄田薅草，收麦插秧，啥重活都能干，跟年轻时没啥两样。一个雨天，老伴在沟边割草，跟鬼推似的，哧溜一下滑进沟底，把小腿跌骨折了。跌打损伤一百天，老伴在家躺了三个月，伤愈后那条腿落下残疾，走路不太灵便，田里的活是不敢再做了，房前屋后拾掇还行。德福对她要求不高，到这个岁数，能烧水做饭，把一日三餐忙到嘴里就成，田里的活计都由他一个人照料。德福也不比从前，重活是做不动了，像施肥、锄草、杀虫、收割等等，都是花钱雇人来做。前两年村里成立个服务队，头头由村主任兼任，只要你舍得掏票子，有事招呼一声，他能为你安排得有板有眼、井井有条。这都是钱起的作用啊！过去听人说有钱能使鬼推磨，现在看还真是不假。

　　德福的儿子叫小满。小满进城打工有年头了。

　　小满会木工，打得一手好家具，孙子读小学那年他就带媳妇满天下跑，一会儿县城，一会儿省城，几个月后又在另一个地方出现，像个游击队员，叫你吃不准他到底在哪里。德福是从小满给家里的汇款单上知道他的行踪的。最后小满终于在省城落下脚跟。德福早几年去过一次省城，是小满带他出去见世面的。小满的本意是留父亲在那里住一些日子，如果父亲能习惯他那里的生活，他就作下一步打算。下一步是什么？就是把母亲和儿子一道接出来，让儿子在城里的学校读书，接受好的教育。在城里生活那几天，小满要媳妇好好款待父亲，晚上回来他还陪父亲喝几杯小酒。挨过两天，第三天早晨，德福哑哑嘴说不能再待了，今天就得回家去。小满不死心，他劝说道，爹，再待几天吧，闷了就出门溜达溜达，街上很热闹的。德福说，金窝银窝，也不如自家的穷窝。他要小满今日不出工，立马送他去车站。小满知道父亲的脾气，他定下的事十头牤牛也拉不回。小满和媳妇对看一眼，二话没说就带父亲去车站候车。

计划落空。这也是意料之中的事，小满并没感到太失落。

德福后来再没去小满那里。他对老伴比画说，小满那里没啥好的，住屁大一点的地方，眉毛胡子一把抓，小锅连着床铺，空闲地方放一张饭桌，就这些。老伴闻后叹口气，心疼地说，在家千日好，出门一时难。你哪天跟小满说说，在外面感到憋屈了就回来，硬撑着干啥？不受那个罪！德福与老伴有所不知，小满和媳妇是租房子住，租大房子花钱多。城里不比农村，吃喝拉撒，没钱寸步难行。再说了，他们出门不是享受，而是挣钱的。

小满早年打家具，后来看搞室内装修挣钱快，就转行干起这个。小满爱钻研，同样的房子，经他的手做出来，总有与众不同的地方。在装修行业里，他声誉日隆，有口皆碑。好的口碑给他带来应接不暇的业务，常常是这一户还没做完，下一户已接上了头。媳妇叫他回村找个帮手，人多干活快，挣钱也多。小满不想把手艺教给外人，那一年儿子刚好初中毕业，他就把他接到身边学手艺。子承父业，这也是肥水不流外人田。

德福对此很有看法，他的意思是让孙子继续读书，多长些学问，弄好了考大学，将来做国家干部。小满也有不同见解，他对父亲说，小猪前拱，小鸡后扒，各有各的命。我才小学文化，照样在省城闯天下。书读多了未必是好事，耽误工夫不说，闹不好成了半吊子，文不能武不能，那可就糟了。

德福说不过小满，也就随他去。

中午，大胖他们放学那一段时光，村里鸡飞狗叫，听起来还有一点活气。待他们吃完饭背起书包去上学，村子就像死掉一般，静得掉下一根针都能听到。这段时光很适宜睡眠。院子里的鸡鸭猫狗都在树荫里睡了，圈里的猪、栏里的羊也睡了，还有庄稼和小草全部睡了。庄稼、小草呼出的是香气，那些活物们呼出的却是臭气，德福嗅觉灵敏，他用鼻子嗅一嗅就能分辨出来。

老伴也睡了，鼾声如雷，隔着老远就能听到。过去她从不午睡，家里家外忙个不歇，事情永远做不完。自从那年小腿骨折，伤了元气，人就像漏了气的旧轮胎鼓不起劲。从那往后，她的瞌睡就多起来，晚上推开饭碗就上床，第二天太阳爬得老高才起身，中午还要眯一觉，若是不眯，一个下午都提不起精神。人说人老觉少，她却反着来，变得人老觉多，好像要把从前几十年少睡的觉全部补回来。德福与老伴相反，他是睡多了浑身疼痛。德福骂自己是贱骨头，有福不会享。

下午这段时光，德福感到漫长、煎熬。他蹲在门口，口衔烟袋，眼瞅大胖他们从门前经过，一摇二摆地上学去。德福的两只老眼炯炯有神，像追光，一眨不眨地跟着他们，直至望不见。这时老伴的呼噜声赛跑似的从门洞里滚出来，一声高一声低，像拉大锯，把德福的耳朵都锯麻了。德福满心嫉妒，爬起身，拍去屁股上的尘土，踩着自己的影子往回走，嘴里嘀咕道，你这个老东西，闹地震咋的，当心把房顶给掀翻了！

往下直到太阳下山，德福不再出门。老伴在东房睡，他就圪蹴在西屋，手捧空烟袋，面容漠然地吸起来。德福一口一口地吸着

"烟"，头脑却像老牛拉磨转个不歇……

前几年，德福和老伴陀螺似的忙个不停，做完田里忙家里。家里的事也不少啊，天上飞着一群鸽子，圈里关着猪，栏里拴着羊，院子里还跑着一群小鸡小鸭。这些活物见了他们就像见了亲娘老子，叽叽嚷嚷跟他们要吃的。德福和老伴端着吃食在院子里穿梭往来，小鸡小鸭跟着他们跑进跑出，闹得他俩就像戏台上的旦角演员，碎步行走，害怕抬高脚踩伤它们。安顿好这些，这才生火做饭。

细算起来，德福家在村上有数不清的第一。儿子小满是第一个外出打工挣钱的；也是第一个买回手扶拖拉机，耕田、拉车不用牛；也是第一个翻盖房屋……

回想拖拉机买回家那天，真叫露脸哪，全村人都跑来瞅稀罕。小满也能显摆，把拖拉机发动着了，一拉油门，拖拉机放出一股浓烟，一溜烟跑动起来。有几个皮娃子跟在后面追，小满踩下刹车，叫他们坐到车斗里，去镇上兜风。一顿饭工夫回来了，再看那几个皮娃子，一个个醉鬼似的站立不稳，刚走几步就张开嘴巴哇哇地呕吐起来，把他们的爹娘吓得不轻。小满嘎嘎大笑，连说没问题，是晕车，往后多坐几次就没事啦。有了这台拖拉机，小满一门心思在城里挣钱，大忙时节才回来，把拖拉机开进田里，收割运输，省老鼻子劲。

翻盖老屋更是风光。

德福家的老屋是祖上留下的，砖头包门、包窗，早年在村里数第一。买回拖拉机第二年，小满又开始买砖买瓦买木材，准备好这些，又从外面请来瓦工，择个吉日，炸一挂千头鞭炮，然后乒乒乓乓地开始破土动工。老屋被推倒了，在原址上建新房。新房有多大，德福心里没数，看放出的线，德福吃惊不小，乖乖，赶上老屋两个大！德福把小满拉到一旁，问线是不是放错了。小满说没错，就这尺寸！德福还是不放心，提醒说，跟镇上的办公用房差不多大小，是不是有点大了，叫人家说闲话。小满扑哧一笑，牛皮哄哄地说，有啥好说的？我看不要几年，全村人都得照这个样子盖！真被小满说着了，都几年过去了，还有人跑这里看样式，量尺寸。

小满一不做二不休，把院墙拉上，地坪做上，真的是屋子宽敞，院子敞亮，村里人有事无事就过来串门。德福好客，让老伴每天烧一锅开水，来人渴了，自己拿碗舀着喝。用心观察，到德福家串门的人，像被猫叼去似的日渐稀少，每天来的都是老人和娃子。在村里，小满是第一个吃螃蟹的人。受其影响，村里的青壮年一个个都出去了。有几户挺牛的，责任田也不种了，把地抛荒长草。说来也是，眼下粮食便宜，花钱花工夫侍候，还不如买划算。各算各的账，多数人家还是种的，像小满一样，收获时回来。现在乡村两级不再征收费用了，忙活几天，收多收少都是净赚。

农村闲时多，青壮年都不在家，村里也就少了阳气。心眼不正的人钻上这个空子，跑村里来行骗，推销假货。德福就吃过一次亏。主要是骗子的嘴巴会说，能把方的说成圆的，死的吹成活的，由不得你不信。好了，假货接受下来了，骗子说使用一个月能让老伴的腿变好，跟骨折前一样，轻活重活都能干。德福一听笑了，上苍有眼，真乃天无绝人之路啊！他手沾唾沫，把大票子刷刷地数出来。一手交钱，一手拿货。打开包装一看，盒子里是一堆烂铁，回头找人，人家揣上票子，大摇大摆地扬长而去。德福急得跳脚，大声叫喊，你快回来！人家理也不理。话说回来，人家就是不走，你把全村的老汉都吆喝出来，也奈何不了人家。这全是小满邮回家的血汗钱哪，德福与老伴心痛得直掉泪。小满回家德福和老伴啥话没说，说了那是揭自个儿的疮疤。还有更惨的，村东的马老汉，跟陌生人说了几句话，就成了人家手中的木偶，听从指挥，回到家翻箱倒柜，把藏在箱底的一沓真钱拿出来，换回一沓假币，还喜滋滋的，像讨了天大的便宜似的。晚饭后清醒过来，拿钱对住灯光一看，都是假钱。知道上当后，马老汉不吃不喝，连死的心都有了，他的老伴两眼熬成了兔子眼，盯了几天，才从阎王手里夺回一条老命。

吃一堑长一智，后来再有陌生人来村里，老人们都装着耳聋眼花，不予理睬。苍蝇专叮有缝的蛋，骗子看无从下手，也就不来了。

娃子缺少管教，多数是好的，也有个别走了歪道，有学不上，净干些偷鸡摸狗的坏事。爷爷奶奶有心管教，小子们口是心非两面三刀，当面回答得好，出门后照样我行我素，该干啥还干啥。娃子们仿佛小树苗，幼时好育，大了就麻烦了。

世上的钱永远挣不完，爹娘老子有两个，儿女只有一个，外出挣钱的人不知想没想过这个问题……

晚饭后到睡觉前这段时光，德福是最快乐的。若是无月，德福就把电灯拉出来，把院子照得如同白昼。老人看到光亮，就会过来串门。大胖正在写作业，听到路上有脚步声，心就飞了，笔下快起来，字写得龙飞凤舞，跟前面好像不是一个人所写。大胖自己也看不下去，想撕了重写，又怕耽误时间，心急火燎地正不知如何是好，几个小伙伴跑来找他，说大胖哥，我们走吧，德爷爷家的天都被电灯照亮了，好戏早就开场啦！大胖突然改变主意，决定不撕了，他对伙伴们说，快了，还有一题！写完最后一个字，大胖把笔一扔，几个人撒开脚刮风似的向德爷爷家奔去。

大胖他们赶到时，德福家已经热闹起来，几个老人跟着德福，一边唱，一边扭——

老汉今年七十多，
胡子拖到胸膛窝，
人老胡老心未老，
人老还扭小秧歌。

咳嗓嗓，

笑呵呵，

咳嗓嗓，

笑呵呵，

一步一步向前挪啊，

一步一步向前挪啊，

人老还扭小秧歌！

……

老人的歌声沙哑、低沉，很有韵味，好像从大地深处发出的，听起来令人振奋。大胖他们在边上目不转睛地看着，当一曲唱完时，他与几个小伙伴跟在后面，和着节奏，也边唱边扭起来。中午那会儿德福对大胖他们进行过指导和示范，这会儿就好多了，德福回头看一眼，脸上露出满意的笑容。德福喜爱捋胡子。德福留的是八字胡，每天他要捋上无数遍，捋得多了，胡子就往上翘，跟阿凡提似的，很好看。

大胖扭得得心应手，他感到自己的舞姿娴熟得与德爷爷不相上下，再也挑不出毛病了。扭着扭着，胆子大起来，他走出队列，与德爷爷走成一排。德福是老人的头，大胖是娃子的头，两个头头一高一矮，一老一小，但他们的动作一致，像一个模子脱出来一样。大胖仰起脸看德爷爷，心里充满自豪与得意，感觉与德爷爷可以平起平坐了。德福侧脸看大胖，看到大胖脸上有骄傲之色，他忙里偷闲，伸手轻轻刮一下大胖的小鼻子，羞他说，小烧包，翘尾巴了是吧？大胖被德爷爷看破心思，脸腾地红了，再不敢和德爷爷比高低了。

德福扭出一身热汗，他把长衫脱下扔到一旁，专心致志地扭，直扭得骨头轻松，浑身通畅。德福知道，今夜一定睡得好，一觉到天亮，怕是连梦都不会有……

进 宅

进宅即为搬迁、乔迁之意。

——题记

把最后一道砖缝勾上，家就彻底建好了。华二一阵风似的颠进屋，拿出一盒烟，拆开包装，给瓦工们每人敬了一支，还屁颠屁颠地用打火机给人家点上火。腊月小气，一见华二散烟就像用刀割她身上的肉，疼得脸上一揪一揪的。华二有意不看她，抹搭两眼，按着自己的心意做。腊月这人啥都好，就是怕花钱，钱对她来说比啥都重，刀刃上的钱也想省。开工前，她和瓦工头把话摊在桌面上，说白开水你们放开肚皮喝，别的我啥都不管。华二想谈归谈，做归做，小猪还不吃昧心食呢，吃了好食就噌噌地往身子长肉。结果咋样？人家投桃报李，工程比预计提前了四五天。说起来，庄户人的时间不当钱使，农闲时，那时间跟河水一样哗哗地流淌，看着也不心疼。但眼下不同，这是盖房造屋，对家庭对人生都是大事。工程早一天完成，可以腾出手做其他事。看这家里乱的，里外都要拾掇。华二在家里从没做过主，大小事都是腊月说了算。在盖房这件事上，华二硬头做一回主，没想到却做对了。华二此刻的心情真是好啊，好得就像新屋里刚做的水泥地坪，光趟、轩豁、熨帖。啥叫日子？啥叫脸面？他眼前的四合院就是啊！说句心里话，从开工那天炸响那挂千头鞭起，华二就在盼望着这一天。

瓦工们在和腊月结算工钱。华二担心腊月斤斤计较，鸡蛋里面挑骨头，找碴儿扣人家工钱。不想她还信守承诺，没要人家多费口舌，就按说好的价付了款。瓦工们领了工钱，拎上家伙满意地散去。送走瓦工，华二没像往日那样忙着拾掇东西，而是倒背双手，迈开八字步，绕着院墙转悠起来，样子就像打了胜仗的将军。腊月里外忙活，把有用的东西挪进院里，又着手码放用剩下的砖头。忙了一会儿，不见华二。抬头看，见他像个闲人似的转圈圈，冷着脸没好气地说："你老驴推磨样地转悠啥，眼见天黑了，那些要紧东西不往回拾掇，是留给小偷偷咋的！"

在腊月的记忆里，她的话华二从来都当圣旨，她就是说错了华二也是错照错办，从来不反对。眼下华二心里在琢磨一件大事，腊月的话他是听到的，他抬头瞅瞅天光，想待会儿拾掇还不晚。于是他顺着自己的思路继续琢磨，经过腊月身边也没停下。

华二的反常举动腊月一时还不能接受，她想叫华二长点记性，不然还反了天了。腊月把手里的砖头丢下，立起身，等华二再次经过她身边时，闪电式出手，一把揪住华二的耳朵，一边拧一边说："叫你耳背，叫你充大头，把我的话当耳旁风！"

华二痛得龇牙咧嘴，满嘴咝咝吸冷气，他双手抱住腊月的手，歪着脑袋说："腊月、腊月你快松手哇，我的耳朵被你拧掉啦！"

腊月看华二痛成这样，心里真是痛快呀。她嘲讽道："瞧你这熊样，哪里像个男人！痛啥呢，难道比女人生娃子还痛？"说后又狠狠地用了一把劲。

华二痛得像抹了脖子的公鸡直蹦跳，他尖声号叫："我的妈呀，疼死人啦！"腊月松开手继续码砖，华二苦着脸往地下一蹲，撅面似的抓住耳朵搓揉。

华二偷眼看腊月，想她出手这么狠，是和他秋后算总账呢。华二是水牛吃大枣自个儿心里有数，他知道腊月早就想叫他吃点皮肉苦的，一直碍于瓦工在这里，她没办法下手。这不，眼瞅着瓦工离开了，她就等不及了，找碴儿打击报复。华二把问题琢磨透就起身去拾掇东西，他怕耽搁久了，腊月打冷枪再颠过来揪他。腊月性子急，惹恼她，她啥事都敢做。

腊月对华二说话很少和风细雨，动辄揪耳朵，对此，华二非但不觉委屈窝囊，相反还感激她。华二清楚，这个家要是没有腊月，他的日子一定像做饭忘了放盐，寡淡无味。腊月常骂华二的一句话是吃屎都抢不到热乎的。华二想腊月真会骂，这话乍听瘆人，不太入耳，但仔细咂摸，还是有点道理的。

华二性子绵，又缺少主见，跟算盘珠子一样不拨拉不知道动。这种性格的人如果没个掌舵的，一辈子也过不上体面日子。

上点岁数的人都清楚，腊月不是华二明媒正娶，而是用自己的妹子换来的。换亲那天，村里的小伙子颠去瞅热闹，看到鲜嫩水灵的腊月，无不摇头叹息，跺脚说全村几百口人，没一个赛过腊月的。华二是懒牛吃鲜草，癞蛤蟆睡天鹅！可惜呀，一朵鲜花插到狗屎上去了。

腊月天生的美人坯子，头发黑黑，皮肤白嫩，田里的活没少干，可就是晒不黑；腰身细细，臀部圆溜，走路一扭一扭，风摆杨柳一般，一点不像干重活人的样子。美人心气高，也爱做美梦。腊月的美梦披红挂绿，五彩斑斓，可就是没想到会换给华二这样的人做女人。华二与她的梦相差十万八千里，有天壤之别。相亲那天，她见到华二，心一下冷得像冰坨，咬咬牙真想一头撞死算了。后来她改变主意并同意这桩亲事，说白了为的是她哥。腊月算了一笔账：如果她图省心，一头撞死，那么华二的妹子就不会嫁给她哥。那样一来，她哥就鸡飞蛋打，下半辈子只有打光棍。而华二却皮毛无伤——他的妹子还在，有妹子就不愁换不回女人。思前想后，腊月心一横，当机立断：为她哥，她豁出去了。腊月想透彻了，人活好活赖，咋活都是一辈子，咬咬牙就挺过去了。

结婚那天，腊月至今记忆犹新。

说起来华二还是有点自知之明的。那晚闹新房的人离去后，腊月感觉空气也跟随而去，新房变成了真空。腊月心跳如鼓，像缺氧的鱼，张开嘴巴大口大口地呼吸。新房里一阵窸窸窣窣，如鼠觅食。腊月双手抱肩，打摆子似的抖个不停。前几天娘跟她耳语过，说既然出嫁了，结婚那天就要顺从男人，男人干啥都不能反抗。娘的话腊月懂，但她还是反问一句，说难道男人杀人放火也不反抗？娘嗔怪道，傻丫头，新婚里男人咋会杀人放火？欢喜还来不及呢。娘说的是圆房的事。腊月一听，嫩脸羞得像红布。同样的话题腊月早听姐妹们说过，姐妹们的话说得更直露，她们说新婚的男人就是馋嘴猫癞皮狗，眼瞅闹房的人离开去就猴急地往你身上骑。这时你可要由着他，反抗了是要吃大亏的。有冒失鬼问，吃啥大亏？那个结过婚的姐妹说，傻丫头，疼呗，撕心扯肺地疼！

窸窣声在继续，腊月知道是华二弄出的，但她不知他在干啥。腊月想不出华二下一步会有啥动作，她拿不准华二若要圆房，她是顺从还是拒绝。顺从，她一时还不能接受；拒绝，她又怕像姐妹们说的要吃大亏。她进退两难。谢天谢地，不一会儿，那窸窣声消失了。腊月的胆子渐渐大起来。她平静一下，慢慢抬头，目光像涨潮似的一寸一寸往上移——她看到华二已上床睡下了。腊月心里一阵轻松。过了一会儿，她听到华二发出轻微的鼾声，确信他睡着了，也合上眼，直到公鸡叫了头遍，她才轻轻地挪到床边，和衣在另一头躺下。

一夜无事。二夜无事。腊月发现，华二不但不敢碰她，而且连正视她的勇气也没有。他们就这么相安无事地过了一个月。满月回到娘家，那些小姐妹过来串门，追问她蜜月里的事，腊月说她啥事没有，华二还没碰过她。姐妹们不信，说咋会呢？新婚里的男人跟饿狗一样，老也吃不饱的。想想又说，华二那个一定不行，要不他是不会放过你的。听了这话，腊月也糊涂了，她闹不清华二那个到底是行还是不行。在娘家过了几天，华二来接她。回去那晚，腊月打破僵局——她的本意是想摸清华二的实底儿。原来华二是行的。华二胆小如鼠，做那事跟做贼一般，比腊月还紧张。腊月见他哆哆嗦嗦，半天找不着地方，就想帮助他一把，待睁开眼见他跟死狗一样地趴在身上，就没了兴趣。腊月闭上眼睛，心想他紧张好，他紧张说明他心里有愧呀。

女人身上有两件宝物，一是乳，二是臀。腊月这两件宝物原本就大，结了婚跟吹气一般又往大里长，走起路来前山后丘，在衣服里面乱晃悠，羞得腊月都不敢走大步。村里的男人看到，目光就生了蒺藜，碰上了就不肯挪开。有经验的男人私下里议论，说长这宝物的女人那块田肥沃着呢，播下种就发芽，生出来都是长枪带棒的。不成想腊月的肚子挺了两回，两回生的都是丫头。有经验的男人发一声长叹，摇头说，生丫头不怪腊月，是华二撒了瘪种，被腊月的肥田沃土淹蔫了。

回过头想想，好日子也好，赖日子也罢，都是同样过。好像眨巴眼的工夫，两个丫头就长大成人了。

两个丫头是华二和腊月的福星。不是两个丫头，他们到死也活不到人前去。

两个丫头，大的叫大丫，小的叫二丫。大丫十八岁那年，腊月不愿她在土坷垃里刨食吃，就叫她进城打工，见见世面，有合巧的就在城里安家落户。大丫听说要进城打工，既喜欢又害怕。喜的是离开农村，从此不再和粪土打交道；怕的是没出过远门，到城里受人欺负。听说城里的男人个个坏，专门糟蹋打工女。腊月说："别听人家瞎说。城里的男人是人不是狼，还能吃了你？"听了腊月这话，大丫的胆子就大了，她丢下锄头，追问腊月出门的日子。

腊月说："看你猴急的，待我安排妥当再走。"

华二见腊月安排大丫进城打工，有意见但不敢明说。腊月有所察觉，待大丫离开去没好气地说："瞧你这德性，自己做一辈子缩头乌龟，人前说不出一句囫囵话。大丫大了，总不能叫她跟你一样，窝窝囊囊地活一辈子吧！"

华二豁出去了，他想腊月你今天就是把我骂死，将我的耳朵揪掉，我也要把丑话说在先，免得到时候投河上吊都来不及。华二的喉结上下滑动几下，说："后……后庄的二美……"

不等华二说完，腊月猛地啐一口唾沫，说："狗嘴里吐不出象牙，快闭上你的乌鸦嘴！"

后庄的二美去年拎只小包进城打工，走半道被人贩子盯上。二美松懈警惕，被人贩子的糖衣炮弹打中，结果被拐卖了，眼下是活不见人，死不见尸，至今下落不明。二美妈整天眼泪巴嚓，两眼肿得像烂桃。村里上了岁数的人非但不同情，还在背后瞎议论，说二美没命过好日子，命中只有八分米，走遍天下不满升。

腊月骂过华二，但冷静下来一想，觉得华二提醒的也有道理——丫头不比小子，出远门总叫人提心吊胆。腊月瞅一眼华二，放缓语气说："你放宽心，大丫走了我送她。"

华二看腊月转变态度，又提醒一句，说："听打工的回来讲，城里乱得很，丫头容易走歪道。"

腊月说："脚正不怕鞋子歪。"想想又说，"大丫大了，叫她自己把持住分寸。"

听腊月口气，华二知道事情已妥当，他想改变也是徒劳，于是点点头说："我听你的。"

　　说句心里话，叫大丫进城打工，腊月也是迫不得已。从电视上看广播里听，城里着实不是好地方，花里胡哨的东西跟粪缸里的蛆虫一样多。近墨者黑，多本分的人时间一长也会学坏的。实事求是说，眼下城里也没啥好工打，有好工也被那些下岗工人再就业了，剩下的就是浴室的按摩女，饭店的洗盘工。那些按摩女是干啥的，腊月心里一清二楚。不过腊月心里有底儿——大丫进城不会做这个。腊月大舅的女儿，也就是她表妹，大学毕业分在省城工作，前年成的家。过年时听大舅说表妹快要生产了，生产后想找个人哄娃儿。说者无心，听者有意，腊月当时就跟大舅说："舅啊，肥水不流外人田，大丫满十八了，手脚勤快着呢，你看合适不？"大舅是看着大丫长大的，知道大丫手脚勤快，人也讨喜，当场就点了头。从大舅的态度看，大丫进城是木板上钉钉子——铁定的。腊月嘴巴紧，回家一直没向华二透露，华二至今不知这事。

　　大丫出门那天，腊月紧紧跟着，一直把她送到表妹家。本来想到那就返回的，表妹挽留，她就住了一宿。

　　表妹待大丫挺好的，她们一到，表妹就找她不穿的衣服给大丫。腊月想推辞，看表妹是真心，就让大丫收下。大丫一下子得到这么多好衣服，喜爱得合不拢嘴，一件件比画，件件都合身。大丫高兴，腊月也高兴，她拉着表妹的手说："小妹呀，大丫在你这里，有啥不周到的地方尽管批评！"她看一眼衣服又说，"工钱就别考虑了，再多的钱也买不来这些衣服。"

　　表妹说："放心吧姐，大丫是你的娃也是我的娃，做姑的会让她满意的。"听了表妹的话，腊月的眼睛都潮了。

　　大丫在城里带了两年娃。这两年，大丫足不出户，少风吹日晒，皮肤变得润泽白嫩，细如凝脂，比表姑还受看。她举手投足模仿表姑，端庄娴静，温文尔雅，给人成熟稳重之感。第三年，表姑把娃子送进托儿所。大丫闲下无事，表姑托关系让她进幼儿园当了保育员。大丫干了半年，嫌工钱少，背着表姑辞了工作。辞工后，大丫不敢跟表姑说，就自己找事做。大丫如同一株杨柳，适应能力极强，只要有土，剪一枝插下去就能生根发芽，枝繁叶茂。

几经变换，最后大丫找到一份日进斗金的工作。大丫很满意自己的选择。不久，她就搬出表姑家，自己租房子住。半年后，她回了一趟家，返城时把二丫也带了出来。

从这时起，华二才渐渐引起村人注目。

这天和平时一样。初冬的太阳很好，照在身上暖暖的，像明媚的春阳。这时节，田地开始冬眠。吃了早饭，腊月闲下无事，拎上包就去赶集。腊月走后，华二形影相吊，屋里屋外转悠，后来看太阳高起来，就抄手圪蹴在门口。门前的大树去年被伐倒卖了，门前光秃秃的，太阳照下来无遮无拦，满地阳光。华二感觉很舒服，圪蹴没一会儿，眼皮就开始打架。华二张开嘴巴打了一个长长的哈欠，他闭起眼，没一会儿就睡着了。华二打了一声呼噜，自己把自己吓醒了。他睁开眼睛，看到乡邮员站在跟前。华二当是梦，揉揉眼又看，真的是乡邮员。乡邮员见他醒了，探身问："你是华二同志？"华二仰起脸反问："我是同志？"乡邮员认定他就是华二，于是撑好车子，从挎包里取出一张单子，说有人给他汇款，叫他拿戳子。自打出了娘胎，华二从没用过戳子。乡邮员眼瞅华二挠头抓瞎，就拿出印泥叫他按手印。华二半信半疑地把事情做了，待乡邮员离开后，才低头看单子。一看吓了一跳，心像长了翅膀一般一家伙飞到喉咙口，堵得他气都不好喘。他又看了一眼，汇单上写着：一千元整！我的妈呀，这哪里是钱哟，分明就是树叶呀！

打这开始，十天半月，乡邮员就要来一回，来了就叫华二按手印。

钱是大丫二丫邮来的。邮钱华二当然高兴，不过他心里也结满疙瘩，他不明白俩丫头哪里来的钱。

　　乡邮员来的次数多了，自然也引起村人注意。华二听到风声，有人造他谣言，有鼻子有眼地说大丫二丫在城里当小姐，在浴室里为大老爷们搞按摩。华二这辈子没少遭人议论，他是死猪不怕开水烫，人家说啥他都不在乎。可眼下情况有些不同，人家说的是他的丫头，而且又是那种话。华二心痛难忍，感觉人家是用铁钩子抓他的心。

　　华二和腊月商量，想进城看看，看俩丫头到底做的啥，若真的当按摩小姐，就把她们领回来。腊月也听到议论。她说是她把大丫送进城的，解铃还须系铃人，要去还是她去，必要时还可以求助表妹。华二建议说："你去可以，但不要麻烦表妹，满城风雨的。"腊月细一琢磨，感到华二说的对。腊月出门那天，华二拿出一张纸条塞给她，说："找不到也不怕，可以到这里去守候。"腊月问："这是啥地方？"华二说："是她们汇款的地方。"

　　腊月进过一次城，这回去是轻车熟路，没费周折就到了市中心。时间是下午两点，正是城里人上班的高峰期。腊月顾不上吃午饭，站在路边不眨眼地看，她想要是看到大丫二丫那才巧呢，那样她就把她俩叫过来，顺当的话当晚就能到家。看了一会儿，两眼都花了，也没瞅见一个熟人。路人渐渐地稀少，腊月回过身，想找家饭店吃点东西。早晨吃得少，这会肚子饿得咕咕乱叫。

　　街上都是大饭店，明晃晃的，腊月伸头看看，吓得脚都不敢往里迈。她顺着一条小巷找，看到一家小吃店，要了一碗兰州拉面。面条油光水亮，但吃时又没了胃口。早晨出门时，腊月信心十足，心想母子连心，她一定能找到她们。刚才在路边看了一会儿，现在她连一点把握也没有。城里不比乡下。乡下找人，站村口可嗓子一叫，人就出来了。来城里找人，就如同大海捞针，希望渺茫。腊月心里空落落的，不知走出这家小吃店，她的两脚该往哪里去。

腊月无所适从时，自然而然就想到表妹，她想表妹毕竟是自家姐妹，说啥也不会笑话她。但真的求助表妹，腊月又有点大姑娘讨饭抹不开脸。大丫是不听从表妹安排，自作主张，表妹不定还生着她的气呢。罢罢，别疤瘌眼照镜子自找难看了，还是不去吧。

腊月在大街上漫无目的地走，天色渐晚。路过一家发廊，透过玻璃，腊月看到一群丫头在里面耍闹。她想看看有没有大丫二丫，就推开门走进去。抬眼一看，惊骇得险些叫出声——丫头们的上衣真是小哟，小得连奶子都裹不住，肚子上的嫩肉也裸露着，脐眼儿井似的凹下去；下身的裙子一拃长，短得只能遮住羞……这样的装束在乡下要被骂死，而丫头们并不害臊，有男人来就蝶儿恋花似的扑上去。大丫二丫是干这个的吗？腊月不敢想了，她退出来，逃也似的离开了。

腊月在城里待了两天，这两天她马不停蹄，最终一无所获。腊月拿出华二给她的纸片，又去纸片上写的地方守候一天，最终还是一无所获。腊月无望，知道再待下去也是徒劳，只会瞎花钱，于是去车站打票回家去。

腊月在路上就想好说词，进村遇见人，她做出一副轻松的样子，告诉人家她找着大丫二丫了，她俩好着呢，做的全是体面事。人家问是干啥的，那高的工钱，像秋天的落叶一样往家飞？腊月说是中外合资单位，人家外国人出手大方，工钱开得高。那人嘴上说好哇好哇，心里却说你骗鬼去吧，外国人开的是印刷厂吧？专印中国钞票！

腊月的话村人不信，但华二相信。腊月告诉华二大丫二丫没干按摩，华二一听心里的石头轰然落地，他自言自语地说，好丫头哇，你大（爸）这就放心了哇！说后又急切地问腊月："丫头咋样，胖了还是瘦了？"

腊月含糊其辞地说："还那样。"

华二没听出腊月在应付他，也没瞅腊月的脸色，紧跟着又追问一句："丫头想家不？啥时回来？"

腊月不想再忍，几天里憋在心里的气像开锅似的呼呼往外涌，她脸上挂冰带霜地说："瞧你这熊样，想丫头自个儿进城去！"

华二不知他错在哪里，遭到抢白，老老实实地待到一边去。

往后的日子很沉闷，腊月的脸从早到晚阴着，把华二当作出气筒。华二处处躲着，像一条讨嫌的老狗夹着尾巴，尽可能不在她眼前晃悠。

日子很慢，华二感到度日如年。腊月二十四送灶这天，大清早有喜鹊在屋后的树上叫，华二想喜鹊叫喜事到，莫非丫头要回家过年了？

上午，华二看腊月还不提上街购物的事，斗胆对她说："眼瞅过年了，家里冷冷清清的，你看是不是上街买一点好吃的？"

腊月乜斜着眼睛，嘴角挂着讥讽，说："你缺吃还是少穿？都这把年纪了还巴望过年？"

华二小声嘀咕："不是我吃。大过年的，你得给大丫二丫准备点吃的吧？"

腊月没好气地说："做大头梦吧！你当丫头会回来？"

华二肯定说："准回！早晨我听到喜鹊叫唤的。"

腊月想了想说："回了再说。"

中午吃饭时，华二听村里的狗叫成一片，心里一喜，忙丢下碗跑出门去看——果然是大丫二丫回来了！华二高兴哟，回屋告诉腊月，腊月出来一看，脸立马晴了。

大丫二丫回来，家才像个家。一家人欢欢喜喜地吃完饭，腊月叫大丫二丫好好歇息，她上街去买年货。大丫心疼腊月，跟着去了。

她俩走后，华二一步不离二丫，见啥问啥。谈话中，华二说起腊月进城的事，问二丫陪没陪腊月看风景。二丫吃惊道："我妈进城了？她去干啥了？"华二说："还能干啥，想你们了，去看看呗！"说后感到不对头，于是装着很随便的样子问二丫："你没见到你妈？"二丫摇头说："没有哇。"华二又问："你姐见了吗？"二丫肯定地说："也没有，她见了会告诉我的。"至此华二才明白，腊月上次去省城，压根儿就没见到大丫二丫，难怪她的脸一直阴着，像谁欠了她的钱不还似的。

　　在华二的记忆里，这个年是他一生中最愉快也最长脸的一次。大丫二丫自从省城回来，村里的小姐妹们瞅空子就颠来拉呱儿，问东问西，一脸的羡慕。华二一生没被人稀罕过，今天他的两个丫头被人稀罕了，他感觉就像是自己被人稀罕了一样。这是华二高兴的事，但也有叫华二挠头的。丫头在城里长了见识，眼界高了，心也大了，对家里就有了看不惯的地方。首先对华二和腊月的穿着打扮提出看法，叫他们穿衣要注意色彩搭配，不要邋邋拉挂，逮住啥穿啥。华二是破罐子破摔，把丫头的话当成耳旁风；腊月则不然，丫头的话她句句铭记，而且还任其摆布。还别说，照着丫头说的做，同样的衣服穿到身上，效果真的不一样，看着也顺眼；其次是房子。这是华二住了大半辈子的地方，也是她们两个出生和生长的地方，出去才几年（二丫还不到一年），回来就看不顺眼了，提出要重建。乖乖，这建房可不是舌头乱打滚——说着玩的。人生两件大事，一是讨老婆，第二就是造屋。这两件大事都不是好弄的。老话说，造屋十年穷。要华二说，造屋一辈子穷！

　　还是大丫有气派，她站在院心里，想也不想，用手一比画，说："要建就建四合院，叫村里人眼红！"

　　二丫在一旁附和说："姐说的对，叫村里人眼红！"

华二一听，浑身直冒虚汗，小声问："钱呢？"

大丫眼都不眨，说："我回去就给你邮来！"

华二喉结乱动，话都不会说了。

腊月看出大丫不是说着玩的，回头往门外瞅瞅，一把将大丫扯进屋，压低声音说："小祖宗，你嚷嚷啥，怕人家不知你有钱咋的！"

大丫往外挣，想摆脱腊月："妈就喜欢把肥肉藏在碗底，做事遮遮掩掩，不光明。"见腊月还不松手，又说，"人家城里人把面子看得比啥都重，有粉就往脸上擦。我和小妹一不偷、二不抢，怕啥呀！"

二丫在后面帮腔说："就是！我们挣的是血汗钱。"

血汗钱？血汗钱会有这么高？那票子是你们自个儿印的？腊月第一次对她们钱的来路产生了怀疑。

上次进城，腊月就是想看看她俩到底干的啥，回来好给村人一个说法。后来虽然没找到她们，但目的还是达到了——今天看，那是她一厢情愿，也是自欺欺人。

过了年初二，两个丫头就待不住，拾掇拾掇走了。华二恋恋不舍，要她们过了十五再走。大丫说："不敢歇了，再歇老板要扣钱了。"二丫说得干脆："我和姐歇下去，你和妈拿啥盖四合院呀？"华二就无话说了。

两个丫头走了没几天，就给家里汇来两万元。接到汇单那天，华二脚下像踩了弹簧，走路摇摇晃晃，他嘴里不停嘀咕："这钱，这钱……"腊月一言不发，脸上也不见喜色。

不管华二腊月怎么想，盖四合院的钱是有了。有钱好办事，于是华二和腊月开始备材料。砖、瓦、钢筋、水泥、木材。华二忘不了他和腊月热火朝天地备材料，村人看他们的目光，那目光谁见了都想钻地缝。别人家建房造屋，村人都会去看稀奇，表示一下友好，而华二家造屋，而且是四合院，从开工起就无人来瞅。华二家位处村中央，门前有一条宽宽的村道，华二留意，村人路过门前时，一律偏着脸不往这边瞅。腊月不在跟前，华二会叫一声，还会敬一支烟过去，那人不得不放慢脚步，敷衍说造屋啊！华二紧跟两步，讨好地说是啊是啊。说完这话，那人已走远了。

村人的态度出现转变，是在四合院显现出轮廓之后。盖四合院，在村里华二是第一家，而且用的全部是砖瓦水泥。村人被这气势震慑住了，再经过门前，非但不偏过脸去，而是转过身来细瞅，脚也不自觉地停下来。华二心中的计划就是这时萌发的。这个计划如一粒良种，经过心灵沃土的孕育、滋润，眼下已钻出土层，舒枝展叶，吐露芬芳。

华二把院外的东西全部挪进院里，又帮助腊月码砖，做好了才说出心里的计划。腊月疑惑道："人家会来吗？我看你是剃头挑子一头热。"华二看腊月没反对，把握十足地说："只要你同意摆进宅酒宴，我保证他们会来。"

腊月没说话，她站起身，也像华二那样绕着院墙转圈圈。华二看出，腊月是同意了。果然，刚转了一圈，腊月就停下来，她对华二说："摆吧，摆十桌！"华二匡算一下，十桌满够。

事情定下来，他们又忙活起来。这天一早，华二和腊月一人推一辆独轮车去赶集，遇见村人就说去买菜呢，明天是黄道吉日，房子盖好了，要进宅呢。他们这么说，意思是给村人吹风，明天来吃酒。

转过天，华二家一片喜气，华二感觉比他成亲那天还要热闹。厨师在院心用油布拉一顶凉棚，棚下搭一眼大灶，灶旁用木板铺出一个平台，摆上家伙就忙活起来。腊月怕人手不够，请了几个姑娘小伙。姑娘们洗菜帮厨，小伙子去村里借圆桌找长凳。太阳还没到头顶，冷菜酒水就上了桌。请来记账的小伙在门前放一张方桌，单等来客收礼记账。

各样事井井有条，忙而不乱。

太阳慢慢移到头顶，影子直直地垂在脚下，家里还没一个客人来。腊月几次出门，她不停地往两边看，村路上静悄悄的，连个人影都没有。腊月浑身飘飘的，有一种虚脱感。她很后悔，责怪自己头脑发热，听了华二的话。覆水难收，事已至此，她不知今天该如何收场。

菜都在案上放着，厨师在灶前坐着，等客人一到就动手炒……

腊月像热锅上的蚂蚁，还得伪装成胸有成竹的样子。华二不见影子，他可能看出大事不妙，怕腊月当着厨师的面给他难堪，干脆来个脚底抹油，一走了之。

厨师又点起一支烟。腊月看出，厨师早就不耐烦了，几口就将烟吸去半截。厨师满眼都是怀疑，不时盯视腊月一眼。腊月心里歉歉的，她不敢出现在厨师面前。太阳移过头顶，腊月又一次走出门。她手搭凉棚往两边看。腊月当自己眼花了，忙用衣角揉揉又看，村路上涌满了人！腊月看出，村人是约好来她家喝进宅酒的！腊月激动得泪都下来了，她叫记账的小伙子赶紧撤掉方桌，说不收礼金了。吩咐完就转回院里，朗声对厨师说："师傅炒菜，客人来了！"

夕 景

　　白天的时光，福仁老人几乎都是在院前这棵老树的浓荫下度过的。今天与往日一样，吃了早饭他就拎起马扎往树下来。这只马扎在他腚下坐了多少年，他自己也记不清楚，反正布面已经锃亮，那帆布早就失了本色。在树荫里稳妥地摆放好马扎，往下坐时，福仁怕屁股落空，用手在身后将马扎抓牢，直到屁股坐稳才缩回。

　　这棵伞形老树长在村路边上，和院子相距大约二三十步，具体多少步，他还不能一口说死。别看他每天往往返返的，闭上眼也能摸到，但是越是熟悉的事越容易忽略，就像有人突兀地问他高寿他不能立即作答一样。不过今几明几他能张口就来，农历和日历无二。村人见此感到不可理解，奇怪世上竟有人不记年龄而单记日月的。福仁老人自然有着自己的理论：年龄有儿子儿媳为你记着，你还费那心思干啥？当然这并不是说人老了就不该记事，譬如这日月还是不能忘的，要不人活着就和圈内的猪、栏里的牛没啥区别了。人一旦活成牲畜，离大限也就不远了。

　　准确说，今天是七月六日，农历闰五月十三。这一天在村人的眼里并没有什么特殊的地方，无非是昨日的继续，新一天劳作的开始。而在福仁的眼里，这一天则具有经典的意义，多日前他就在盼着这一天。可以说已逝的日子都是在他的指头上一天天数过去的。

真煎熬人啊！福仁抬手揉揉眼窝。此刻他换一个坐姿，把腰直起来倚到老树上。这样他正好面对村路，路上有啥动静，抬抬眼便能瞅个一清二楚。

福仁的老伴过世得早，按说，他已鳏寡多年，早该不是这个心情的。年轻时想婆娘也没到这个份上，老了倒清静不了了，心里常有蚁走的感觉，想到七月六日这一天，心就要扑腾扑腾地狂蹦几下，弄得连呼吸都不那么顺畅。

村路上啥动静也没有，福仁知道时间还早，这会儿最多也就六七点钟。往日这会儿他还在床上磨蹭呢。一个人过活，他早就没了脾性。每日三餐，若不是小黑盯住他叫唤，他不定会变成两餐甚至一餐。人一旦上了年纪，肚里的机器就老了，稍稍吃点东西，半天都不觉饿。

每天清晨，村里只要一有响动，福仁便醒来。这时天刚蒙蒙亮，福仁知道村人这是趁早凉下田去呢。今年收成不好，进入六月，天就破了，整天哗哗啦啦的，收麦时也没有停歇，村人恁是在雨当子里将麦子抢收回来。不用说，产量是减了。夏季受了损失，秋季得弥补上，要不一年的日子都惶惶的不好过。别看各户都有些老底，存粮也不少，但要是回过头啃老本，说什么心里都不踏实。

醒了并不着急起来，睡又睡不着。别看身下是席梦思，用手压一压还忽悠忽悠地往下沉，可睡久了身子骨照样痛。福仁本不是懒人，但他起来也没啥事，还不如就这么躺着。他一般要躺到六七点钟，村里静静谧谧的没啥响动了才起来。不起也不中，小黑在床前又蹦又跳的，耐不住了，就会蹿到床上催他，还把他身上盖的毛巾被拱下去。福仁看小黑煎熬等不及的样子，有意和它逗，佯装睡着了。小黑静不了一会儿就会发现福仁是在骗它，于是就用毛茸茸的脑袋拱他的脸。福仁被逗笑了，一边拍着小黑的脸，一边往起爬。小黑看福仁真的起来了，就跳下床欢快地到厨房等着。这一刻福仁的心里最为受用，心情也无比舒畅。他被幸福淹没了，日子似乎又回到了从前。这时他就会把小黑当成儿子，或孙子小宝。他们爷儿俩小的时候都一个德性，最禁不住饿，说声吃饭恨不能饭一下子就吃到嘴里。福仁知道，娃子小，肚子里的机器都是新的，要吃时不吃，机器就会受损伤呢。于是福仁啥事也不顾，直扑厨房，急火火地把饭忙出来，又盛出放到风口里冷着，这才接着先前的事情做。

到底上了岁数，福仁虽已做出努力，手脚还是没有年轻时利索。好在现在的饭好做，现成的东西，全在厨房里搁着，熬粥、泡方便面都可以。这全看小黑，它要追得不紧，熬两碗香粥也不要多少时辰；它若等不及了，就泡方便面。这小东西嘴可刁呢，陈饭还不吃，碗也要顿顿洗。福仁看它那样，就会用手点它的脑袋，说，看把你能的，讲究得像个人！小黑像似听懂了他的话，将尾巴摇成一把扇子。福仁一边笑，一边将方便面挑出，两只碗不停地倒腾，直到不烫嘴了，才给它吃。福仁忙完这个才开始做自己的。他不急，若不是看小黑吃得这么香，他还不定有胃口呢。

福仁的本意，今早他是想多睡一会儿的。说到底上了岁数，不服不行了啊！昨天也没干啥了不起的事，就将东房拾掇拾掇，把窗子打开来透透气，到晚上骨骨节节里就泛起酸来，脚也像踩在沙子里抬一抬都没有力气，整个人懒得像冬日里的蛇。福仁回过头看看，这点事放年轻时也就抽袋烟的工夫，手一伸就做了的，就气得咒骂起自己的身子，说看把你惯的，哪天我非挑挑担子把你压趴窝了不可！发了一通火，回过头一琢磨，那气也就渐渐地没了。孩子的毛病说啥都是娘惯的，这身子骨糠成这样，除了年岁不饶人外，主要的怕还是给闲的。想年轻时，那浑身的力像老井里的水，用也用不完。乏了，一宿过来又恢复如初；饿了，喝碗冷水也能对付。那时胃口也好，吃啥都香；觉也好睡，放下身子就打鼾，也没啥讲究。昨天到底做了些事，晚上上床后，倒下身子，浑身哪都舒坦、受用，动一动，身下软软的，那席梦思像似按摩器。本来他还指望想点事情的，看看有无漏做的事，没注意就睡着了。早晨醒来一看，一夜连身都没翻。福仁感到好笑，昨天还诅咒自己的身体，看来往后还是要找点事情做，瞧这觉睡得多香。福仁看看天色，虽说醒得并不比每天迟，但他一点没敢磨蹭。他想小宝已快半年没有回家了，他昨天放的暑假，今天该回家了，我得提前将家里弄利落，有点居家过日子的样子，让娃子见了欢喜。

福仁冷不丁地起个大早，小黑有点喜出望外，激动得又蹦又跳。福仁嫌它碍手碍脚，就将它往开撵，说，看把你美的，我早起可不是为你！小黑看福仁的脸色不好，拖着尾巴走到一边去。福仁顾不上理它，埋头忙自己的，直到将里里外外清扫一遍，才去厨房做饭。

倚在树上，身体有了依靠，骨头缝里那股子酸劲又出来了。虽说昨夜睡了一个好觉，但是身体还没有完全恢复过来。刚才挥起扫帚那一阵忙乎，这浑身又有了昨天的感觉，眼里也像抹了生柿汁，涩涩地直往一起粘。福仁赶紧离开老树，爬起身一边活动筋骨，一边往村路上瞅。树路上静静的不见有人走动。福仁抬头望望日头，天还早着呢，小宝即使赶的早车，这会儿也进不了村。福仁重新坐回马扎，他怕自己再次瞌睡，就不让头脑闲着，这里那里地想些事情。

在村人的眼里，福仁老人是个有福之人。他虽不像城里人那样有着退休老保，但照样吃不愁穿不愁，过着悠悠闲闲的生活。这和城里人有啥区别？单从这方面讲，福仁确实没啥可说。从外貌看，他一点也不像个种田人，小油肚凸凸的，像怀了三个月的身孕；还有这一双手，别看皮肤黑，可摸起来细腻，捏一捏棉花一样的软和，与婆娘们的嫩手没啥区别。福仁清楚地记得，这双手过去满掌心都是老茧，粗糙得像锉刀，一到冬天就裂口，钻心地痛。福仁也自觉，他从不摸人家娃子的嫩脸。如今那茧子早像蝉蜕似的蜕去了，老树新枝旧貌新颜。福仁这些表面的东西蒙住了村人的眼，没有人能看到他的内心。其实他的心里孤寂着呢。

福仁的儿子在村里是个人物，早年在村里当干部，后来看当干部不落好，不是敛钱就是收粮，得罪了不少人，干脆撂耙子不干了。在村里儿子是醒悟最早的人。刚下来那会儿，村人不理解，不知他要干啥。后来看他搞运输当个体，才醒过神来。那会儿钱也好挣，加上儿子头脑灵活，花花点子不断，啥来钱做啥，几年倒腾下来，家里家外就变了样。这时他的胃口也大了，嫌在小河沟里扑腾不过瘾，想啃大鱼头。他瞄准行情，掏空口袋，购买一台大型收割机，小满过后没几天，就把机子开出去。儿媳看丈夫忙不过来，就跟去做帮手，把一个家囫囵圇圇掼给福仁。儿子怕福仁一个人寂寞，进城去搬回一台大彩电。对电视福仁的兴趣不大，搂搂抱抱的着实没啥看头。福仁关心的是家里那几亩责任田。儿子不在乎，拿话宽他的心，说还能缺你吃的用的，操那心干啥？田给别人种算了！早几年福仁还能做做帮手，干些施肥拔草等等轻巧活，但是要是唱主角干重活，就心有余而力不足了。福仁知道，眼下儿子的心大了，眼界高了，不想在土坷垃里刨食吃了。不过回过头细琢磨，儿子这么做也自有他的道理。人一辈子图啥呢？图的还不就是能过上舒心日子。儿子的心愿实现了，手里不缺钱，就自作主张地将小宝送进城里的学堂去读书，还认为这是关心他。事前福仁啥也不知，待晓得了生米已经弄成熟饭。过去有小宝在身边闹腾，福仁还不知啥叫寂寞，他这一走，才觉出孤单。儿子还没到他这年龄，当然想不到这一层，认为只要有钱就啥都有了。他每次回来不为别的，不是怕福仁缺钱花，就是担心他少了吃。儿子送回来的东西，只有在电视里才能见得到。村人看福仁吃的用的，都羡慕他养了个好儿子。

　　早饭吃得早，天还没晌，小黑就跑来叫唤。福仁几十年养成的习惯，想心事时最烦有人打搅。小黑不知这个，见福仁不睬它，还当他耳朵背没听到。于是故伎重演，往福仁的膝上爬，想用脑袋拱他的脸。福仁看小黑这么不解人意，手一挥将它扫下地去。小黑从没见过福仁发这么大的火，吓得蹲在一旁，垂头耷脑的再不敢吱声。停了一会儿，福仁没见小黑来向他撒娇，这才抬眼瞅它，只见它委屈地蹲在一旁，正偷偷地和他对望呢。福仁忍不住笑了。小黑看福仁没了气，摇着尾巴扑过来。福仁估摸出小黑是来向他要吃的，别说是它，就是自己这会儿也有些饿了。福仁抬头瞅瞅日头，天才小傍晌，村路上静悄悄的，下田的人都还没有回来，这会儿做饭也有些嫌早。还有小宝还没有回来，他到底是回还是不回，福仁一时还吃不准。眼瞅着小宝到了放假的日子，福仁准备了好些他爱吃的东西，他不回，这些东西弄还是不弄，福仁拿不定主意。说句心里话，福仁也想换换口味，做些新鲜的吃。这方便面吃多了也不是滋味，不管是牛肉面，还是炸酱面，吃起来全都一个味。这东西吃后口中涩涩的老是想喝水，不喝呢又烧得难过，舌头都不像自己的；喝多了又老要撒尿，多麻烦！福仁有时想，他这么着是不是身在福中不知福。

　　小黑见福仁迟迟没有动静，就跳下地咬住他的裤管往回拖。福仁看小黑饿急了，忙俯身拍拍它的脑袋，指指日头说，等一等，待小宝回来了，我们吃好的！小黑像似听懂了福仁的话，趴下身再也不闹了。

　　福仁小黑都静在那里，福仁盯住村路瞅，眼睛瞅出了泪也顾不上揩擦。小黑不明就里，也好奇地盯住村路望，看到人还汪汪地叫两声。这时下田劳作的人都陆续往回来，路过老树，福仁看到他们的衣服全都湿漉漉的，就想瞅机会与他们搭讪几句，问问庄稼的长势，可他们全都步履匆匆，无视他的存在。这么一来，福仁也就没了说话的兴趣。

刚才村里还是静的，眨眼就沸腾了，猪哼羊叫的，还有瓢勺的响动。小黑受了传染，又来扯福仁。福仁还想坚守一会儿，他想小宝这会儿说不定正急三火四地往家赶呢，你前脚刚离开，他后脚就到了。半天都等了，可不能功亏一篑。小宝那点臭德性全在福仁的心里装着，别看他到城里的学堂读书，爱睡懒觉的毛病还能一下子改了？除非日头打西边出！读小学那会儿，哪天不是左喊又叫的。福仁估摸，他早晨一定是睡过了头，没能赶上早班车。这么说，他乘的一定是二班车。这班车福仁乘过，真能急死个人。跑得慢不说，还老停，路上只要遇上招手的立马停下捎上。车里没座位，就放凳子坐，过道里塞得连插脚的空子都没有。福仁知道，眼下的车是个体的多。个体户看重的是钱，他们从不管别人的时间。如此看，小宝啥时回就说不准了。福仁又瞅瞅日头，天已晌了。罢罢，还是先做饭要紧。

坐的时间太长了，往起爬时，福仁感到两腿麻麻的有些不得力。他扶住老树站起身，待适应了才拎起马扎往回走。

福仁蛮有把握中午换换口味的，小宝没回，买来的东西就不能弄。他怕东西搁久了变馊变臭，一一放鼻子下嗅。家里有现成的冰箱，但他不爱用，他说东西一旦放进那个铁家伙，鲜活味就没了。看来今天得破一回例，这样总比臭掉好。口味没换成，福仁很想弄碗棒面粥喝。揭开钵盖，里面是空的。福仁这才想起，面早就没了。几天前他还想拿方便面和人家兑些的，就是张不开口。福仁怕人家说他这是好东西细东西吃多了，嘴刁了，回过头又想吃孬的粗的。人嘴两张皮，啥风凉话都能说。福仁不想给人家留下话柄，还是泡方便面。

福仁一直有午睡的习惯，这是这几年才养成的。也不是真的能睡着，就是躺一躺，要不干啥呢？村里没有闲人，想找个拉呱聊天的都没有。待挨过那个时间，人家下田了，他才可以到树下去。在树下虽然找不着人说话，但感觉总比窝在家里好。今天情况不一样，他要等小宝。小宝上午没回，下午一定会回。虽说他的爹娘老子外出赚大钱去了，可这里毕竟是他的家啊！家里有爷爷，他放假不回来，还能往哪颠？

福仁将马扎还放在上午坐的那个地方。树下的老土虽硬，如砖如石一般挖都挖不动，但腚下这地方还是被马扎腿啃出了两道凹槽，马扎往里一放，稳稳当当，像上了紧箍。

中午的阳光像麦芒，福仁刚往村路上瞅，眼睛就被刺得睁不开。他打起眼罩儿，可村路上啥也没有，连小鸡都顾不上觅食，躲到树荫里凉快去了。

此刻村里一点动静也没有，像死过去一般。这会儿太阳正毒，福仁虽在树荫里，仍能感觉出热来。老话说春困秋乏夏打盹，福仁坐下没一会儿，浑身就懒洋洋的，哈欠一个接一个地打。福仁不停地提醒自己，可不能瞌睡呀，小宝马上就回了，从城里坐车到这里满打满算也就一两个小时，别看他上午没回来，他不是不想回，一定被啥事缠住了，这会儿正心急如焚地往家赶呢……福仁这么念叨，还真的把小宝给念叨回来了，这不他正在村路上往家来呢！福仁跌跌撞撞地往前迎。小黑看到了，也从家里蹿出来，抢在福仁的前边。福仁看小黑在他的前面跑，就笑着嗔它道，傻样的，你认识他是谁？告诉你，他在家时还没你呐！你沾的就是他的光！他要是在家，我哪会要你做伴！小黑知道实情，立马停下来，调过头不走了。福仁见小黑人似的还知道生气，笑得透不过气来，哈哈哈哈……福仁被自己的笑声惊醒了，醒来才知道自己是在做梦。他揉揉眼忙往村路上瞅。路上没有小宝的身影，就是说小宝到现在还没回！福仁有些紧张了，村里人常说梦和现实是相反的，这么说小宝暑假是不回来了？不会的！他不回来还能到哪去？福仁想天还早，还有一个下午的时间呢。他抬头瞅日头，一看日已西斜，才知这一觉睡长了。这时他有些心虚，真担心有啥意外的事发生。这个念头刚滋生出来，他就用别的事将它岔开去。

日头速速地向西滑去。刚才树荫还在脚下，这会儿就移去老远。福仁站起身正打算往后移一移，抬眼看只见乡邮递员骑车直扑而来。他想不出有谁会给他写信，疑疑惑惑地接过一看，手就抖了。他把信封拆开，读了信才知道小宝是真的不回来了，他说他去参加夏令营了。福仁回身望望，他想他是没有必要再在这里坐下去了，于是拎起马扎踽踽地往回走……

老　福

　　大奶病了，病得很重，几天不吃不喝。大爹眼瞅大奶的老脸枯得像干枣，整个人如漏气的猪尿泡，一天比一天瘦小，急得像老驴推磨似的在堂屋里转圈圈。转了有两袋烟的工夫，大爹突然改变方向，撩开门帘噌噌几步来到床前，一双老眼铆钉一样死死钉在大奶脸上，半晌才开口说，老婆子，还记得二十年前的事吗？那次你生老巴子，产后大出血，血水淌得哗哗的，跟阴沟流出的污水一样浑浊。接生婆瞅见了抓过草纸就堵，一刀草纸转眼成了血纸，那血水还没有停的意思。接生婆知道大事不好，杀猪样地叫我。我跑进屋一看，腿跟抽去筋骨一样站立不稳。接生婆当你要去见阎王爷了，要我赶紧为你准备后事。我一听傻了，一屁股坐在地上，紧张得说不出一句囫囵话。哪知你命大，半个时辰后，血水像小河打了拦坝，自个儿停了下来。说起来你是趟过大沟坎、闯过鬼门关的人，你大难没死，难道还越不过脚下的小沟小丘？

　　说后静观，大奶仍一动不动，好像睡着了。大爹摇摇头，叹息一声又说，有病就治，有屁就放，做闷葫芦干啥，我又不是你肚子里的蛔虫，睁开眼就能瞅清你的心肝肚肺。

　　听了这话，大奶像冬眠的虫子听到春雷，身子轻轻地蠕动一下，嘴也吧嗒吧嗒地动了动。大爹一见，赶紧匍匐下身子，讨好地说，醒啦老婆子？快告诉我，想吃啥，我这就给你弄去！

大奶的眼睛眨巴几下，最后吃力地睁开一道缝。大奶说，鬼……鬼嚷嚷，你……你把我的好梦搅跑了。

大奶能说话，而且还生气骂人，这就是好兆头。大爹忙把头往前伸伸，将耳朵紧贴在大奶的嘴巴上，小声说，做啥好梦了老婆子？快说给我听听。

大奶舔舔嘴唇，半晌才说，真的是好梦喔……

大爹见大奶没了下文，催促道，啥好梦，说呀！

大奶脸上有了笑意，她说，我……我梦见我过了奈何桥。

大爹一听缩回头，挤在脸上的笑倏然不见。他不高兴地说，瞎胡扯！七十三，八十四，阎王不请自己去。你到年才六十，前面的路长着呐，不许说死话！

大奶说，老头子，骗你是圈里的猪！奈何桥那边着实好哇，五谷丰登，六畜兴旺，不愁吃穿，要啥有啥……

大爹见大奶愈说愈离谱，老脸阴得要下雨，他跺跺脚说，宁在世上挨，不进土里埋。阴世有你说得那么好，那猪进了杀场为何挣扎号叫？人得了大病为何哭哭啼啼，四处求医？敢情都笑着去死争着去死，省得在阳间遭罪！

大奶心里跟镜子一样亮堂，自她躺倒，大爹的心里就跟压了石磨一样沉重。别看他表面做得跟平常没啥两样，那全是伪装的——他心里苦着呢，跟吃了黄连差不多。大爹一辈子小心眼儿，到老也改不掉。大奶歇息一会儿，又接着刚才的话头说，那稻谷的穗头像弯刀，又大又沉，风一吹，像孕妇走路大腹便便，一摇二摆；玉米棒子也粗呃，粗得赶上胖娃的腿，一穗能掰一斤粮……

大爹看出，大奶是想比画着说的，她努力地动了一下手，手不听使唤才作罢。大奶说后就闭上眼，大爹问啥都不开口。大爹感到无趣，他摇摇头，叹了一口气退出来。

自大奶躺倒后，大爹的心情就好比雨天的破草屋，一天比一天腐朽，一天比一天糟糕。但大爹是家庭的顶梁柱，他不敢把忧愁和焦虑放在脸上。为稳定家人的心，也为大奶早日恢复健康，大爹嘴上一直说好听的，不吉利的话一句不说。今天看来，他是枉费心机，大奶非但不领情，相反还有点厌烦他。大爹闹不明大奶为何把他的好心当成驴肝肺了。他和大奶四十年如一日，一口锅吃饭，一张床睡觉，生了一群孩子，今天才发现，他还没有完全懂得大奶。

大奶颇有心计，用大爹的话说一肚算盘珠子。大爹这话不是贬低、轻视，而是赞赏、褒奖。不过大奶的算盘珠子从不算计大爹，相反只会给大爹及家人带来实惠。大爹与大奶朝夕相伴，大奶心里的小九九大爹能清楚大半。去大田里干活，大奶多数时候都是出工不出力，只有队长或会计背着手到田头来查看，她才会不惜体力，甩开膀子，干得热火朝天汗流浃背。队长、会计不知道大奶在投机取巧，把他们当猴子耍，还青红不分皂白不辨地把她当作典型表扬，要全体社员向她学习。收工回家，大奶又是另一副样子——她一个顶俩，锅前烧火，灶后添水，脸上的汗水吧嗒吧嗒往下掉。大奶是这么琢磨的：人的力气如同缸里的水，得节约用，在大田里用狠了，缸里的水就浅了空了，回家想用也没有了。

大奶还有一个特殊的本领——顺手牵羊，这是村里无人能比的。大爹晓得，大奶每一件罩褂的衣襟里都缝制一个形同袋鼠育儿袋般的大口袋，田里长啥，她的"育儿袋"里就有啥。人家说常在水边走，没有不湿鞋。可大奶天天在"水"边走，就是不湿鞋。说来也是，有谁去细究一个女人的肚子，女人腆胸凸肚那是怀孩子。大奶生有四男一女。五个孩子五张嘴，五张嘴就是五眼深不见底的大洞。大奶像劳燕，每天都用她的"育儿袋"从大田里装回食物，往五眼大洞里填。别人家的孩子长得黄皮寡瘦尖嘴猴腮，如同碱地里的弱苗，唯有大奶的孩子，一个个虎头虎脑，四肢粗壮，小牛犊一般。

大爹清楚，这全是大奶和她那个"育儿袋"的功劳。

大奶的精明从来都是内外有别，难道她今天改变战略，算计起大爹来了？

大奶生养的五个孩子中，还数二小子二毛精灵，也有出息。那年县里招兵，二毛想碰碰运气，要去应征。大爹清楚穿上绿军装就是跳农门，这是百年难求的好事（当几年兵，退伍后国家分配工作）。谁都知道，一户人家里若出个当兵的，这家人在生产队乃至大队可长脸了，别说人家不敢欺负，就是队长、会计见了也要点头哈腰。但这种好事会落到二毛头上吗？大爹掰手指数数，大队里几个当兵的人，无一不与大队干部有牵挂，最次也是小队干部的亲属，平头百姓没有一个。大爹听人私下说，当兵可有名堂了——体检时有的体重不足斤两，瞅空颠出去灌几碗凉水，回来重新称；有的视力有问题，在检测视力前，早把检测表上的上下左右背得滚瓜烂熟。最后，他们都能如愿以偿。他们靠的什么？就是关系。听说县里这次只给大队两个名额，一个大队五个小队，大小干部加到一块一二十人，每家都能拉出一两个小子来，二毛想去碰运气，跟登天一样难。大爹不想让二毛花冤枉钱，他想把去县城的车费省下来买二斤肥肉，一家人吃了还能肥肥肠子。大爹劝二毛，说我们家祖坟没冒青烟，你这辈子就安心在土坷垃里刨食吃吧！二毛不死心，他对大爹说，毛主席他老人家说，世上无难事，只要肯登攀。你连县城都不让我去，难道好事会自己跑上门不成？去了遭淘汰，我认命，一辈子不后悔！大爹想二毛这小子可以呀，竟然把毛主席的话活学活用了。大爹张口结舌，一时想不出话来驳斥，跺跺脚由他去。不想臭小子竟一路顺畅，最后神气活现地穿上了绿军装。

要说也算二毛运气好。按说大队会计的小儿子石河子这次应征是秃子头上拿虱子——十拿九稳的，然而在体检前一天，石河子不幸患了急性阑尾炎，患病当天就住院手术。二毛抓住这个机会，把家里一只生蛋的老母鸡逮住，带到医院看望石河子。大队会计一见老母鸡就喜欢上了二毛，当场问他有啥需要帮助的。二毛的精灵在这时派上了用场，他头脑一转，鼓起勇气说，他想做一名中国人民解放军战士，打击敌人，保卫祖国，为家乡争光。大队会计回头看一眼病床上的石河子，暗叹他病的不是时候——今年他无论如何也赶不上这班车了。与其这样，不如做个顺水人情，成全一下二毛。大队会计把事情琢磨透彻，抬手在二毛肩上重重地拍一下，说，明天一早你就去县城体检，有人问起，你就说是我叫你去的，你用的是石河子的名额。

二毛穿上绿军装，人还没离家，说媒的人就络绎不绝地上门来。按大爹大奶的意思，不要肉多嫌肥，又不是皇帝选妃子，看着顺眼就定下。哪知二毛不肯松口，说不能操之过急，到部队锻炼几年再考虑不迟。大爹大奶种了大半辈子庄稼，知道强扭的瓜不甜，也就随了二毛的意。

几年后大爹大奶回眸这件事，都庆幸他们当初没有强行做决定，否则还真的拖住二毛的后腿，误了二毛的前程呢。

二毛到了部队，就像巨龙从小河游入大海，天宽地阔，处处可以施展身手。领导看他是棵好苗子，就着力培养他，第二年提他做副班长，第三年发展他入党。入党后的二毛，如同吃足肥水的玉米苗，杆粗叶壮，噌噌往上拔高，没几年就当了排长。团首长看中他，把自己在大兴安岭林场工作的千金许配给他。几年后，二毛转业去了林场，在东北安家扎根。

二毛是个孝顺儿子，在部队成亲时，他把大爹大奶接过去，让二老好吃好喝地享了一个月福。转业到林场，又将二老接去一次，还带他们出去看原始森林。两次北上，让大爹大奶开了眼界，火车轮船都见着了。看过这两样东西，夜里大爹对大奶说，我们见了这天大的世面，和村里那些没出过远门的人比，就是现在闭眼死去也没有遗憾了。大奶忙点头附和，说是啊是啊，我们今天能享这福，全是二小子的能耐呢。

二毛的能耐还真的不小，大爹大奶在林场过了一些日子，回家时，他利用职权从林场低价买了一段粗如碌碡的柏木，托运回家给爹娘盖房子用。柏木到家那天，全大队的人都跑来看稀罕。最后，大爹大奶没舍得把柏木用在房子上，而是请木匠做了一口寿材（为活着的人做的棺材）。做寿材是大爹的意思。大爹年轻时曾听老辈人说过，柏木做棺材尸体不烂，只有做大官的人老了才有这福。大爹今天有了柏木，他想他虽没做过官（连生产队长都没做过），但他有柏木。有柏木就可以做寿材，待他老去的那一天用。至于房子，就用杂木盖。房子没有这么多讲究。

大爹忘不了做寿材的那些日子，前庄后圩的人像赶集一样往家里涌，把家闹腾得比过年还热闹。柏木剖开来真是香呃，站在风口里嗅一口，味道跟猪肉差不多。一些上了年岁的人来看了，临走会开口要上几根刨花，说留着回家品闻。大爹很大方，凡是要的，他都慷慨给予。刨花光滑柔长，跟女人的头发似的，大爹每抓一把，心就舒服地痒一下。

寿材做了整半月。完工那天，大爹又是打酒又是买菜，坐下陪木匠喝酒。一杯酒喝下肚，木匠回头看一眼寿材，说大爹是有福之人，老了有柏木寿材睡，这辈子活得值哟。木匠吱一声又喝下一杯酒，抹把嘴说，他做了几十年木匠，做柏木寿材还是头一回。大爹被木匠夸得开心，忘了他喝酒只是做做样子，主要让木匠喝足吃好。往下大爹就主动喝，木匠干他也干。大爹不胜酒力，不一会儿就醉了。大爹醉酒后不去床上睡，却跟跟跄跄地躺到寿材里。他说寿材好呃，比床舒服。

　　自醉酒那天起，后来大爹一直在寿材里睡觉，大奶叫他上床睡，大爹不去，说就睡这里。

　　说来奇怪，大爹自在寿材里睡觉，连个头疼脑热也没有，身子骨硬朗得像铁打一般，人是愈活愈精神。大奶却相反，身子是每况愈下，一年不如一年。按大爹的理解，大奶是年轻时劳累过度，体力透支所致。就像院子里那架散了架的独轮车，刚买回家那会儿，整天不得闲，下田用它，赶集也用它，风吹日晒使它榫头松动全身是病，一动就吱嘎乱响东倒西歪。往细里琢磨，这也是自然规律。大奶的身体不如从前，脾气也没有过去好，古怪偏执，与以往好像不是一个人，这就让大爹百思难解，不可理喻了。大奶早年最怕生病，有个头疼脑热，她赶紧用生姜熬水喝，然后捂上被子蒙头大睡，待发一身热汗，扛上锄头就到田里去，该干啥干啥。大爹清楚，大奶是不想误工。眼下大奶不是这样，有个小病小恙的，她一不熬姜茶喝，二不看医生，一任病情发展，好像病得愈重愈合她心意似的。大爹记得，大奶今年已病倒两次。前一次是年上，大奶发晕病，眼睛不能睁，睁开来感觉天旋地转，像坐风车，吃啥吐啥。大爹看着心急，就去院子里拾掇独轮车，准备带大奶去公社医院看医生。大奶听到动静把床板拍得咚咚作响，说你有俩钱就烧得难受，那是二毛寄来的，你不能动！大爹一听无所适从了，大奶不让动那钱，除此而外，他是一文没有。罢罢，大爹起身回屋，把二毛寄来的二十块钱悉数交给大奶。大奶拿到钱，一把揣进怀里。大奶不吃不喝，在床上又睡了两天，第三天慢慢睁开眼睛，看一眼东西，东西横横竖竖地不再旋转。大奶的晕病不治而愈。

　　后一次也就是这次。大爹清楚地记得，那天正吃晌饭。大奶端起碗又放下，她对大爹说，老头子，我感到身子骨不对头，去睡一会儿。说后就去了卧房。大爹知道大奶，她累了病了甚至有了痛心的事就爱到床上去。对大奶来说，床就是她理想的港湾，能解乏，能治病，更能缓解心灵的疼痛。

大奶躺了一天没有起来，第二天依然躺着。大毛三毛四毛三兄弟两天只见爹不见娘，问爹娘干啥去了。大爹说，她身子不爽，在屋里躺着呐。三兄弟去看娘，问娘话，娘闭口不语。大毛看娘不像有大病的样子，就和两个弟弟出门忙活去了。

又过了两天，还不见娘起来，三兄弟感到问题严重，过来看看是咋回事，这时大爹刚好从卧房出来。大爹把大奶的梦给三个儿子复述一遍，三兄弟一听，面色大变。大毛声音颤抖，他说娘好好的说死话，怕不是好兆头。两个弟弟跟着点头，附和说，爹，怕真的不好呢。大爹原来还没往坏处琢磨，大奶虽然躺下几天，但毕竟没有明显的病症，也就是说不会有生命之虞。现在听儿子们一说，大爹也疑惑起来。人是铁饭是钢，老婆子已四五天未吃一口饭，别说是她，放他身上怕也顶不住的。大爹愈想愈怕，转脸对大毛说，赶紧给二毛发电报，叫他立马回来，回迟就见不着他娘了！

二毛是第三天中午到家的，到家直奔卧房看娘。大奶已发起烧来，额头热热的烫手。二毛见娘还在床上，心稍稍放宽一些。他伸手摸摸娘的头，惊得大叫，娘在发烧哇！

大奶一听是二毛的声音，强撑着睁开眼，说，二毛啊，娘……说着就晕了过去。大奶再次醒来已是深夜。二毛去公社医院请来医生，一瓶葡萄糖刚挂完。医生说大奶的身体非常虚弱，又没及时就医，弄得不好怕有危险。二毛知道医生话里的意思，他请医生尽力抢救。

大奶的身体时好时差，好了能说说话，差时魔语连连。二毛看娘一时难好，这天和爹正经说事，他说，爹，娘若有个好歹，那寿材给娘用吧，你想要，我回林场再想办法。咋样？

大爹还未及回答，大奶在卧房先开了腔。大奶说，二毛哇，用你爹那个是要他老命呃……

　　听娘说话，二毛几步跑进卧房，他惊喜万分地说，娘，亲娘，你会好起来的！

　　大爹听大奶这么说，心咯噔一跳，跟着头脑也像闪电一样亮了一下。大爹回想，自他将柏木做了寿材，大奶就添了心思，对自己的身子也不像过去那样爱惜，今天看来，她早就琢磨这个了。想到这，大爹走进卧房对大奶说，老婆子，照二小子说的办，这下你该满意了吧？

　　大奶听大爹表了态，硬撑着要坐起来。二毛伸手托住大奶，大奶倚着二毛，一字一句说，君子一言，驷马难追……老头子，你……你当二小子的面下保证！

　　大爹咬咬牙说，好，二毛你听着，我保证！

　　大奶满意了，她笑着说了一句，好福呃……

　　说后闭上眼，再也没有醒来……

✑ 二　叔

　　二叔运气不赖，在单位干了五十年，直到七十周岁那年才退休。单位里与二叔同龄的人有的已经作古，剩下的不是缺牙少齿，就是弯腰驼背，或是痀喘咳嗽，总之没几个健康的。二叔身子骨硬棒着呢，走路像敲鼓，脚底咚咚有声，一步跨三尺，跟年轻人差不多。二叔退休晚是因为他改写档案，谎报年龄。有一年发大水，二叔的单位被大水淹没，待大水退去，单位里是一片狼藉，不堪入目。二叔的单位损失惨重，房屋以及办公设施毁坏殆尽。二叔单位的领导发出指示：全体人员投入到抗涝救灾中，抢救财物，把单位的损失降低到最低。经过几天奋战，能抢的东西都抢救出来，但是档案却被大水泡烂，连一页好纸都找不出。这是自然毁坏，也可以说是不可抗拒，二叔单位的领导看着一堆烂纸，对泪流满面的档案员说，别难过，责任不在你，想办法补救吧。领导一句话，档案员便开始忙碌起来。物品好办，东西是死的，一样样一件件登记造册即可；工作量最大也最难做的就是人员档案。再难也要做，全单位百余人一个不能漏。二叔在填写自己的新档案时没有实事求是，他大笔一挥，把自己的年龄减去十岁。二叔当时还没有结婚，是个大龄青年。二叔的出发点是把年龄写小了，找媳妇容易一些，运气好的话找个年轻漂亮的也说不定，没有其他用意。档案员接过二叔的档案，对二叔的年龄产生怀疑，但缺少确凿证据，也就打个马虎过去了。这是二叔参加工作后做的唯一一件不地道的事。这件事给二叔带来了莫大的实惠。

实惠有二：其一是婚姻。按二叔当时的实际年龄，找黄花闺女有着一定的难度，但找个拖儿带女的年轻寡妇还有挑选余地。漫漫长夜，辗转难眠时二叔也曾经想过，但对找这样的"二手货"二叔又心有不甘，进门就当爹，他感情上接受不了。再者说，二叔是个拿薪水端着铁饭碗的人，这一点自尊还是有的。随着岁月的流逝，二叔也在不断地调整自己，把择偶标准一降再降，他那时最大的奢望就是找个相貌平平、工作一般的人生儿育女，平安度日。自篡改年龄后，二叔就不这么想了——他现在不是大龄人，而是青年，这事发生在眨眼之间。感谢水灾，是水灾让他看到生活的曙光，人生的希望！二叔豪气冲天，心中择偶的标尺像冲了气的水银柱呼呼往上升。二叔决心一搏，找不到天仙，也要挑个年轻健康、相貌美丽的人。真是天无绝人之路——别说，还真让二叔给碰着了。姑娘在纱厂工作，是个纺织女工。经人介绍，他们到公园见面。纺织让姑娘练就出一双好眼力，甫一见面她就看出二叔的年龄。姑娘矜持，她没有当面戳穿，而是通过媒人传话给二叔，对他的年龄表示怀疑。二叔胸有成竹，他对媒人大拍胸膛，说他襟怀坦白实事求是，如有怀疑，可以去他的单位看档案。结果可想而知。女工第一次对自己的眼力产生怀疑，说她冤枉了好人，要二叔原谅她。二叔像个打了胜仗的将军，摆出一副大人不记小人过的派头，对女工摆着大手说，你是捍卫自己，谋求幸福，何错之有？女工见二叔如此豁达坦荡，心中一动，像只美丽的蝴蝶扑向二叔，乖乖地做了二叔的俘虏。

其二是调工资。二叔工龄长，调资次数多，工资当然就高，全单位包括几位领导，无人超过他。这也是二叔引以为豪的。大家知道，过去调资，几年才有一次，而且不是人人有份，调者不是先进，就是标兵。二叔在单位普普通通，不好不差，算个中不溜儿，但每次调资他都名在其中。这就奇怪了。只有二叔自己清楚，他之所以回回有份，归根结底是他自己争取的结果。天上不会掉馅饼，幸福要靠自己创造。那个年代，人们的心口不相一致，对利益心向往之，但嘴上却不说，表面甚至还会做出一副淡然漠视的姿态。钱是什么，粪土也！二叔不，他爱钱如命。在别人说钱如粪土时，二叔会立即反驳，他旗帜鲜明，理直气壮地说，没有大粪臭，哪有稻谷香？我愿与粪土为伍，让你们在我的身体上播撒革命的种子，长出香甜的粮食。一次得胜，下一次调资，二叔又会想出新招数，总之他是花样百出，叫人眼花缭乱，应接不暇。当大家意识到钱与生活其实就是氧气与人的关系时，已经晚了。此时的二叔已经过上了温饱生活。一步跟不上步步跟不上。这是二叔的人生哲学。

二叔靠篡改年龄告别自己的单身生活，与纺织女工结为夫妻。纺织女工进了二叔家的门，水涨船高，自然也就成了我的二婶。二婶长相上等，大眼、细腰、长腿、白皮肤，这样的一个人给二叔当老婆委实有点亏了。我对二叔的底细一清二楚，所以常为二婶抱屈。也因此，我在观望，看二叔的婚姻能坚持多久。但二婶并没有这种感觉，好像她找到二叔，是她此生之大幸，所以她贴心贴肺地爱二叔，一心一意过日子。二叔更是如此，因为他带有骗婚的性质，心里有愧，所以对二婶是事事顺从，百般呵护，感恩与感激激荡在二叔的心间。两个人心态不同，但殊途同归，这样的夫妻是恩爱的，更是地久天长的。二叔的邻居，二婶的同事经常看到他们旁若无人地把手牵在一起，卿卿我我，出双入对。二婶上的是三班倒，每逢夜班，二叔就接送，风雨无阻。二婶同班组的姐妹们看到，都羡慕不已，夸二婶有眼力，找到了好老公。年龄大点的姐妹对此有些不屑，她们对男男女女的事见得多，见姐妹们盲目崇拜，表现得很不以为然，薄唇一动，"喊"的一声，说新婚的男人都这样，待新鲜感过去，就不当宝了。一句话把姐妹们的心说得透凉，像腊月天吃冰棍，浑身直起冷疙瘩。事实并非如此，二叔是大龄娶妻，他把二婶一直视为心中之爱，掌中之宝。二婶生了孩子后，二叔爱心未减，二婶上夜班，他一如既往，像新婚时一样甘当护花使者。

二婶的肚子真是一块肥沃的土地，过门仅四年，就把别人家十多年的事给干了。她像一台生育机器，一口气为二叔生下四个带"把儿"的。二叔看着一顺水儿躺在床上的四个小家伙，满心欢喜地对二婶说，我们该喘口气了。二婶看一眼小家伙们，又看一眼二叔，幸福地点了点头。那时刚提倡计划生育，节育也是自愿，社会上没几个人响应。说来也是，谁愿意把自己的身子里放进一件东西？谁又能保证那东西对身体没有坏处？由此看来，二叔说的喘口气，那一定是自我克制。这就难了。二叔虽然老大不小，但他工作轻松，白天坐在办公室里打打算盘，做做报表，时间一到，下班走人。忘记说了，二叔是单位的总账会计。会计虽不是干部，但颇受人尊敬。二叔养尊处优，给人的第一印象像个文化人。其实二叔只读完小学，档案上学历那一栏填写的也是小学。那个年代读得起书的人不多，有二叔这文化足够用的。

二叔白天干的是脑力活，体力消耗不多，所以精力较为充沛，夜里常常会醒来。往日睡醒后，二叔一定会把二婶推醒，两个人耕田播种，直累得大汗淋漓才倒头睡去。下面的觉睡得通体舒坦，一夜无梦。现在不行了，睡醒想耕田犁铧却无处摆放。二叔叹息一声，轻轻地翻过身去，却睡不着，心里有一种蚁走的感觉。自结婚后，二叔还是第一次有这种感觉。二叔奇心大发，不再想睡觉的事，却把心思用在蚂蚁爪子上。蚂蚁走他也走，走呀走呀竟走到那件事上去了。乖乖，这可不得了！二叔在枕头上摇摇脑袋，想撵走蚂蚁。蚂蚁不听话，一只只毛茸茸的小爪子眨眼间变成一枚枚铁钉，牢牢地揳进二叔的大脑，撵不走拔不出。二叔像饿汉梦见美食似的吧嗒一下嘴，在心里对自己说，话是你说的，说话如泼水，你可不能出尔反尔……这样想着，二叔又轻轻地翻一个身。二叔睡糊涂了，他忘记他此时的睡姿正面对着二婶。二叔睡不着，他睁开眼睛想看一看床头柜上的小闹钟，这时他看到两颗星星一样明亮的东西。这两颗星星是二婶那双明亮的眼睛，此刻正对着二叔闪耀。二叔心里轰然一响，自己构筑起的那道防线全面崩溃，他不顾一切地翻到二婶身上，像一头勤奋的牛，急切对二婶说，我要耕田！二婶腾出手刮一下二叔的鼻子，羞他说，没出息，半夜三更的耕啥田呀？二叔气喘如牛，急不可耐地说，耕我自己的责任田！二婶问，你忘记白天说过的话了？二叔答，没忘。二婶半推半就地说，没忘还耕，耕出问题咋办？二叔一边动作一边说，有问题我兜着。二婶嗔怪他，说得轻巧，你耕的是我又不是你！二叔心里像跑火车一样哐当哐当响，他不管不顾地说，啥你的我的。这样吧，明天你去卫生院上个环，那样我俩就革命生产两不误了。后来二婶果真去上了环。上环挺好的，啥感觉没有，不像传说的那么可怕。

　　岁月如梭，仿佛是一夜之间，二叔的四个孩子就长大了。

　　二叔的四个孩子分别叫大胜、二胜、三胜、四胜。胜，有着小学文化的二叔理解是胜利，顺利。四个孩子由小到大，像楼梯一样一级一级高上去，当四胜读小学一年级，大胜已上四年级了。二叔的工资比一般人高，加上二婶的工资，带着四个孩子生活，虽不能说丰衣足食，但冬穿暖夏穿单，一日三餐还有所保障。现在孩子都上学，又处在长身体阶段，家里的米面就有点紧张，每个月总要差上几天，二叔想花钱买几斤粮票补贴一下，又找不到敢倒腾这个的人。活人岂能让尿给憋死？二叔低头琢磨一会儿，办法就来了。星期天二叔跨上自行车到农村去，在农贸市场里转悠一圈，一口袋粗粮就上了自行车。二叔把粗粮磨碎了驮回家掺到米面里，做稀饭或做面疙瘩。吃惯细粮的孩子乍吃粗粮嫌卡喉咙，四胜带头嚷嚷，说难吃死了，说后噘着嘴扔下筷子。三个哥哥一看，也齐齐地丢下筷子，挂搭着脸不吃了。二婶看几个小子挑肥拣瘦的想绝食，这还了得，不给点颜色瞧瞧，还反了天了！二婶冷着脸说，爱吃不吃。我告诉你们，不吃下顿还是这个！二叔一看，这哪成，孩子们细骨嫩肉的，吃不好会伤身体的，忙打圆场说，好了好了，孩子小不懂事，看在我的面子上你就原谅他们一次吧。说后使眼色，让二婶去灶屋生火重做。在教育孩子问题上，二叔和二婶意见一直相左，最后让步的总是二婶，这次又是如此。二婶叹口气，晃着大屁股很无奈地去了。剩下的粗粮饭二叔和二婶吃，稀饭喝进肚子里，走起路来水漂儿一样直晃荡，像起风的水面，不一会儿就要解裤带撒尿。二叔对此毫无怨言，二婶有时会发牢骚，说看你把孩子惯成啥样，长此下去，终有一天要爬你的头上拉屎撒尿。二叔嘿嘿一笑，说怎么会呢。

二婶的话多年后成为事实，二叔老泪纵横后悔莫及，可惜时光不能逆转，二叔想补救已无可能。

二叔和二婶长期吃粗粮，把肚皮撑大了，肠胃磨糙了，吃啥东西都像往空米桶里扔东西，感觉四边不靠，永远填不满。

大胜读完小学读初中，接着读高中，二胜、三胜、四胜像接力跑，套着大胜的脚印往前冲，一转眼都回家待业。他们成绩平平，高考对他们可望而不可即。二婶看着四条汉子闲在家里，心里急出火来。二婶所在的纱厂，女工年到四十五就可以退休。那会儿有顶职一说，就是父母从岗位上退下，子女可以到父母的单位工作。二婶干的是纺织活，纺织是女人的事，全厂没有男人干这个，所以她没有急着退。不退休的益处是工资不打折扣。

按实际年龄，二叔可以申请退休。我们知道二叔是改过档案的，也就是说他现在还不能退，申请也无用，要等个十年八载才行。二叔嘴紧，二婶至今都不知他的真实年龄。每件事都有它的正反两面——这就是得与失。篡改年龄让二叔娶到了二婶，解决了婚姻大事；也因篡改年龄，二叔不得退休，孩子也不得顶职。上苍是公平的，好事不能同属一个人，这是仅有小学文化的二叔悟出的一条真理。二叔有苦难言。夜深人静时，二叔不再惦记耕田之事，他躺在二婶身边，像一头倒嚼的牛，咀嚼、反刍，往事历历，如梦如幻。二婶睡得深沉，二叔将木板床翻得吱吱乱响她也不会醒来。二婶太累了，八小时的纺织活几乎耗尽她的全部体力。回到家里，眼见四条汉子在屋里晃荡，她心里宛如塞进一团乱棉纱似的难受。要是二叔能退，顶一个进厂也好啊。二婶只是想一想，她不会说出口。二婶是贤妻，不是因为孩子，她真的希望二叔长生不老，永远年轻。

二婶想让孩子们出去做零工，挣点零花钱，她同班组的姐妹们早就让孩子出去了。二叔不同意，说做啥零工，家里又不缺那几个钱，我的钱吃饭满够。二婶说，做工对他们也是锻炼，让他们知道钱来之不易。二叔说，零工又脏又苦，孩子做不来。当着几个孩子的面，二婶不便多说。

真乃天无绝人之路，事情很快出现转机。纸箱厂招工，大胜榜上有名。该厂为街道所办，属集体性质，二叔心里犹豫，怕小厂待遇不好，影响孩子的前程。二叔想让大胜再等一等，有机会进国营厂。二婶等不及，她的想法是，有工作总比待业强。等？谁知道是驴年还是马月？她盼星星盼月亮，早就迫不及待了，哪里还敢挑肥拣瘦？二叔听着有道理，也就点了头。大胜进厂不久，二胜、三胜又应征入伍，真是喜从天降！人在心情好时，回忆的都是人生精彩的片断。二叔感谢上苍让他娶到一个好妻子；二婶也心生甜蜜，说自己命好，嫁了一个好丈夫。二叔返老还童，他像一头拓荒牛，夜深人静时便扬起犁铧，耕耘沃土。云雨过后，二婶像新婚时一样缠着二叔说话。话题多是孩子，四个出去三个，剩下四胜吃闲饭，二叔二婶都不当一回事。说着说着，二叔突发奇想，想花钱让四胜复读，不定就能考上大学，次一点考个中专也行。二叔说，要是考上，那就是国家干部！二婶说好哇，要是考上，四胜就是鸡窝里飞出的金凤凰！哪知四胜脑袋愚拙，复读两年也未能考中。其间，他学会抽烟、喝酒，隔三岔五就和同学凑到一块吃喝。二婶知道后，追问他的钱来自何处。盘查得知，部分钱为二叔暗中所给，另一部分来路不明。二婶绞尽脑汁，百思不得其解。一天派出所两名干警找上门来，要四胜跟他们走一趟。二婶恰巧在家，问干警何事。两名干警严肃地瞥了二婶一眼，其中一个说，有个案子与四胜有关。二婶闻后就瘫倒了，只说了句我作的什么孽哟，人就晕了过去。四胜这一去就没有回来，他因参与一起盗窃案，性质严重，被判处有期徒刑两年。法院的人说，考虑他们家是军属，从轻处理，否则至少三年以上。这对二叔和二婶是一次严重的人生打击，二叔多方奔走，托亲拜友，想营救四胜，结果没能奏效。二婶遭此打击，精神垮了，她感到无颜面对众姐妹，便办了退休手续。

好日子如白驹过隙，转瞬即逝；赖日子像热油煎熬，让人度日如年。二叔二婶四目相对，掰着手指头过了两年，把四胜从劳改农场接回家里。开始几天，四胜还有羞耻感，他足不出户，老老实实地待在家里。二叔二婶心想四胜经过这一劫难，该收心学好，重新做人，哪知几天后他又拔腿往外跑。二婶担心他旧病复发，四胜出门她就跟着，搞得四胜心烦不已。

时隔不久，二胜、三胜相继退伍，紧跟着又进厂工作。二胜、三胜去的是国营大厂，而且都是好工种，二叔二婶听说后，心里有了很大的宽慰。

儿子大了，要结婚要住房。大胜在纸箱厂工作，收入不高，条件有限，媒婆介绍一个，姑娘说没意见，他没敢挑拣就点头同意。大胜有自知之明，凭他的条件，他只有被人家选择，而没有选择别人的权利。纸箱厂没有住房，二叔二婶把正房腾出来，用石灰水将室内粉刷一遍，顶棚用报纸糊起来，就成大胜的新房了。二叔二婶没地方住，就用碎砖旧瓦在院内搭一间披厦，放一张床也将就度日。

二胜、三胜情况不同，他俩都在国营大厂工作，进厂没多久就每人分到一间住房。大胜去看过，那房子又高又大，光线也好。大胜目测一下，少说也有二十平方米。同为一娘所生，差别却是天和地！看了二弟、三弟的宿舍，大胜心里酸酸的，也更加自卑起来。二胜、三胜吃在家里，宿在厂里。他俩当了几年兵，虽说已离开部队，但军人的风格处处显露出来。知道自卑的人同时也懂得自尊，大胜在家里尽量避免和二胜、三胜在一起，吃饭时他和媳妇挨着四胜坐。自两个哥哥回来，四胜也有所收敛，无事就在家待着，再不敢乱跑。

二叔二婶的四个儿子都在家，大胜又娶了媳妇，家里添人添口，现在是七口之家，本来就不大的房子，现在更加拥挤。大胜的媳妇已有身孕，再过几个月，二叔二婶就该做爷爷奶奶了。

二叔每天上班，几十年如一日，还在单位做总账。二婶退休后忙于家务，缝补浆洗，一日三餐，忙到晚上是腰酸背痛。二叔夜里不再耕田，改为二婶敲背。二叔敲累了会劝二婶少做事多休息，年龄不饶人，不比当年了。二婶趴在床上一边哼哼一边说，歇得下来吗？七张嘴啊！说到这，二婶突然翻起身，对二叔说，我们不能再这样了，现在是七张嘴，几个月后就是八张嘴，二胜、三胜、四胜都娶上媳妇又生下孩子是多少张嘴？我们供不起哟！二叔奇怪道，怎么了大惊小怪的？二婶郑重其事地说，得让他们交伙食钱，他们都有工作，还吃我们喝我们的不合理。二叔一听是这个，呵呵笑了。他说，啥你的我的！孩子工作了是好事，吃我们的省下他们的，肥水没流外人田，这有啥不好？再说二胜、三胜刚回来，还没讨上媳妇，你现在提这个不妥，传出去别人也会说我们不是。二叔工作轻松，没事爱读书看报，说起道理像景德镇的瓷器一套一套的，叫二婶心服口服。可二婶也有一个小小的愿望：她实在想有点积累，就这么把工资吃光用光，若干年后，她和二叔老了，遇到事掏不出钱来，向谁伸手去？二婶摊着手问二叔。二叔就像一把万能钥匙，对二婶开导说，我俩都有劳保，看病吃药由国家兜着，你有啥不放心的？你就放宽心睡觉吧！二叔说后倒头睡去，不一会儿就打起了呼噜。

日子迈着它稳健的步伐往前行走。大胜的媳妇到了临产的日子，顺利地生下一个大胖小子。二叔当爷爷了，他整天咧着嘴，显得比大胜还高兴。二婶比以前更加忙碌，她家里、菜场、医院不停地跑，为产妇做饭，帮着料理婴儿。一周后婴儿从医院回到家，二婶才松出一口气。

二胜恋爱了，是他同单位的，这是好事。紧跟着三胜也有女朋友了，看苗头也像是恋爱。三胜羞口，问他不好意思承认，说是一般朋友。二叔也不急，不说实话不要紧，纸终究包不住火，到真相大白那一天看你小子还抵赖！还就给二叔言中了，三胜把那姑娘的肚子弄大了。姑娘那天哭哭啼啼地来找他们，问怎么办。二叔听是这么回事，想也不想就表态，怎么办？结婚不就完啦！姑娘垂着头说，三胜说他还小，想等一等。二叔挥着大手说，二十四了还小？别理他，抓紧办！姑娘一听喜出望外，问二叔真的假的。二叔说话掷地有声：我是他老子，一言既出，驷马难追！姑娘满意而去。

二叔决策果断态度强硬，在恋爱问题上三胜没能随心所欲。这是没办法的事，谁叫他把人家肚子弄大的？既然弄了，就要对自己的行为负责。三胜下班回来，二叔劈头就问，那个大肚子姑娘是咋回事？三胜一听就知道姑娘已经来过，而且对二叔竹筒倒豆子说了实话。三胜毕竟当过几年兵，见过一些世面。他看一眼二叔，不慌不忙地说，那个姑娘着实不错，但他们只是一般朋友，他的女朋友正在处。二叔一听，火冒三丈地说，好小子，人家姑娘的肚子已被你弄大了，你还敢说是一般朋友？！你刚才说的什么？女朋友正在处？我可告诉你，你这么做是脚踩两只船！这不光是道德问题，搞不好还会犯法坐牢你知道吗？二叔的一席话把三胜说蒙了，他没想过事情的严重性。二叔又问姑娘在哪里工作。三胜说是一个单位一个班组的。二叔一听拍着大腿说，好哇，你小子好福气，看姑娘长得多水灵，嫩葱似的！三胜说，你别拔高她，她没你说得那么漂亮。二叔没好气道，这山看得那山高，人家哪点配不上你，你要不是当过几年兵，人家不定瞧上你呢。真是！三胜把姑娘肚子弄大了，说话就不硬气，没办法只好同意结婚。房子现成的，姑娘又没提其他要求，选个吉利日子放几挂鞭炮，到酒店办几桌喜酒就把事情给办了。

三胜走前一步，二胜也加快步伐，一月后他也结了婚。

二叔家真是人丁兴旺，他自娶了二婶，好像一转眼就由两口人变成今天的十口人。二叔下班回家，看着一家人摩肩接踵济济一堂，心里开花似的好不得意。二婶没有这份闲情，她走路带跑，从早到晚手脚不停，就这样还常常丢三落四，二叔下班了家务活还没干利索。二婶的腰每况愈下，明显不如过去，眼看着就弯了。夜里二叔帮她捶，二婶说再捶也没用，把他们分出去我的腰自然就不痛了。二叔没有说话，他知道二婶是累的。但如何分，分了大胜一家住哪里？纸箱厂早就半死不活，大胜上一天班要停两天；他媳妇和大胜是半斤对八两，听说她的厂子要黄，已几个月发不出工资了，这时候把他们撵出去，不是往绝路上赶吗？还有四胜，到年就二十四，眼下连工作都没有，更别说媳妇了，要是分他就是名副其实的光棍汉。哎！每家都有一本难念的经。表面看他家是人财两旺，其实是驴粪蛋子外面光，掰开来看一团糟。二叔叹息一声对二婶说，不急不急，找时间跟他们兄弟几个谈谈再说。

出乎预料，和几个小子没有谈拢。阻力来自二胜和三胜。两个人提出，让他们另过可以，但大胜必须搬出。二叔说出大胜两口子的难处。三胜媳妇抢着说，谁家没有困难？我们厂要集资建房，这大笔钱我们还不知向谁开口呢！二叔一听，气得鼻孔冒烟。二叔睨视她一眼，心想这人变化真快，几个月前她眼泪鼻涕地来家里，要不是他主持公道，三胜还不定娶她呢，真是好了疮疤忘记疼！

二叔还在生闷气，二胜媳妇薄唇一动也开口说话。她说我们可以自己过，但二叔必须给他们发补贴。二叔问，你搞错没有，我又不开工厂，发啥补贴给你们？二胜媳妇和风细雨地说，爸呀，我们不吃你的了，你就节省了是不？你把省下的那部分给我们，还省得你们忙。二叔一听感到好笑，这不是无理取闹吗！要钱就要钱，还拐弯抹角地说这么多废话干啥！但他没有发火，也没有表态。心急喝不得热粥，二叔想这事得冷处理。夜里二婶问二叔谈得如何，这时二叔的气已消了大半，他站在小子们的立场上对二婶说，为了减轻你的负担，我已答应他们，出去的人给一些补贴。还是那句话：肥水没流外人田。二婶无可奈何地说，孩子的毛病娘惯的，说啥都晚了。二叔听出，二婶是妥协了。

人的记忆如同一只扎在深水中的铁锚，一旦出水就会现出它原有的光泽——二叔想起，同样的话题二婶在几年前就已说过，今天不幸被她言中。

二胜、三胜分出去另过，二婶感到轻松不少。但烦心事跟着又来了——大胜两口子的厂相继倒闭，他俩双双下岗；大胜的胖小子已上学前班，下半年就升一年级，听说入学费要好几千，他们一贫如洗，拿啥交哦？最闹心的还是四胜，找不到工作也就罢了，二叔二婶养着他，就当他还没有长大。但他不省心，眼瞅两个哥哥出去另过，坏习气有所抬头，昨天又喝得醉醺醺的，回家都摸不着床了。二婶为他愁得长吁短叹，夜不能寐。

岁月催人老，二叔终于退休，回家颐养天年。二叔想静心，但是静不了。

　　这几年工资不断调整，国标省标还有市标几项全部兑现，二叔的退休金就是两千出头，加上二婶的那一份，这钱怎么花也是够的。钱多是好事，但二叔家有几个背书包的孩子跟他要钱，就有点朝不保夕捉襟见肘了。大胜的孩子读初中要支持一些，三胜、二胜的孩子上小学又不能坐视不管，你不管他们的爸妈就不让他们上学，说想上学，找爷爷奶奶要钱去！话已说到这个份上，不掏就被动了。都是自己身上掉下的肉，一碗水端平才不会泼洒。三下五去二，口袋里的钱就光了，二叔二婶月月闹钱荒。他们到这个年龄没有别的奢望，就巴望日子快一些，到固定的日子好去储蓄所领钱。钱领回来，留下当月用项，剩余的都被孙子孙女们要去了。小家伙们也是可人，见到二叔二婶一个个葵花向阳似的仰起小脸，胖嘟嘟的小手抬得高高的，说爷爷给。二叔心里比吃蜜还甜，笑呵呵地去拿钱，说乖孙，给你一张老人头！来呀乖孙女，见人见份，爷爷也给你一张。都听好了，回家交给爸爸，啊！孩子们脆脆地应一声，拿了钱撒腿就跑，回到家交给妈妈。不要几天又来找爷爷，无休无止。二叔感觉日子又回到过去，那时粮食接不上，每个月总要差那么几天，他骑上自行车下农村，到集市上买一些杂粮驮回来，日子就接上了。现在是差钱，钱不好买，唯一的办法就是等，等到领钱的那一天去储蓄所。

　　人老病多。二叔最近感觉左腿有点不适，老是麻木，路都走不动。二叔怕是坏病，那样就完了，这才退休，好日子还在后头。二婶说别瞎想，你一辈子积德行善，阎王爷不会把你往火坑里推的。二叔见二婶这么说，问她会是啥病。二婶说去医院看看就知道，明天我陪你。二叔胆小，他怕自己遭遇不测。退步想，就算不是要命的病，这条腿要是残废了，他就成了独腿人……看来这事要跟孩子们商量。当晚他叫大胜把二胜、三胜叫回来，他有话说。兄弟几个听说父亲有事，都回家来，他们的媳妇当有好事，也都跟着来。二叔看人来齐了，就说起他生病的事。二叔没把病往重里说，他拍打着那条病腿乐观地说，这条腿要是截去，想行走得做假肢，不走就坐轮椅。二叔说养兵千日用兵一时，到你们尽孝心的时候了。兄弟几个竖起耳朵，想听二叔下面说些什么。二叔把目光定在二胜、三胜两兄弟身上。二叔说，我打听过了，假肢、轮椅不在医保范围，要自己掏钱。你们兄弟四个，你俩条件好一些，假肢或是轮椅就你俩分摊吧。你们知道，我两手空空，要是能掏出这个钱也不会找你们……不等二叔说完，两个媳妇插话说，爸呀，你一个月的退休金就是两千多，我们没吃你没喝你的，你没有节余可就怪了。还有你是四个儿子，要掏也不能我们两家，分摊才合理，你说是不？二叔没料到二胜、三胜的媳妇这样说话，他嘴巴张了张，脸憋紫了也没想出说词。二婶见气氛不对，跑上来拍二叔的背，半晌二叔才缓过劲。兄弟几个趁这工夫，一个个脚底抹油溜走了。

转过天，二婶陪二叔去医院。医生看后开出一张单子，让二叔先拍片子。下午片子出来，医生一看说是腰椎间盘突出。二叔问，病在腿上，怎么跑到腰上去了？医生说，病在腰上，压迫到神经，所以腿才痛，严重时寸步难行。二叔紧张地问，会瘫痪吗？医生说，抓紧治疗，会痊愈的。二叔一听放心了，他和二婶一道去办理住院手续。这一住就是两个月，二叔感觉好利索了才出院回家。

在医院的两个月里，二叔背着二婶流了很多泪。二叔想了很多，他知道往后该怎么做了。

又到去储蓄所领钱的日子。钱拿到手，二叔抽出两张票子递进窗口，对工作人员说，麻烦姑娘，请给我换二十张十元面额的票子。

◗小　姨

是藤，它就要寻找攀缘物，否则它将难以生长。

——题记

小姨在家排行最小，上面有两个姐一个哥。

人说最小的人娇气，父母宠着，哥姐让着，天长日久，脾气一定了得。小姨没有沾上这个毛病，因为从她懂事起，两个姐姐已相继出嫁。小姨与舅舅跟着父母也就是我的外公外婆生活。外公外婆只有一个儿子，他们宠爱小姨，也疼爱舅舅。在外公外婆眼中，小姨和舅舅是半斤对八两，分量差不多。

外公外婆很重视对小姨和舅舅的教育，他们长到入学的年龄时，都背上书包蹦蹦跳跳地上学去。两个姐姐没他们运气好，她俩斗大的字不识一筐。但她们并无怨言，因为她们体察家庭的难处。她们清楚，如果她俩都去上学，那么一家人只有张开嘴巴喝西北风了。

舅舅读完初中不愿再读，外公外婆看舅舅长成大小伙子了，想不读就不读吧，这文化在农村算是高学历，种田算账够用了。舅舅回家后，家里多出一个劳动力，日子明显比过去好。

小姨比舅舅小五岁，舅舅初中毕业那年，小姨小学还没有读完。小姨成绩一般，但很用功。外公勉励她，说幺丫头，好好读，勤能补拙，将来一定有所出息。小姨嗯一声，头点得像小鸡啄食。小姨是个乖丫头，外公外婆说什么她都点头，从不犟嘴，更没有反对意见。

说外公外婆把小姨和舅舅看得一般重也有失偏颇，小姨上学，读书用脑子，外婆给家里人装饭，第一碗一定是小姨的。外婆盛饭十分上心，她将饭勺轻轻地放进锅里，一寸寸往前移动，让锅底的厚物沉淀到勺子里，待勺子满了再缓缓提起。小姨的碗满了才轮到舅舅，然后是外公，最后才是外婆自己。还有劳动。小姨暑假是很少下田的，哪怕剜菜割草等等轻巧活也不做。七月流火，外公外婆怕小姨热着。但是不下田，小姨一个人待在家里又寂寞。外公这时就会说，去你两个姐姐家走动走动，看看小外甥长高没有。这话算是说到小姨的心坎里，她哎一声跑进房间，收拾几件换洗衣服就走了。小姨走完两个姐姐家，暑假也就过去了。

小姨读初中时，外公生了重病。外公是明白人，他知道自己的病难以医治，即便华佗再世也无力回天，就不想把家底儿折腾空。外公也算是有福之人，虽说舅舅已定下婚事，舅母还没有过门，但两个出嫁的闺女都生儿添女，论辈分他是见了孙子的。人活到这个份上，走就走吧，没多少遗憾事。唯一放心不下的就是小姨。小姨年龄不满十八，还在学堂里读书，外公担心小姨不谙农事，不会女红，性格绵软，将来去了婆家，怕没有好光景……

当时家里人都劝慰外公，让他放宽心，说小姨读书用功，人也长得俊俏，将来定能找个好婆家，前景美着呢。外公闻后摇摇头，少气无力地说，难啦！难啦！说后对赶回家看望他的两个闺女交代，说幺丫头天性胆小，遇事缺少主见，将来你们要多为她做主，不能叫她受委屈。

赶回家的这两个人，一个是我母亲，另一个是我二姨。母亲和二姨听外公向她们说小姨的事，感到问题严重了。她们把外公的话当成了临终遗言，所以她们当时都流了泪，而且哭泣着回答，叫外公放心，她们会照顾好小姨的。外公闻后久久无语，他闭上眼睛休息，良久才睁开，他看母亲和二姨还在抽泣，嘴巴吧嗒几下，又对她们说，我还是放心不下啦……

知儿莫如父。几十年后，母亲和二姨才知道外公的担心不是多余。外公高瞻远瞩，料事如神，他早就把小姨的未来看得清清楚楚。

外公去世后，小姨面临着两种选择，一是辍学回家；另一个就是继续学习。外婆知道，小姨若是回家，人生的好光景就没有了；最好还是读书，但家里少了顶梁柱，她一个妇道人家是没有力量供养的。外婆左思右想拿不定主意，她叫小姨自己定。小姨六神无主，第二天就来我家问母亲。母亲感到这事非同小可，是关乎小姨前途命运的大事，于是就与我父亲商量。父亲是教师，他刚从学校回来。父亲看一眼小姨，没有多想就回答母亲，说继续读书。母亲紧紧抓住围裙，愁眉锁眼地对父亲说，上学是要学杂费的；读完初中还有高中，何时才是个头？她又说，读高中要住校。住校、吃饭需要很多钱。父亲站在门口，他看到他的四个孩子齐齐地趴在八仙桌上写作业，心里一软，他伸手把母亲拉近一点，耳语般地对她说，我们把日子紧一紧，只当多生一个。父亲说这话，并不是想占小姨的便宜，而是出于一种亲情。母亲还想说什么，话到嘴边，突然想到外公的临终嘱咐，鼻子一酸，默默地点点头。

有了父亲这句话，小姨重踏校门，初中毕业又进高中。那几年，小姨每个月都来我家一次，日子一般都固定在十一二号。我那时虽说还不满十岁，但已经明白小姨为什么要在这两天来我家——因为父亲十号发工资，小姨来是等母亲给她生活费。这时的小姨已出落成大姑娘，虽说母亲是她亲姐，可要钱并不是件光彩事；同时她也清楚我家并不宽裕，父亲工资不高，四个孩子像四只幼鸟，嗷嗷待哺，她来无疑是与小辈们争食。小姨心中满是愧疚，同时也很无奈。

今天想来，小姨每次来我家，心里也是矛盾的、苦恼的、煎熬的。从心灵深处，小姨肯定不愿来我家；但同时小姨也清楚，如果她不来我家，没有供给，她将中断学业。小姨就在这两难中行走、苦熬。

小姨家离学校很远，道路崎岖坎坷，步行要两个小时，有条件的学生都住校，省去奔波之苦。小姨没住校，是走读，但中午不回家，在学校代伙。所谓代伙，就是把干粮带到食堂，请师傅做饭时放在笼里蒸一蒸，吃饭时花五分钱买个菜或者汤，图个热乎，这样比住校经济，一个月有一元五角就够了。小姨每月来我家就是为这一元五角钱。

母亲见到小姨也不多话，背着我们将钱掏给小姨。母亲这么做是怕我们有意见，因为母亲非常吝啬，我们跟她要一分钱都要费好多口舌，往往还不能如愿。一元五角对我们来说就是天文数字，那能买很多好吃的东西呢。其实母亲是小看我们了，别看我们小，心胸都挺豁达大度的，别说一元五角，就是十元八元也没意见，谁叫我们喜欢小姨呢。小姨漂亮、干净，身上洋溢着一股好闻的气味；另外，小姨还不多言，我们从她口中听到的最多的话是"嗯"。同是姐妹，母亲身上的气味远没有小姨的好闻；除此，母亲还爱唠叨，嘴特别碎，我们私下里都说母亲是碎嘴婆。

漫长的三年终于过去，小姨毕业离校了。拿到毕业证书那天，小姨又一次来我们家。小姨这次来是报喜，不带目的。母亲不明事由，她看日子不对，有点手忙脚乱，脸色也不太好看。小姨知道母亲误会了，她第一次对母亲说"不"，她说姐我不是来要钱的，我毕业了。母亲看到小姨手中的小红本本，长长地松出一口气，同时脸上也露出如释重负的笑。

那时还没有恢复高考，上大学靠推荐，得有过硬的社会关系才行。小姨很有自知之明，明白天上不会掉馅饼，所以心里没有奢望，也不妄自菲薄。小姨的运气不是很坏，她回到家，和土坷垃没打几天交道，大队书记杨爱东就登门找她，让她去大队小学当代课教师。小姨听了心里一热，激动得语无伦次，还伴有耳鸣头晕等等症状。小姨扦挲着手，呆呆地看着杨爱东。杨爱东莫名其妙，当小姨有更好的前途，不想当代课教师。杨爱东说，同意不同意你说句话，我这是征求意见，没有强迫的意思。小姨怕到嘴的肥肉跑别人碗里去，想答应又怕不妥，于是说，杨书记请你等一等，我去问问我姐就给你回话！说着一路小跑来到我家。小姨气喘着将这个消息告诉母亲，问母亲去与不去。父亲正巧在家，他听说这事，喜出望外地说，犹豫什么？这是好事，打着灯笼难找的好事！

　　父亲一句话，让小姨吃了定心丸。于是，小姨就成了代课教师。

　　小姨当代课教师，月工资十五元。工资不高，但在农村，与种田挣工分的人比，那是天和地，差别很大的。

　　有了工作，小姨的身价自然就高了。小姨明白，从今往后，她不用面朝黄土背朝天，夏天晒烈日，冬天吹冷风了。

　　这就是读书给小姨带来的益处。

　　古人说得好哇，读读读，书中自有黄金屋；读读读，书中自有颜如玉。读书让小姨改变人生，她比舅舅多读三年书，多吃三年苦，其命运与舅舅却有着天壤之别——舅舅只能做农民，像父辈那样，在土坷垃里刨食吃，而她已经步入工作者行列，是个令人眼热的人民教师。小姨想，这个工作大概就是古人说的黄金屋吧。那么颜如玉呢？小姨才想到这个心就怦怦直跳，脸也像着火似的烫手。小姨在心里大骂一声，说死丫头，你没羞！不害臊！说起也难怪小姨要往这上面想，她芳龄二十一，整个一个村子，从村头数到村尾，像这年龄很少有人没出嫁，是名副其实的老姑娘了。她的两个姐姐像她这年龄，早做母亲了。小姨在心里问一声自己，你的"颜如玉"在哪里呢？

　　小姨不必操之过急，她有所不知，有人正绞尽脑汁，精心谋划，为她操着心呢。

岁月如梭，转眼小姨工作已满一个月。一天课外活动时，小姨在办公室批改作业，校长突然召见她，叫小姨去他办公室，他有要紧话说。小姨一听慌了，她忐忑不安，头脑如一台高速运转的机器，在回忆这一个月所做的事。她是新手，工作难免会有差错，校长叫她去定是批评指正。小姨诚惶诚恐地来到校长室，像闯祸的学生见到老师，勾着头站在校长面前。哪知校长不是批评，而是表扬。校长说小姨工作踏实，方法得当，是个不可多得的人才。说到这里，校长感叹一声，说高中生就是不一样啊！小姨耳热心跳，明知校长夸大其词，口是心非，但心里还是像熨斗烫过一般地受用。小姨还在那臭美呢，哪知校长话题一转，又扯起别的话来。校长往小姨跟前走一步，一脸的和蔼可亲。他问小姨今年多大啦？小姨如实回答，说二十一岁。校长一听，睁大眼睛，惊讶地说，你不会骗我吧？你真有这么大？小姨往后退一步，说校长，二十一大吗？人家还小着呢。校长把头摇得像货郎鼓，连连说，不小了！不小了！小姨有点紧张，不知校长的葫芦里卖的什么药。小姨到学校工作一个月，对校长的工作方法稍有了解。校长说事从不直接说，他喜欢声东击西，指鹿说马，让别人绞尽脑汁去猜测。就像作家写文章，开头要渲染和铺垫一下，待读者的兴趣被高高吊起，才进入主题。

小姨明白过来，心律加快了，呼吸也急促，她不知校长下面要说的是什么话。小姨两只好看的丹凤眼紧紧盯着校长的嘴，恨不得伸进手去，把她要知道的话抓出来，掰开揉碎看个明白。

从刚才的迹象看，小姨有一种预感，她估计校长今天找她不会是好事。校长欲擒故纵，先表扬她，让她忘乎所以，松懈警惕；后问她年龄，虽没有明说，但意思明摆着——嫌她年龄大。这可能就是今天要说的正事。校长有可能不满意她，但碍于情面，不好直说。小姨做代课教师，是大队书记杨爱东拍的板，校长想辞退总要找个冠冕堂皇的理由，否则到杨爱东那里也交不上答卷。校长鸡蛋里挑骨头，就在年龄上做文章。

小姨把问题想透彻，心情变得分外沉重。在别人眼里，小姨这个工作来得太容易。只有小姨自己清楚，如果她不多读三年书，是不可能有这个好运的。小姨还清楚，如果今天被辞退回家，今后她很难有机会再走上讲台。小姨心乱如麻，她看着校长，很想说几句软话，请求校长留下她。

校长从小姨纯洁无瑕的目光里，看出小姨还不明他找她何事。校长不再兜圈子了，他对小姨笑笑说，你这个年龄，早就该谈婚论嫁的。据我所知，你目前还没有对象，对吧？

小姨一听，校长不是要辞退她，而是关心她的个人问题，心里一热，羞涩地点点头。

校长见小姨回答他的问话，很高兴。他进一步对小姨说，杨书记的弟弟杨爱红和你是同学？

小姨没有细想，又重重地点点头。

校长说，杨爱红同志也参加革命工作了。他在公社中心小学当老师，已光荣地加入了中国共产党，听说不久将转民办。

小姨不明白校长为何和她说杨爱红。杨爱红参加革命工作，杨爱红入党，杨爱红转民办与她何干？

校长不知小姨的心思，他继续说，你们有很好的基础，又般配。今天我做媒，你俩谈恋爱。校长说到这里，手用力一劈，说这个星期天你俩见个面，好好叙谈叙谈！

小姨文静，性格内敛，读高中时就有男同学追求她，杨爱红胆子大，他几次给小姨递小纸条。小姨对此既不羞也不恼，装着一无所知的样子，接过小纸条看也不看就撕了。杨爱红看小姨没心没肺，不谙情事，渐渐地也就死了心，不追了。今天和小姨说事的不是杨爱红本人，而是校长。显而易见，小姨的故技不可重演。

小姨闻后久久无语。这是人生大事，她不敢做主，得听听姐姐的意见再作答复。

校长受人之托，今天小姨不给他一个明确答复，他是不会轻易放走小姨的。

时间在小姨的沉默中悄然溜走，铃声响起，小姨激灵一下，她慌慌地说，下课了校长，我得回班上去。

校长说，回去好好想想。我实话告诉你，想嫁杨爱红的姑娘加起来有一个排。你抓紧点，过了这个村就没那个店了，千万别错过哟！

小姨闻后想了想，说出一句很有水平的话——小姨说，既然如此，杨爱红完全可以从那个排里挑选一个好姑娘的。

听话听音，锣鼓听声，校长感觉小姨对杨爱红好像不是很满意。校长久经沙场，像个武林高手——他用看似随意，实为点穴的办法对小姨说，你能走上工作岗位，当上神圣的人民教师，是杨爱红的哥哥杨爱东书记帮的忙。我告诉你，想跳农门的姑娘踏破杨书记家的门槛。杨书记为何关心你而不关心他人？他看中的就是你的才华。说到这里，校长问小姨道，杨书记如此关心你，你不应该感谢他报答他吗？

小姨忙说，应该，应该！

校长接过话说，你今天应下这门亲事，就是对杨书记最好的报答！

小姨抬起头看着校长。

校长趁热打铁，他说，别犹豫，听我的没错！

小姨满面羞涩，轻轻地点点头。

从那个周日开始，小姨的爱情小舟扬帆起航，开始她的恋爱征程。

小姨是初恋，和杨爱红虽是同学，但见了面还是感到陌生、别扭、无话可说。

　　校长看在眼里，急在心头，他不停地向杨爱红使眼色，叫他主动点，别让煮熟的鸭子飞跑了。校长有所不知，杨爱红在校时追求过小姨，遭到小姨无声的拒绝。在杨爱红的心里，小姨就是骄傲的白天鹅，高不可攀。他目前虽说入了党，不久还将转民办，跟公办教师也就是一步之差，但在小姨面前，他没有一点优越感。杨爱红读书时成绩不太好，中不溜儿，他为追求小姨又分散了一些精力，成绩下滑，毕业考试，刚好及格。而小姨的成绩是中上游，门门都在八十分以上。上述两点，给杨爱红造成了巨大的心理压力，让他不敢直面小姨。但杨爱红又不愿做失败者，更不愿让他的努力付诸东流。杨爱红当上神圣的人民教师后，做媒的人踏破他家的门槛，见面的姑娘没一个如他的意。他的母亲急得跺脚，问他是不是想找天上的仙女做婆娘？母亲一句话提醒了他，一个人间仙女在他的大脑里显影般地清晰起来——这个人就是小姨。母亲得知他的心思，马上找杨爱东商量。于是，小姨的喜事从天而降了。

　　从这个意义上说，是杨爱红拯救了小姨，是他改写了小姨的命运。没有杨爱红，小姨一辈子也跳不出农门，她将和绝大多数农村姑娘一样，嫁汉，生儿育女，一辈子在土坷垃里刨食吃。小姨这辈子最应该感激的人、报答的人就是杨爱红。想到这里，杨爱红信心陡增，他请校长回避一下，他说有重要话要与小姨说。校长知趣地离去，出了门又返身把门关上。

　　校长走了，没有第三者在跟前，杨爱红的胆量大了，他一把抓住小姨的手，使劲往跟前拉。小姨脸都吓白了，她像甩鼻涕一样用力甩手，语不成句地说，你……你要干什么？

　　杨爱红喘息粗重，他猛吸一口气说，柳月月同学，我是多么爱你哟！

　　小姨又用力甩手，这一次挣脱了。小姨不停地摆弄她的麻花辫子，声音小得像蚊子叫。她说，难为情死了。告诉你，这是终身大事，人家还没和姐姐商量呢。

杨爱红一听，十分诧异，他说，柳月月同学，你有没有搞错，是我俩谈恋爱，关你姐什么事？

这话小姨不爱听，她说，你怎么这样说话？告诉你，没有我姐，就不会有我今天！

听小姨这样说，杨爱红较起真，他说，你有今天应该感谢我哥，而不是别人！

小姨一听，头都气大了。但小姨没有发火，她把涌到嘴边的话咽了回去。

可想而知，有了这样的开头，小姨和杨爱红的恋爱注定不会成功。杨爱红的话伤了小姨的自尊，所以小姨对杨爱红一直不冷不热，温吞水一般。杨爱红忍无可忍，最终提出了分手。谈与不谈小姨都无所谓，但她万万没想到这么快就分手，而且分手的话是由杨爱红亲口说出的。

小姨和杨爱红是初恋，从他开始，小姨拉开了恋爱的序幕。在之后的五年里，小姨走马灯似的不停地恋爱，看过的人数不胜数，但始终没有遇上一个十全十美，叫她称心如意的人。小姨崇尚完美，追求完美。夜深人静时小姨就会翻看记忆的底片，把她见过的男人列队，然后一一过目。这时小姨就会发现，这些男人，不是矮小，就是瘦弱，或者肤黑，要不就眼小齿稀，没一个像电影上的人那么英俊，那么潇洒。小姨在床上辗转反侧，愈想愈迷惑，她想如果把她见过的男人的优点都集中到一个人身上，那她就会毫不犹豫地确定自己的终身。小姨在黑夜里不停地眨动眼睛，半晌才想出两个优美的词汇：奋不顾身，赴汤蹈火。是的，如果真的遇到理想中的人，小姨会像飞蛾扑火一般扑上去。别人看不出，小姨自己清楚，她是那种表面文静、贤淑，内心火热、渴望美好、追求完美的人。小姨感觉还没理清思绪，窝里的公鸡就开始叫了。小姨这才知道，她又是一夜未眠。

小姨在恋爱的征程上步履维艰，她像一张拉紧的弓，紧张、负重。小姨感到力不可支，很想进入情感的驿站休憩整饬。但岁月不给小姨有喘息的机会，每当小姨对镜梳妆，就会发现岁月留给她的履迹——头发虽然黛黑，但已然不再油亮；皮肤紧绷，但明显少了光泽；由于连续失眠，眼睛不再如潭水那么清澈透明……小姨毛骨悚然，她与镜中的自己久久对视。小姨知道，现实不容回避。摆在她面前的路只有一条，那就是继续恋爱，将革命进行到底。

那几年，小姨隔三岔五就要来我家一次，有时母亲在生产队劳动，一时回不来，小姨就耐住性子等。母亲回来了，她就向母亲描述她所见过的人。描述是抽象的，母亲想象不出丑与俊。这时母亲就会问，有照片吗，拿给我看看。小姨闻后一拍脑袋，说姐你看我这记性！说着从身上掏出某男的照片。母亲感到肩上的担子很重，有千斤，小姨未来幸福与否，就在她一句话。母亲的手有点颤抖，耳朵能听到自己的心跳。母亲心里说，紧张什么，是小妹相亲又不是你。母亲两只手在围裙上连擦几下，才接过照片。母亲眯眼细瞧，一边看一边评说。母亲像个政审干部，一口气说了几个不是。小姨本来就拿不定主意，在谈与不谈之间摇摆。小姨想如果决定谈，以后遇上更好的怎么办？不谈又找不出拒绝的理由，当然也担心下一个不如这一个。听了母亲的话，小姨不再犹豫，当即下了决定，连回绝的话都想好了。

恋爱本是一件幸福愉快的事，不想小姨却处心积虑，绞尽脑汁。小姨感到心力交瘁，疲惫不堪。如果不是人人都要过这一关，小姨真想断此念想，与外婆生活到老。就这时，又有媒婆上门。媒婆介绍的人是退伍军人，在大城市工作，是机械厂工人。他开的那台车床有房子大，一揿电钮，地动山摇，轰隆隆地就像跑火车！媒婆的两只手夸张地在天上画了一个圈，对小姨比画说。

小姨一听，心里起了波澜。真是众里寻他千百度，蓦然回首，那人却在灯火阑珊处。小姨高兴地想，这人的条件不错，没准他就是终身伴侣了。

双方约定见面的时间、地点。小姨久经沙场，已不像几年前那么羞涩、腼腆。见面后，第一眼感觉良好，小姨感到血流加快，胸口像趴着一只兔子，怦怦直跳。这种感觉平生还是第一次有。相亲结束，走在回家的路上，小姨抬头看天，感觉天比往日蓝；小姨垂目看草，小草也比往日绿。小姨感到她的心里有一只白鸽，想展翅高飞，冲入蓝天。小姨还想放声歌唱，歌唱美好的生活。

小姨原本是回家去的，她走着走着突然改变线路，快步向我家走来。小姨心里装满了幸福，她要把这天大的喜事告诉我的母亲，让我的母亲与她共享幸福。

母亲看到小姨，劈脸说，什么事把你喜成这样，是加工资，还是走路捡了钱包？小姨的脸都热红了，她不说话，从口袋里掏出花手绢，对着脸不停地扇动。小姨的花手绢洒过花露水，一扇，香气一阵阵地往母亲的鼻孔里飞。母亲打了两个响亮的喷嚏，她操起围裙擦一把脸，说你个鬼东西，浑身这么香，当心蜜蜂蜇你！小姨耸一耸鼻子，骄傲地说，才不会呢。

姐妹俩难得这么轻松地说话，早年小姨来我家多为要钱；后来来是让母亲为她当参谋。今天来虽说还是这事，其性质已发生变化——她要告诉母亲，她终于如愿以偿，挑选到一个称心如意的人生伴侣。

小姨竹筒倒豆子，连说带比画，把她见过的人向母亲细细描述。母亲看小姨说得神采飞扬，但就是想象不出小姨描述的人长得啥模样。母亲一如既往，她伸出手说，拿照片来看。小姨抓瞎了，第一次拿不出照片。母亲兜头给小姨浇一盆冷水，她问小姨道，你了解他吗？你把他说成一枝花，他为何至今未娶？

小姨哑口无言。

母亲的话一针见血。是啊，他如此优秀，早该成家立业，为何至今才谈婚择偶？如果他也像自己，一直没挑选到如意伴侣，这也合乎情理。如果另有他因，那可就复杂了。来时小姨心里是晴天朗日，百花盛开，转眼却是乱云飞渡，黑云压城。小姨脑子里如塞进一团乱麻，一时难以理出头绪。

婚姻不是青菜萝卜，这是一辈子大事，还是找媒婆问问清楚。母亲给小姨出主意。

当天晚上，小姨摸黑去找媒婆，脚上踩出一个大水泡，小姨咬牙坚持住。为了幸福，小姨一分一秒都不想耽搁。

此行，小姨颇有收获——她把我未来的姨父打听得一清二楚。该人姓马，二十岁当兵，三年后退伍，后由国家分配进厂当工人。该人恋爱过，高不成低不就。家在农村，三间草屋。父病殁。有母，另有三个读书的弟弟。

回家后，小姨又是一夜无眠。小姨想得最多也最担心的是，与该男成婚，凭他的家底，还有那三个读书的弟弟，过了门怕难有滋润日子。小姨左右为难，第二天又来我家讨主意。母亲牢记外公临终重托，叫小姨三思而行，不可草率。父亲的意见是，只要人好，面包和牛奶都会有的。小姨要明朗，不要模棱两可。她想从姐姐、姐夫嘴里听到谈，或是不谈。回去时，小姨感到自己的未来黑暗、渺茫，宛如一口枯井，深不可测。

把自己的一生交给马姓男人，小姨顾虑重重，也心有不甘；如果与他分道扬镳，小姨又优柔寡断，难下决心。小姨采取温吞水战术，对马姓男人不温不火，冷热适度。媒婆多次上门，小姨含糊其辞，从不给她明确答复。那些日子，小姨常有臆想，她想这个马姓男人的家为什么不在城里？退步说，就是在农村，家庭状况稍好一些，三个弟合成一个弟，她也就认了……

马姓男人在兵营里待过，懂得战略战术，他擅长遭遇战，不爱打持久战。他与小姨相识不到两个月，一个周末，在小姨闺房里，他眼瞅外婆外出，霸王强上弓，成功实施身份置换，由一个不相干的男人一举成了我的姨父。

小姨被吓傻了，半晌才清醒过来——她知道自己把生命中最宝贵的东西丢掉了，这个东西是姑娘与女人的分水岭。小姨后悔得号啕大哭，她攥起拳头拼命捶打马姓男人，说臭流氓，臭强盗，你给我滚！马姓男人非但没滚，还觍着脸嘿嘿直乐。小姨知道，以她目前的情况看，想不谈已经不行了。小姨在很短的时间里做出决定，同意嫁给马姓男人。

新婚那几天，小姨感到甜蜜、幸福，两个笑靥像两朵花开放在小姨的面颊上。蜜月里的一个夜晚，马姓姨父狂欢后，张开嘴巴打出一个长长的哈欠，闭上眼睛幸福地睡去。小姨毫无睡意，她侧过身，面向姨父，眼前一遍遍播放刚去的一幕。小姨想得脸红心跳，浑身发热，她暗暗地骂了自己一句：不害臊！此刻小姨的内心有一丝愧疚，她想早知今日，就该早一天嫁给这个男人。都是自己不好，让心爱的人费尽心机。感谢他，若不是他强攻堡垒，这一天不知何时才会来。小姨想着想着，困意袭来，她像只温顺的猫，贴着姨父睡下了。

婚假很快过去，小姨和姨父的生活走上正轨。

此时，小姨还在大队小学代课。所谓代课，说明白点就是临时工。临时工是不好调动的。姨父在城里工作，他与小姨工作的地点相距三十多公里。上班第一天，小姨和姨父泪眼相望，缱绻难分，两个人你送我我送你。小姨泪眼婆娑，连说我不让你走，我不让你走……姨父低头吻一下小姨，说月月听话，我这是上班去。你等着我啊，我晚上一定回来。小姨明知姨父哄骗她，但她还是点点头。

哪知晚上，小姨和外婆刚开始吃饭，门口突然响起车铃声。小姨一听羚羊般地跳起身，跑出门一看，果然是姨父。小姨一头扎进姨父的怀里，和他狂吻。他们相拥着回到屋里，小姨看姨父风尘仆仆，一脸疲惫，心里波澜壮阔，涌动着千言万语。他们分别刚一天，好像比一年还长。小姨怕姨父累坏身体，她亲自动手，为姨父另做一份可口的饭菜。那些日子，姨父早出晚回，人虽然辛苦，但体重却增加了。

姨父一心构筑自己的爱巢，把他的母亲和三个弟弟忘到了一边。他的母亲很有意见，一天到姨父的单位去，指着姨父的鼻子说，没出息的东西，娶了媳妇忘了娘！姨父满脸赔笑，叫母亲原谅。他母亲说，我能原谅。长兄为父，你的弟弟们不肯原谅！姨父一听，脸上有了凝重之色。在以后的日子里，他两边兼顾，看小姨一次就回老家看望他们一次。

姨父月工资三十多元，除去自己的生活所需，剩下的不足一半。姨父回老家要孝敬母亲，还要照顾三个弟弟；到小姨这里也要松一松腰包。小雨淅沥，姨父手里的钱很快就光了。囊中羞涩，姨父感到再往两边跑也没有意思。姨父擅自决定：减少跑动的次数。

姨父婚前爱与同事下棋、打扑克，玩得开心几个人还会打平伙喝几盅。结婚以后，姨父把这些不良习惯戒掉了。现在决定不回去，姨父大把的时间无处用，就想重温旧梦，把自己变回到过去。

姨父囊空如洗，与同事打平伙掏不出钱来。姨父想一个大活人岂能让尿给憋死，头脑一转，计上心来。姨父说，哥们儿，我的先欠着，发工资那天还你们。姨父把话说到这个份上，同事也不好为难，都点头同意。

姨父是复出，玩起来便一发而不可收，瘾头比过去还大。好比戒烟，一次失败，再抽起来准比戒前厉害。姨父每天总是第一个到场，最后一个离开。

　　姨父不回去，他的母亲和小姨不明原因，都来姨父的工厂找。

　　小姨那天请了假，起早往城里赶。小姨的眼睛红红的，花容失色，一看就知她又彻夜未眠。

　　小姨直接到姨父车间，没看到姨父，她身子一转直奔姨父的宿舍。姨父正与他的母亲在宿舍里说话，那时他的母亲刚发完牢骚，看姨父的认错态度良好，便把话打住。他的母亲打算缓和一下，再开口向姨父要钱，就在这时小姨失魂落魄地进了门。婆媳在这里不期而遇，小姨一见，赶紧叫一声妈。婆婆听见，欠一下身子算是应答。小姨是明白人，她知道婆婆对她有意见。姨父的母亲想让小姨到她那里去，一来可免除姨父心挂两头；二来嘛，既然已是儿子的媳妇，就该到婆家侍奉婆婆，照顾弟弟。至于工作，那是次要的，有她当婆婆吃的，就有她做儿媳的一口。小姨为这个问题来我家征求意见，我母亲想都没想，开口就说不行，没有工作咋行，你喝西北风呀？小姨心里也是这样想的，又听母亲这么说，底气就足了，所以当姨父的母亲再次提出这个问题，小姨理直气壮，一口回绝，没留一点余地。从那天起，婆婆心里有了疙瘩，她咬一咬牙，暗中与小姨较起劲来。

　　姨父心里有愧，他既愧对母亲和弟弟们，更有愧小姨。当着他母亲和小姨的面，姨父不好表达自己的感情。这时天已近午，姨父拿上饭盒，快步去食堂打饭。走在路上，姨父心里想，吃完饭，得让她们走一个，都待下来当然好，但是住宿成问题；还有他的母亲和小姨说不到一块，两个人在一起，叫他两边不好说话。

　　姨父打饭回到宿舍，将饭菜一分为三。三个人各有心思，相互客气一番，这才坐下来吃。饭后，小姨要回去，她说看到姨父就放心了。姨父已多天没见到小姨，今天看到，心里像有无数只蚂蚁在爬行，让他体酥骨软不能自已。他有心留小姨住一宿。小姨说不敢耽误课程，她只请一天的假。姨父不停地看他的母亲，意思请她出去一会儿，让点时间给他和小姨。他的母亲把姨父的心思看得一清二楚，但她佯装不知，丢下碗就躺到床上去。姨父摇了摇头，叹出一口长气。其实小姨何尝不想待下来呢，她有重要话要对姨父说，但看到婆婆这样，就失去了说话的兴趣。

小姨想告诉姨父，她怀孕了。

姨父是多日后才知道这个喜讯的。我要当爸爸了？我真的要当爸爸了？姨父一次又一次地问小姨。小姨的脸羞得像桃花，她小声说，这还会有假？有了就是有了。

姨父信了，同时也感到肩上的责任。但姨父天生的老鼠性格，爪子落地就忘事。对他来说，玩是第一要务，只要有牌打、有棋下、有酒喝，天大的事都可丢到脑后。姨父没有积蓄，月月赤字，遇到花钱的地方，他就拆东墙补西墙。小姨的工资虽说调了三元，也只有十八元。小姨省吃俭用，手中稍有节余。但她很快就要生产，家里添人增口，姨父的工资不拿回家，单凭小姨一个人的工资，她的生活就捉襟见肘，显出窘迫来。

问题是严峻的，姨父解决不了，他就三十六计——躲为上。孩子出生，他回来看过一次，以后像走亲戚一样，十天半月露一面。姨父把小姨这里当旅店，来了吃，住一宿第二天走人。这还是好的，有时还向小姨伸手讨要。姨父有一张巧舌如簧的嘴，他怕小姨不给，就说出种种用钱的理由。小姨心软，看不得姨父有难。小姨有了孩子后，用钱的地方多起来，实在拿不出就不给了，让姨父自己解决。姨父不理解，当小姨吝啬，把钱看得比他重。姨父生气了，就想尽办法折磨小姨。在后来的日子里，姨父要么长时间不照面，要么来了吃一餐饭拔腿走人，从不留宿。姨父的理论是，女人都是贱骨头，离开男人浇灌，很快就会枯萎。姨父在耐心等待，他想不要几日，小姨就会举白旗投降。那时，钱的问题就解决了。其间，小姨一边工作，一边带孩子，人都累病了。小姨心里有苦，母亲回去她就不停地倾诉。母亲抢白她说，心有天高，命如纸薄！要我说，天下的男人死光了也不找他！母亲的话小姨明白，但小姨一时还狠不下心。苦酒是自己酿造的，怨不得别人。面对母亲，小姨有泪只能往肚里流。

夜深人静时，劳累了一天的小姨将孩子哄睡下，自己却睡不着。这时，小姨就会回首她的婚姻。小姨感到她的婚姻已名存实亡，有丈夫和没有丈夫一个样。小姨用枕巾擦去泪水，想起母亲说过的话，她咬咬牙，离婚的念头像小草一样葳蕤生长。一次母亲回去，小姨慎重地说起这事。母亲显然已经忘记她曾经说过的话，她闻后霍地立起身，竖眉立眼地说，瞎嚼大头蛆，柳家丢不起这个人！

小姨左右为难，就让她的婚姻苟延残喘着。

小姨已做了十多年代课教师，她早就想去掉"代"字，转成民办，并在积极地做准备。其间，小姨参加了中师函授学习。与小姨一同学习的人，大多已拿到毕业证书，而小姨还有一门未获通过。小姨清楚，不是她比别人差，而是她未能静心学习。姨父隔些日子来一回，来了就与小姨纠缠，有时还带客人上门，有意给小姨添乱。小姨不善言辞，忙急了只有流泪。泪水救不了小姨，最后获取胜利的总是姨父。

姨父走后，小姨的心久久不能平静。小姨很怀念单身时代的生活。

小姨这一门课又考了两年才获通过。小姨拿到毕业证书那天，她把自己关在家里，痛痛快快地大哭了一场。

小姨总算心想事成，拿到毕业证书的第二年，她就顺利地由代课转成民办。小姨把这个好消息告诉我，并让我写信告诉已定居苏南的我的父母。小姨多年养成的习惯，虽然我的父母已乔迁走了，但她依然来我家，大事小事让我这个做晚辈的当参谋拿主意。

最令我头疼并费尽心机的是小姨的"民"转"公"。转正有着好多条条框框，缺一不可。小姨三天两头来找我，课程评优，撰写论文，疏理关系打通关节……说句不敬的话，那些日子，我很想一走了之，让小姨永远找不着。

小姨终于"民"转"公"了。她如愿以偿，我也彻底地松出一口气。我把这个消息用电话告知父母。母亲闻后如释重负，说，这下好啦，她以后再没有重要事情商量了。

小姨已五十出头，不要几年就将退休。我对母亲说，她这辈子没少与人商量事，但愿往后的路能自己走！

女 人

夜渐渐地浅了，透过窗纱，能看到窗外朦胧的曙色。

红桃在床上动了动，蛹似的变换一个睡姿，继而张开嘴巴打了一个长长的哈欠。她懒懒地睁开眼睛，侧过脸看看窗外，她不看壁钟也知道此时应该是凌晨五点。往日这会儿她是不敢多睡的，得赶紧起来，去厨房为儿子做早饭。饭是前一天晚上准备好的。就这样她也要左右开弓，这边刚把钢精锅坐到煤气灶上做汤，那边又要打开微波炉热包子。几分钟后汤和包子全好了，这时儿子也起床了。儿子是好儿子，学习从不要她操心，她刚把饭端上桌，他已洗漱好，半睡半醒地坐到餐桌边。看儿子这样，红桃就心痛，但不能明着说。她只能给儿子鼓劲，让他坚持住，几个月后就高考了，一旦跨进大学校门，就轻松了。听她这么说，儿子就使劲睁眼睛，显得睡眠很足精力充沛的样子。儿子吃饭很快，他吃一口吹一口热气，呼噜呼噜一会儿就吃完了。红桃的家和儿子的学校相距不远，也就十分钟的车程。儿子吃过饭，背起沉重的书包，从母亲手里接过自行车，飞身上车，眨眼就骑远了。红桃目送儿子远去，返身回屋，看看壁钟才五点半。时间还早，遂脱去外衣，重又躺到床上去。这个回笼觉睡得真是舒服呀，感觉才闭眼，就过去一个小时。此时是六点半，起来正好，她一边做自己的早饭，还能顺手将中午的菜准备出来。儿子早晨起得早，中午回来要有饭吃，饭后能睡上半个小时，晚自习才会有精神。儿子是家庭的轴心，她得围绕他转。红桃在一家事业单位工作，干的是财会。这工作用脑不用体力，和家庭正好互补，否则红桃会累垮的。

去年儿子如愿以偿，他以高分被北京大学录取。

儿子离开家，红桃的生活一下子失去重力，好比挑担人，担子里的货物突然被卸去，挑担人一时不能适应，脚下难免趔趄摇晃，远没有挑重担走得稳当。红桃的好友黑桃、梅花、方块看红桃闲寂无聊，整天无所适从的样子，到了下班时间就来拉她，喝茶打牌，去舞厅跳舞。起先红桃不肯去，她总认为喝茶打牌，跳舞娱乐是男人的事，女人就该围着老公孩子转。方块一听就笑了，她说："你这观念可以当出土文物了，交给姚步顺去卖，很值钱的！"黑桃怕方块的话冲了红桃，她朝方块瞪了一下眼睛，说："死丫头，不会说话就在那歇着，没人说你是哑巴！"方块不服，她叽咕说："本来就是嘛！红桃姐为他守身如玉，结果怎么样？现在姚遥上大学了，红桃姐已尽了母亲的责任，如果她还不放松自己，这辈子也太不值了！"黑桃举起手摆出要打的架势，梅花上来拉弯子，挽起红桃就出了门。红桃的行动有些勉强，但思想已经顺从了方块。

说起姚步顺，真像他的名字是步步顺利。十年前，他很前瞻地辞掉令人眼热的人事科长的职务下海做生意，他说男人就应该干一番事业，而不是耗在衣食无忧的机关里养老。递交辞呈那天，老局长不舍他走，说已经把他列为后备干部，提拔在即。就这样姚步顺也不为所动，他感谢老局长的厚爱，后在老局长的摇头叹息中决然离去。姚步顺淘金的地方是深圳。他做的是字画生意。姚步顺不倒腾古人字画，他知道那是文物，倒腾了就犯法。姚步顺先将内地的几位有点名气也上了岁数的书画家组织起来，带到深圳去采风。老艺术家们听到这个消息，个个摇头，把满头华发都摇得飞动起来。姚步顺清楚，老夫子们摇头，他们不是不想去，而是囊中羞涩。果不其然，当听说一切费用都由姚步顺包下时，他们的心脏一刹那都停止跳动，眼睛也不会眨动。他们盯住姚步顺瞅望，当他脑神经短路，是发烧说胡话，直到姚步顺掏出机票，告诉他们出发的日子，老夫子们才相信发生在他们眼前的事是真的。这真是鸡毛飞上天，天上掉馅饼哇！他们心怀感激地跟姚步顺到机场坐飞机，飞抵深圳后，顾不上休息，也不要求观光，一个个把备好的家伙拿出来，找地方铺展开，拿出看家本领，刷刷刷地动起手来。姚步顺表面不动声色，心里却在哈哈大笑：你们这几个迂腐的老夫子呀，我把你们拐卖了你们还心甘情愿地为我数钞票呢，你们连自身的价值都不知，还奢谈什么艺术。姚步顺虽然刚刚下海，但他对自己已有明确的定位，那就是商人。商人是不做亏本买卖的。他把老艺术家们带到深圳来，之前已经过缜密的市场调查。这几位老夫子的字画在内地不值几个钱，一条烟两瓶酒可以换回几幅，有时说几句顺耳话他们也慷慨相赠。但在深圳，不说价值连城，只要装裱一下，一幅少说也能卖他个千八百元的。

老夫子们的创作热情真是高啊，姚步顺愈是叫他们休息，保重身体，他们的创作热情愈是高涨，直累得热汗淋漓身子打晃才停手。往下两天是采风，也就是游览。老艺术家们眼看姚步顺哗哗地往外掏钞票，心里不忍，回去之前又铺开家伙创作一次。老艺术家们的两次创作，让姚步顺完成了最初的资本积累。手里有了票子，姚步顺的眼界高了，他像采花的蜜蜂一样，整天飞东飞西，专找书画界的大腕。姚步顺过去的同事都说他发了，红桃也不知他到底发没发，反正他行头是变了，从上到下全是名牌。后来又买了车子，先红旗，后丰田，再后宝马。这几年外界风言风语，说他在深圳包养情人，情人才二十出头，嫩得像笋白，指甲一掐就冒水儿……

红桃不信传言，虽说姚步顺一年里回不来几次，回来也是蜻蜓点水不思床第，但他们毕竟是二十年的夫妻啊，她对他是信任的。

再说家里有姚遥，里里外外一个人，忙起来也不感到有多孤寂。回过头想想，姚遥读高中这三年，红桃真是苦呀，起比姚遥早，睡比姚遥晚，累得两只眼圈像熊猫。红桃每天除了上班就是菜场，脑袋里装的全是儿子，与外界几乎断了交往，和黑桃、梅花、方块——最要好的四姐妹，也很少到一起，不过红桃很惦念她们，想急了就打电话。梅花和方块都有男朋友（红桃休口，不好意思说情人），隔三岔五要幽会一回，小日子过得挺滋润，也挺充实。黑桃曾经有过男友，后来分手了。黑桃性格内向，那个人爱张扬，吹起牛来省委书记都不在眼里。黑桃看不惯，快刀斩乱麻，和他断了往来。依红桃看，黑桃的心已经乱了，她是不会甘于寂寞的，不定现在又有了新朋友。好比偷食过禁果的人，是不可能忘掉禁果的美妙滋味的，相反，心里还会多一份深入骨髓的思念。四姐妹中，红桃排行老大，黑桃第二，梅花第三，方块最小。四个人是撒尿和泥的好伙伴，肝胆相照，相互不藏秘密。梅花和方块的男友红桃都见过，很一般，说不出有啥特别的地方。但梅花和方块很喜欢。红桃懂得，感情这事就像穿鞋，合不合脚，只有脚知道。换句话说，也就是人们常说的隔锅饭香；借用古人的话说，叫作情人眼里出西施……

红桃被梅花挽着，来到一家叫"梦醒来"的茶吧。

"梦醒来"茶吧的门面装潢有点西部风情的味道，红桃抬头一看，很有耳目一新之感。方块火眼金睛，她一眼就读懂了红桃的内心世界。方块没有多言，她紧走几步，到总台那里去订了一个小间。

红桃不懂茶道，但她知道唐代茶圣陆羽。红桃思想上有一个误区，她认为喝茶品茗是做学问人的事，女人除了工作，还要考虑家庭、孩子。红桃过去很少喝茶，口干了倒杯白开水，冷却后仰脸一口气喝光。后来从报纸上看到喝茶不但能润肤养颜，而且对身体也大有裨益。再喝水时，她才撮一撮茶叶放到杯子里，然后冲上开水，盖上盖子，闷上几分钟，待茶叶一叶叶沉下去才端起杯子一小口一小口地喝。红桃认为所谓喝茶也就这么回事。但今天，自走进"梦醒来"茶吧，她感到喝茶可能不是一件简单的事。她们四个人在小厅刚坐下，一个小姐就袅袅婷婷地走进来。小姐先问她们喝什么茶，紧跟着便开始表演茶艺。小姐的一双小手像两只美丽的蝴蝶，在茶具间飞来飘去，娴熟的饮茶工艺让红桃看得眼花缭乱，叹为观止。小姐一边表演一边讲解。红桃看得出，小姐今天的表演，为的是她红桃一个人。因为她发现，黑桃、梅花、方块对这里很熟，小姐也熟悉她们，张口能叫出她们的名字。红桃内心原本就很细腻，此刻她心里澎湃着一股暖流，她暗暗想，四姐妹中，她是大姐，她们今天投她以桃，明天她将报之以李。她们四姐妹，要永远地好下去。

小姐表演完茶艺离开去，她们四个人手捧小杯细品慢饮。方块闲不住，她开口说："我们四个人，打牌吧。"

黑桃有点担心，她问红桃："会打八十分吗？"

方块快人快语："黑桃姐真是杞人忧天，红桃姐能生出'北大'，难道还不会打八十分？"

红桃见方块抬举她，红着脸说："方块你别瞎捧我，我很笨的，什么都不会。"

梅花抓过牌哗哗地洗，她说："世上无难事。红桃姐，我俩打对门，保管你一学就会。"

真让梅花说着了，她们一边打一边教，刚打两牌，红桃就会了。黑桃、梅花、方块都很高兴。方块拊掌说："我们四姐妹往后有事干了！"

梅花也说："是啊，红桃姐何时寂寞了，一个电话，我们一定招之即来。"

方块乘机说："当好'三陪'！"

黑桃嗔道："狗嘴里吐不出象牙！"

方块一伸舌头，做个鬼脸，再不多言。

　　扑克牌是时间的祖师爷，不知不觉两个小时就过去了。方块连喊肚子饿，她对黑桃提意见，她说："黑桃姐，你是想饿死小妹吗？"

　　黑桃说："别叫唤。老规矩，就在这吃。"

　　饭菜很简单，反正是姐妹，没那么多讲究。但吃完饭去总台结账，小姐拿出单子一算，报出价把红桃吓一跳。红桃说："小姐，你有没有算错？那几个小菜能值一百多？"

　　黑桃赶紧从包里拿出钱来付了。她拉过红桃，一边往外走一边说："我们不仅看了人家的茶艺表演，而且又喝了茶打了牌，这些都是收费的。"

　　红桃心疼钱，她说："下次去我家打吧，把钱扔进茶吧，太可惜了。"

　　黑桃开导说："花钱买开心，值！再说了，挣钱就是花的，我们可不能做金钱的奴隶。"

　　红桃细想黑桃的话还是有一定道理的，但第二天下班她们再来叫她，她怎么也不去。红桃说："要是打牌就去我家。"

　　黑桃想了想说："今天换换花样，我们去跳舞吧。"

　　红桃说："说好了，账由我结，否则我不去！"

　　方块一听笑了，她说："老外不是？告诉你，女士进舞厅不要钱！"

　　红桃不信，她问黑桃："有这好事？"

　　黑桃点点头。

　　去了舞厅，红桃才知道女人进舞厅真的不要钱。她由此也看出舞厅老板的精明。女人是爱占便宜的尤物，老板抓住女人的这一弱点，他们将舞厅的大门向女人敞开。女人趋之若鹜地涌向这里。男人是俘获女人的动物，舞厅这种地方就是他们施展身手决胜千里的疆场。门票价钱高点儿不算什么，花钱买快乐，这是很值得的事。

男人们走进舞厅时都昂首挺胸，一副一掷千金的大款做派。

虽说进舞厅不要女人破费，这很对红桃的消费观，但来了一次她就不想再进这个门。不会跳还在其次，就像打牌，凭着红桃的聪明，不多会儿就能学会，关键是男人们的那副下流嘴脸叫她难以忍受。自打女人迈进舞厅那一会起，男人们就用野性的目光追踪她们，好像女人来这里都是投怀送抱似的。那天，红桃、黑桃、梅花、方块刚在舞厅里坐下，几个男人就馋涎欲滴地围拢来，游魂般地走来走去，以引起她们的注意。红桃虽然第一次涉足这里，但她已明白男人们的心思——他们在这里转悠，是想挑选自己称心的舞伴。红桃感到好笑，跳舞说白了就是娱乐，是逢场作戏，又不是相亲搞对象，那么认真干啥？可见得男人们都是心怀鬼胎的。红桃在她们四姐妹中第一个被男人请进舞场。红桃对请她的男人说她不会跳舞。男人当她谦虚，讨好地说没关系。开始这个男人还有点拘谨，红桃的端庄和大器让他不敢轻举妄动。当他发现红桃真的是舞盲，色胆陡增，有意夸大自己的舞蹈动作，佯装趔趄的样子，不时地碰一碰红桃的乳房。红桃看出男人的丑陋用心，心里像吃了苍蝇般厌恶，但她强忍着，耳听舞曲，跟着男人一步步挪动。跳完一曲，红桃不肯再跳。这个男人有着十足的耐心，红桃一次不跳，他就两次三次地邀请。红桃心软了，又一次跟着他走进舞场。这个男人真是厚颜无耻，这一次他竟然把红桃当成红颜知己，把红桃紧紧地搂在怀里不说，还老熟人似的探问起她的家庭。红桃从他暧昧的神情里感觉出，这个男人是不希望她幸福的。红桃忍无可忍，一曲未了就拂袖而去。

黑桃、梅花、方块看红桃如此认真都感到好笑，黑桃和梅花的意思是既来之则安之，人生难得几回乐，逢场作戏罢了。男人犯贱就让他们贱去，吃几口豆腐也上不了天。

方块没有黑桃、梅花有耐心，她的嘴巴像刀子。她挖苦说："红桃姐今天的举动可以换回一块贞节牌坊！"

放在往日，黑桃一定会出面阻止，不许方块多说。红桃正处于感情苦闷期，方块口无遮拦，说多了红桃会承受不住的。但今天红桃中途退场，明显把大家的好心情给搅了。黑桃就想方块多说几句也无妨，红桃听几句逆耳话，痛定思痛，不定还能改变性情，变得入乡随俗呢。

黑桃观察，自那天以后，红桃是有了一些变化。她们再约她去茶吧喝茶打牌，她表现得很积极；约她去跳舞，她也和大家同行，有男人邀请，她即便不跳，也坐在厅里陪伴大家，很愉快的样子，直到终场。

红桃十分珍惜姐妹们在一起的时光。红桃知道，这个年代，黑桃、梅花、方块还能惦记她，念着姐妹情谊，真的是难能可贵。她们都有家庭，而且又有男友，时间于她们比金子还贵重。然而她们下班了既不回家，也不接受男友邀约，专门来陪她解闷娱乐，这不能不叫红桃感动。红桃目前是一个人吃饱全家不饥，用她自己的话说是单身贵族女人，诸事不用操心。说自己单身，因为姚步顺远在深圳，远水难解近渴；说自己贵族，这真的是名副其实——她有着固定的收入，姚步顺隔三岔五还会寄钱给她。受黑桃她们影响，红桃的消费观有了很大进步。钱是身外之物，生不带来，死不带去。现在回过头想想，过去的生活真是累哇，姚遥读书那些年，她一直是超负荷运转，体力透支过大。光阴似箭，人生苦短。算起来她还不到四十岁，按说还是青年，自己对着镜子照照，一张脸粗糙得跟老妈子似的，和黑桃她们走在一起，一点不像姐姐，说是阿姨也不为过。好在她醒悟得早，去美容店按摩美容，到精品屋选几身合体的衣服，家里又找钟点工按时上门服务，加上睡眠充足，现在再对着镜子照照，嘿！真的是老树新花旧貌新颜！不要别人说，自己抬手摸摸脸，这皮肤细嫩得跟少女差不多。

在黑桃、梅花、方块的眼睛里，红桃变化了，变得和她们一样会玩会消费，然而只有红桃自己清楚，她内心深处的凄苦寂寞一点也没有减少。夜深人静，娱乐归来，钥匙刚启开家里的门，孤寂像听到号令一样，潮水般地从各个角落向她涌来，眨眼之间就将她淹没了。她像个溺水者，一种求生的欲望驱使她扑向电话。红桃感到，她一旦有了说话对象，潮水就哗哗地往后退去。

红桃眼下最怕的就是双休日。这两天，如果黑桃她们不约她，她从不开口找她们。红桃知道，居家过日子，她们家里有好多事等着她们去做。红桃有钟点工，家庭琐事不用她动手。过去她最爱逛街，但逛多了，兴致也淡了；看书也是她过去的一大爱好，有好书她可以通宵达旦。现在她的心很难静下来，拿起书，思想像长了翅膀似的到处乱飞。后来她干脆把自己交给电视，看累了就睡，睡醒了继续看。过完休息日，周一上班，她好像死过一次，有一种死而复生的轻松。

今天又是休息日。红桃觉得今天的回笼觉睡得不是很好，她模糊记得自己还做了一个梦，一个男人搂着她跳舞。开始时，那男人的手很温柔，渐渐地就用了力，硬把她往怀里揽。红桃本能地抵抗，终因男人力大，一番较量，她成了输家。于是她放弃反抗。说来也怪，她一旦顺从了男人，内心就缭绕起一缕如烟似缕的情愫，这时她身体的每一个细胞都满含温情……红桃一下子惊醒了。

壁钟滴答，这是卧室里的唯一响动。红桃循声望去，时针正指向九点。这时居室的大门传来钥匙的开启声。红桃知道是钟点工小云来了，她不好再睡，把另一只枕头拿过来垫在头下。小云走进客厅，红桃看到她将一盒蛋糕放到茶几上。红桃随便问了一句："小云，是谁过生日？"

"是你呀！难道你连自己的生日都忘了？"小云奇怪地说。

红桃一看台历，才发现今天真的是她的生日，而且是四十岁生日！她不好意思地对小云说："你看我都过糊涂了。谢谢你小云！"

　　红桃起来洗漱。她漱口时想，姚步顺是个细心人，过去他一直不忘她的生日。然而他记得而不打祝贺电话，说明他的心里已没有她的位置。想到这，红桃心里像针扎似的颤抖一下。小云在厨房里忙碌，红桃想她中午一定把小云留下来吃饭，要不她一个人过生日也没啥意思。那么下午如何打发呢？红桃踌躇再三，最后决定还是去舞厅。红桃突然想起刚才那个梦，这时她浑身的血液哗哗地往心脏里汇集，她感到，她的心跳加快了。

男　人

　　下班时间一到，同事都踩着钟点走了。

　　男人还在办公室。男人今天有特殊事要处理。他目送同事走远后，起身把办公室的门关上，拿起电话拨了一串号码。这个电话打了足足半个小时。挂下电话，他又发了一会儿呆，这才离开办公室。

　　男人回到家，看女人正在做晚饭，忙进厨房帮忙。女人见到他，问，咋晚点了？男人说，在路上碰到朋友说会儿话。女人一听释然，说，是这样，我还当你有应酬不回来了。男人在执法部门工作，接触的人多，应酬也多。男人一听趁机说，本来有的，被我推掉了。我明天出差，要两天，行前说啥也要陪陪你。女人一听脸上有了红晕，她羞赧地看了一眼男人，幸福地说，看你，说得人家都不好意思了。男人就势揽过女人，对着她的耳朵说，老夫老妻的，又不是刚谈恋爱，还脸嫩。女人不同意，说，不许说老，我们刚过四十，还是青年！男人不想和女人多争论，他在女人的脸上吻了一下，就坡下驴地说，对，对，我们是青年！

　　这是一个温馨和睦的三口之家，孩子在外上学，住校，节假日才回来，平时就男人和女人两个人生活。吃饭时，女人问男人出差去哪里？公干还是私事？男人不慌不忙地说，去省城，当然是公干。

　　一听说公干，女人就不多问。

　　其实问了男人也不怕，男人未雨绸缪，上午就琢磨好说辞。说辞有两个——一个向领导请假用，另一个留着回家和女人说。

但是女人没问，男人的另一个说辞就没用上。

吃完饭，女人收拾餐桌，男人插不上手，便到客厅里。男人打开电视看新闻，看了没一会儿，女人过来了。男人知道女人不爱看新闻，他忍痛割爱，拿起遥控器不停地揿动，找好看的电视剧给女人看。女人知道男人为的是她，她看看电子钟，说你看新闻吧，电视剧八点以后才有。

这一晚，男人一步没离开女人，女人看电视剧他也陪着。女人爱看言情剧和清代的辫子戏，看到动情处泪水一串一串的，比剧中人还伤心，男人见了就给她拿面巾纸。女人忸怩一下，半晌才接过去，她一边擦泪一边对男人说，不许笑话我！男人用力点一下头，一本正经地说，夫人，老公对天发誓，一定不笑话！女人眼不离电视，抬手打了一下男人，说，口是心非，明明在笑话还骗人！男人竖起两只手，做出投降状，他说，夫人，你冤枉好人，我说的句句实话！

这一晚，还没到十点，他们就进卧室睡觉去了。

男人是个出色的演员，他的脸就是最好的道具，不用化装，就能骗取女人的信任。

当然，男人也不是天天说假话骗女人，多数情况下，男人说的都是真话。因为假话说得少，而且说得无懈可击滴水不漏，所以女人深信不疑。

女人很信赖男人，从确定恋爱关系那天起，她就把自己的一生交给了男人，并像藤与树那样依附着男人。

女人把男人看成是她的一切。

女人在机关幼儿园工作，从事的是幼儿教育，每天面对的是一群活泼可爱美如花朵的孩子，唱歌就唱小兔子乖乖，把门呀开开；

上课就讲寓言、童话、故事，真与假、善与恶、美与丑，浅显易懂，一听即明。女人的性格和善，像一盆清水，清澈透明，一眼见底，男人知道这是她所从事的工作潜移默化的结果。女人很喜爱自己的工作，她每天两点一线，而且乐此不疲。男人曾经想让女人换一换工作，凭他的能力，完全可以办得到，后来没有选到合适的单位就耽搁下来。男人今天想，幸好当初没选到，过去看是坏事，现在看又成了好事。环境改变人，试想，如果女人因换了工作而改变性格，那可就因小失大得不偿失了。男人由此得出一条真理——家庭安定离不开清澈透明的女人。换言之，清澈透明的女人就是家庭的"稳压器"。

老实说，拥有这样的女人，是男人一生的福气。

男人和女人是自由恋爱。在 20 世纪 80 年代，婚姻多是媒妁之言，自由恋爱的很少。男人和女人相识很富戏剧性。那天男人到商店买东西，东西没买却遭遇小偷。小偷早就瞄上男人，正欲下手，赶巧女人也过来买东西。女人看出小偷欲行不轨，想叫又怕小偷出手伤人，万分危急之时，女人不顾矜持，用力把男人往自己身边拉。她的亲昵举动，让小偷感觉他们是一对情侣。男人见有陌生姑娘拉他，当她认错人了，刚要说话，一眼发现身后的险情。小偷的阴谋败露，便脚底抹油，溜之夭夭。女人的义举，让男人热血涌动。他要女人留下单位和姓名，隔日一定登门拜访。女人羞口不语，她抬起美目看了男人一眼，身子一转娉婷而去。男人呆了一刹，便不远不近地跟着女人，直到女人进了机关幼儿园，男人才驻足不前。男人脸上笑了一下，心说今天我办事要紧，明天再拜访不迟。

第二天，男人在女人下班时，准时出现在幼儿园门口。女人见了男人，吃惊道，是你？你怎么知道这里？男人笑而不答，他只说，今天我是为诺言而来。我很感谢你！女人脸上红了一下，她低着头，默默地向前走。男人像个侍者，陪在女人身边，一直走到女人的家门口。从这天开始，隔三岔五，男人就要来一回。日久生情，渐渐地，两个人就确立了恋爱关系。

男人确是个好男人，他对女人一直关怀备至呵护有加，生活上的事从不要女人操心。过去买粮换煤气这些体力活他不让女人上手；接送孩子上学，也是他一手揽下。女人心疼他，要分担点。男人说，女人是啥？是花。男人是啥？是园丁，是护花使者。

女人嗔怪道，看你，人家说的是真话！

男人一听，脸上做出严肃表情。他说，夫人，我这部机器还没开足马力呢，这点事不算啥，刚好热身！

女人亲昵地看他一眼，再无下言。

男人在执法部门工作，坐办公室，用男人的话说，整天坐，骨头都坐酥了。

女人想，既然如此，那就让他做去，就算是热身吧。

男人对女人很忠诚，他的工作接触面广，见的人多，但从没见他有花花草草的事发生。男人在外面应酬多，只要不回家，他就向女人请假，让女人知道他的行踪。

按说，男人和女人有如此好的感情基础，他们的爱情方舟定会一帆风顺，永远沐浴在爱河的碧波里。

但是，男人的爱情航标还是出现了偏离。

那天男人与同事一同外出应酬。这个饭局是几天前约定的，请客者是科长的同学。大家估摸是科长的同学有求于他们，所以科长一说，大家都很高兴地去了。谁知酒至半酣，大家才弄清，这酒不是科长的同学请，而是科长同学的朋友。这关系就远了一层。谈到收费时，科长满脸难色，说全免他做不了主，适当减免一点还可以商量。他们一听有了数，大家众口一词，说科长说的是真话，上面盯得很紧。这话只有他们知道全是假的，别说科长，就是他们这些办事员的能耐都不小，大笔一挥，几百块就能减免掉。科长说的上面盯得紧，是上级出台的激励机制，让他们铁面无私，多为局里创收。局里下达指标，超出部分五五分成。谁也不会和人民币过不去。科长以身作则，不是铁硬的关系，他很少高抬贵手。大家都以科长为榜样，遭遇饭局，能推则推，实在推不掉也不怕。科长早定下调子：酒照喝，饭照吃，谈到收费免酒席（减免酒席费用）。人真怪，虽说减免不多，但请客者还挺高兴，像讨天大便宜似的，还说他们是人性化管理。

这天的酒喝到最后科长也没有全松口，他和他同学的朋友连干八杯，最后将酒杯往桌上重重一放，转过脸看着他的同学说，今天我破例一回，减八百！满意吧？同学和他的朋友一听，脸上乐开了花，连说，满意满意。科长见好就收，他说，这事在老撒手上办，你们和老撒喝吧。老撒就是男人。下面可不得了，从科长的同学开始，一个个轮流向男人敬酒。男人有些酒底子，一轮喝下来还面不改色。

第二天，男人在办公室坐等收费。十点左右，进来一个姑娘。男人见了惊讶道，是啥风把你吹来的？

姑娘大方地走近男人，她说我哥昨晚喝高了，他让我来交费。

男人抬眼再看，连连道歉，说对不起，我认错人了。

姑娘感觉男人挺有意思，好奇心上来了，她追问男人把她当成啥人了？

男人两眼看定她，半晌才说，你太像她了，化装一下，活脱就是一个人。

姑娘很执拗，她打破砂锅问到底，问男人她到底像谁？

男人问，你真想知道？

姑娘点头。

男人又问，我说了你不会生气？

姑娘又点头。

男人这才说，我妻妹！

姑娘一听，笑着说，竟然有这么巧的事。她问男人，你这里有她的照片吗？拿出来看看。

妻妹与他们一家合影的照片就在男人的玻璃台板下放着，他把桌上的东西往一边挪，露出照片。姑娘探身一看，惊讶道，真像哟！

有了这层关系，男人就感到与姑娘有了特殊关系。收费时，男人用足手中的权，在科长减免八百的基础上，又少收六百。

姑娘很感激男人，告别时她向男人要了一张名片，男人没有犹豫，愉快地给了她。

一周以后，男人差不多已淡忘这事，姑娘主动给他打来电话，说想请男人喝茶，不知男人能否赏光。男人一听是她，回答说，谢谢姑娘抬举，要说请客应该是他，不能让姑娘破费。姑娘问为啥？男人说，国情如此嘛。姑娘一听笑了，说你挺绅士呀。男人嘿嘿而笑。姑娘听后问，这么说你是答应啦？男人说，不好意思拒绝呀。不过我得和夫人说一声。姑娘说，好的，我在"醉笑天"等你。

"醉笑天"是本市有名的茶馆，浙江人开的，档次很高。男人赶来时，姑娘已先他而到。

这是他们的第二次谋面。见面后男人的眼睛一刻没离开姑娘，把姑娘看得耳热心跳，不敢抬头。和姑娘分手后，男人很自责，骂自己是贪腥猫，是色鬼。后来男人冷静下来琢磨，他才明白自他答应姑娘邀请，并主动买单，就说明他内心里蛰伏着的那粒情种苏醒了，姑娘似春雷像春风，轻轻一唤，那粒情种便生根发芽葳蕤生长了。

茶馆一别，男人有了期盼和等待。他期盼姑娘的电话，他等待姑娘的再次邀约。

从这点看，男人还是情场嫩手。稍有情场经验的人都懂得，姑娘已向他发出过邀请，那邀请就是爱情信号，往下该他出击，像打仗一样掌握主动权，直攻姑娘的堡垒。

其实姑娘的堡垒没有设防，大门是虚掩着的，只要男人愿意，他可以长驱直入，成为姑娘的香堂贵客。

时间如水一般哗哗流淌，夏天过去了，秋天已悄然来临。姑娘不愿再等，再等就是漫长的冬季，她又一次拨通男人的电话。男人听出是她，有点喜出望外，他说，我当你忘了我呢。姑娘在那边说，怎么会呢？男人很想见到姑娘，他主动说，我请你喝茶，还是上次那个地方。姑娘静默一下，说好的。

这次晤面，男人对姑娘有了进一步了解：姑娘已结婚，丈夫在北京读博，一学期回不来几次，把姑娘一个人丢在家里独守空房。姑娘说她也不是离不开丈夫，就是夜深人静时感到特别寂寞，想说话都找不到人……姑娘说到这里眼圈红了。男人见姑娘这样，赶紧低下头，连正视的勇气都没有。

两个人都沉默不语。室内很静，静得能听到茶叶在水中的舒展声。

男人这次显得特别有修养，他小口喝茶，若有所思地看着杯子里的茶叶。男人有一个发现——他想女人就如同这杯里的茶叶，男人就是水，没有水的浸泡与滋润，女人的日子就不会舒展。

男人想我会成为姑娘的水吗？去浸泡姑娘滋润姑娘……想到这，男人惊出一身汗来。男人想万万不能呀，我为人夫为人父，不可僭越道德，做出对不起女人和孩子的事。

见男人不语，姑娘抬起头，目不转睛地看着男人。姑娘对男人说，你开小差了。能告诉我，你想的什么？

男人一听，像小学生在课堂里偷着玩被老师抓了现场，紧张得不知所措。姑娘看在眼里，想忍没忍住，扑哧笑了。她说，我不要听你回答。我知道你准是在琢磨我。你坏！

男人惊得嘴巴都合不拢。

男人记不清从哪一天起，他开始照顾姑娘的。

男人有晨练的习惯，每天五点即起。过去孩子在家上学，他晨练回来，顺路捎带一份放心早餐，孩子起来吃了刚好上学。后来孩子到外地读书，他晨练后，自己在摊点上吃早餐，吃后给女人捎带一份，这样家里就不用做早饭了，挺省事的。自结识姑娘，男人晨练后就不在摊点上吃饭，而是买两份到姑娘那里去，和姑娘一道吃，吃后返回，再买一份给女人。

这天早，男人买好早餐到姑娘那里去，吃饭时姑娘告诉男人她要去省城出差，想男人陪她去。男人感到突兀，没有立即答应。他对姑娘说，手里事多，容他考虑周全再做答复。姑娘很通达，说好的，我听你消息。

男人离开姑娘就开始琢磨这事。他和姑娘说手里事多是托词，他担心的是想不出好的借口请不来假。他在姑娘的眼睛里是无所不能的，和姑娘实话实说就丢份了。上午在班上，男人瞅个机会向科长请假，许是理由充分，科长痛快地点了头。

男人瞅空给姑娘发手机短信，说他愿做护花使者。姑娘很快来信：你说的可是真话？你保证不会变卦？男人回信：君子一言，驷马难追！姑娘又回：万岁！男人感到短信说话不够尽兴，他想找个机会和姑娘通话。他们科是合伙办公，几人一室，秘密电话不好打。一直等到下班，男人才和姑娘说上话。他们在电话里商讨的都是细节上的事，譬如碰到熟人咋办？晚上住宿如何安排？有人查房怎么应对？等等等等，说了半个小时才挂机。

转天早晨，男人又起身晨练，女人一把拉住他，说今天算啦，你马上就要出差。再说……女人欲言又止。男人伸出指头刮一下女人的鼻子，羞她说，说呀，再说什么？女人用被子遮起脸，撒娇说，知道了还问！男人说，好好好，我不问。说着又躺下来。

昨晚上床后，男人就和女人缠绵，半夜里男人又要，女人说，明天要出差，别累着。男人说，小别胜新婚。说着就行动起来。男人这一次行动是为女人着想的，他知道此次和姑娘出去一定会发生点什么，具体到哪一步也是摸着石头过河，没有定数。但男人很有尺度：他想尝试一下情感的漂流与探险，不把交往的目的指向婚姻。

早晨出门时女人要送男人，男人想不成，她一去就露馅了。男人有的是办法，他拍拍女人的脸说，别跑了，待会儿上班去。女人果然听话，她点点头，嗯了一声。

车票是姑娘买的，男人赶到车站，姑娘正在翘首等待。姑娘见了男人，长吁一口气，心总算放下了。男人说，对不起，让你担心了。姑娘说，有点。早晨你没过去，我怕你出意外来不了。男人说，哪能呢，出天大的事我也要来。姑娘靠近一点，将头倚在男人的肩上。男人紧张地看看前后，姑娘会意过来，赶紧坐正身子。

车行至半途，男人的手机响了。男人看号码生疏，没接。紧跟着又响，男人还是不接。姑娘说，接吧，别误事。男人打开手机一听，脸色大变，他叫司机赶紧停车。姑娘问咋啦？男人说，我夫人上班路上被车撞了，现正在医院抢救！

孔雀东南飞

　　说起过年，热闹也就是三十年晚和大年初一这两天，两天过去，年就撒开脚丫跑走了，给人的感觉，好比邂逅美女，刚打照面，还未及细瞧，她就飘然离去，留给你的是一阵香风和一个长发飘飘欲拉不能的倩影。

　　初二这天，才回家两天的孔燕就开始长吁短叹，好像火烧屁股似的坐立不安。孔雀看出她是待不住了。果不其然，刚吃完早饭，她就掏出小手机给她打工的那座城市的某某打电话。看孔燕的神情，接电话那个人八成是个男的，说不定就是那个孟厂长。孔雀猜想是有根据的，因为他们家有固定电话，而孔燕没用。孔雀听说手机收费比固定电话高，孔燕舍低求高就能说明问题。还有一点也非常重要，孔燕把电话打通后，她回过头飞快地瞟一眼孔雀，把小手机紧紧地压在耳朵上，防贼似的跑到外面去说话。孔雀一看有点生气，心里像柴草遇火似的"嘭"一声燃烧起来。有这个必要吗？房间里就她俩，她们一个是姐姐一个是妹妹，又不是旁人，有啥事要提防她？真是岂有此理！孔雀的肚子都要气炸了，她悄悄跟出门，想听一听孔燕跟人家说些啥。孔燕往巷道里走，把头缩在两肩里，长发披散下来，把脸都遮没了。孔雀往前走几步，伸长脖子听，孔燕说话的声音很小，跟蚊虫哼哼差不多。孔雀屏住呼吸，一句也听不清，她一气就回来了。孔雀在心里大骂孔燕：臭东西，有啥了不起，不就是在南方打工吗？才几天就不认亲妹妹了，好像自己成了人物似的。哼！

孔雀没料到孔燕会变得生分。生分源自私密，私密让孔燕变得神秘莫测，不可理解。

刚进腊月，母亲就盼着孔燕能早点回来。一天晚上，孔燕打电话回家，说她今年过年不回来，厂里忙请不下假。母亲听后一脸失望，她说，就恁忙？大过年的。你和厂长说说，就说妈两年没见你，想了……母亲这样说的时候，眼里的泪水差点掉下来。她不停眨动眼睛，把泪憋回去。母子连心，孔燕从母亲的声音里听出点什么，半晌无语。孔燕是前年走的，当年没有回来，今年再不回来，母亲怎么放心得下。母亲不知孔燕干的是啥工作，她过不多久就给家里寄上一笔钱，但是钱并不能代替女儿呀……孔燕终于说话了，她对母亲说，妈，你容我想想，一有结果就和你们通话。孔燕说完就挂断电话。母亲抓着电话久久没有放下，好像抓着电话就攥住女儿似的。父亲站在一旁，他从母亲手里拿下电话，轻轻放到话机上。过了两天，孔燕又打电话回来，说她请下了假，不几天就回来。母亲不放心地说，是真的吗？具体哪一天，你说个准头。孔燕在电话里火急火燎地说，妈，我是用手机打的电话，很贵的。我挂了啊！说后真的挂了。之后再没有来电话。日子像河水一样哗哗流淌，年愈来愈近了，父母开始掰着指头数日子。腊月二十四送灶，孔燕没回。从二十五那天起，母亲一天要出几次门，打起眼罩往村路上张望。村里外出的人在母亲张望下一个个都回来了，整个村子欢声笑语的，母亲晓得这笑声是外出的人带回来的。二十九这一天，母亲想今天孔燕要是不回恐怕就不会回来了。她一会儿出门一次，村路上空空荡荡，一眼看出老远，小狗小猫都看得清楚，母亲每次都叹息着回来。中午时分，村路上出现一辆小轿车，开始比火柴盒大不了多少，后来渐渐变大，径直向村庄驶来。村路窄巴，被拖拉机压得高洼不平，跟山路差不多，小轿车走在上面一起一伏，像风浪里的小渔船。母亲不当回事，看了一眼又叹息着回来。母亲的脸冷冷的，像要结冰似的；父亲也不说话，坐在堂屋里闷头抽烟。孔雀的肚子饿得咕咕乱叫，她想吃饭，于是就去灶房收拾餐桌，就这时门前响起一声汽车喇叭声。孔雀好奇，跑出门去看，刚出门看到孔燕从小轿车里往外钻。孔燕身上珠光宝气、披红挂绿，大冬天还穿着裙子，洋气得像刚从电视里走出来，孔雀都不敢认了。是孔燕先叫孔雀的，她说，妹妹，你愣怔啥呀？快帮姐姐拿东西！孔雀看真的是孔燕，这才跑上前，一边接东西一边回头大叫，妈，快来看啊，姐姐回来啦！母亲和父亲一前一后走出门，一看真的是孔燕，母亲喜得眼泪都下来了，她说，坏丫头，妈当你骗我呢！孔燕从包里拿出纸巾，忙为母亲拭去泪水，她像哄孩子似的对母亲说，怎么会骗你呢，女儿不是回来了吗？说后把前面的车门打开，一名胖男子从车里钻出来，站到母亲面前。孔燕介绍道，妈，他是孟厂长。母亲看一眼孔燕，又看一眼孟厂长，嘴巴张了张，喉咙像卡了鱼刺没发出声音。孟厂长上前一步，叫了一声大娘，又转向父亲叫了一声大爷。父亲脸上讪讪的，他咳嗽一声算是答应了。上门就是客，况且又是过年，一家人拎着东西高高兴兴地回到屋里。村里一些上了年岁的人和放假回家的孩子，看到孔雀家来了轿车，都跑来看稀罕，孔燕抓出糖果分给孩子，孟厂长把身上的烟拿出来散给老人。孩子有糖果吃，撒脚跑了；老人把烟点起来，眯起眼睛在孔燕和孟厂长的脸上跳来跳去。孔雀的父亲感到身子热热的，他解开纽扣，到里屋拿出一瓶酒，招呼家人吃饭。父亲招呼吃饭还有另外一层意思：逐客。果然，老人们见后都主动离去。孔雀的父亲坐下来，看桌上没有几个菜，就说，大过年的，不能怠慢客人。他眼睛望向母亲说，去做俩菜来，我和孟厂长干几杯！孟厂长一听，赶紧拉住孔雀母亲说，大娘，不要忙，我吃完饭就走，厂里忙呢！母亲看孔燕，孔燕说，听孟厂长的。于是就坐下来吃饭，不喝酒话也少，不一会儿就吃过了。孟厂长原打算坐一会儿，与孔家人说说话，看他们一家人脸色不太好，就改变主意，和孔燕道别后，钻进小轿车走了。

孟厂长走了，剩下的都是家里人。自家人说话无须顾忌，母亲小巷子里扛木头直来直去，她问孔燕孟厂长是怎么回事。孔燕准备好一肚子说辞，她以攻为守，说，孟厂长怕我赶不上车，送我回家有啥不好？母亲是过来人，她早把事情掂量清楚。母亲说，他是厂长，你是员工。员工回家他开车送，恁多人送得过来吗！母亲的话一针见血、直抵要害，孔燕一时语塞。母亲穷追不舍，你瞅他长得多闹心，大油肚，肥猪脖，年龄少说也有四十岁！孔燕跺脚道，妈，你少说两句好不好？他长得丑俊跟我有啥关系，我是打工赚钱，又不是找女婿！母亲不依不饶，没关系最好。刚才来的那一拨老人，眼神怪里怪气的，比毛辣虫还刺人，妈就怕被他们的唾沫淹着！

要不是孟厂长开车送孔燕，坏了父母的好心情，家人团聚，今年过年应该是愉快的。眼下情况不同，母亲心里搁着大事，这件大事比石头还重，把母亲压得透不过气；父亲也眉头紧锁心事重重，他不说话，坐在那一支接一支地抽烟。父亲烟瘾不大，往日两天才抽一包，自从孔燕回来，他一天竟然抽掉两包。父亲平时爱喝酒，也有酒量，三十晚上没喝几杯就醉了。孔雀不管这些，她关心的是姐姐打工的事。孔燕心里烦闷，回答就很敷衍。孔雀看不出火候，还夸赞孟厂长的小轿车漂亮，能照见人影。孔燕向她翻白眼，她才闭嘴不语。

孔燕回来后没有串门，一直待在家里，回家时那身衣服也换了，穿上旧时衣裳。孔燕气质变了，就是旧时衣裳也遮挡不住她的风采。她的头发垂直，像水一样光滑；皮肤润洁，细腻如蛋白；指如春蚕，洁净透明；还有腰身，凹凸有致，活脱就是美人坯子……孔雀感觉自己与她相比就是丑小鸭与白天鹅。孔燕这变化，是城市熏染陶冶的。想明白了，孔雀也向往城市。与孔燕话不投机，在家待着就没有多大意思，于是孔雀出门去找姐妹们玩耍。

孔雀比孔燕小三岁，去年读完高中，一直闲在家里。村里的姐妹们都外出打工去了，平常想找个说话的人都没有。过年真好，大伙跟约好似的都回来了。通过两天观察，孔雀发现村里的姐妹们无人赶上孔燕。孔燕挣钱多，还深受工厂重视。事实明摆着，村里除孔燕回家是轿车送来，没见第二个人有这待遇。孔雀不找别人玩，径直去梅花家。梅花是她同学，去年毕业就走了，她想问问梅花在南方干得如何。孔雀对孔燕有看法，她在心里说，孔燕有话不说，对我保守，我照样能摸到实情！梅花好像知道孔雀要来，她哪里也没去，专门等她。孔雀迫不及待地要梅花说说外面的情况，梅花伸出手说，没啥好说的。在家千日好，出门一时难。你看看我的手，被资本家剥削得不成样子了！孔雀一看惊叫起来，你的手咋烂成这样，丑死啦！梅花说，你没听老辈人说钱难挣屎难吃吗！我在饭店端盘子，天天用洗涤剂洗碗刷盘子，铁打的手也会泡烂的！孔雀说，你看我姐，她养得细皮嫩肉，跟电视里走出的人一样。梅花闪烁其词，把话岔往别处，她问孔雀今后如何打算。孔雀说话斩钉截铁，打工，像姐姐那样！梅花叹口气说，我的手虽然烂成这样，但与家里比，还是外面好啊。孔雀点头说，那是一定的。家有啥好？家是牢房，在家就是坐牢！孔雀把堵在心里的话说出来，浑身陡感轻松，她拉梅花在村里走动。过年了，各家都燃放了不少鞭炮，红纸屑铺满路面，走在上面柔软舒适，仿佛走在鲜艳的红地毯上。孔雀玩到晚上才回家。父亲酒意已去，看样子也是刚刚起床。

母亲存着一肚子话，过年两天她忍着没说。明天是初二，母亲想无论如何得找个机会说说。孔燕年轻，苦海无边道路漫长，她不能眼睁睁地看着她往歧路上走。

孔燕打完电话如同换了一个人，面带笑容，脚底像装了弹簧，走路一蹦一跳，嘴里还哼着歌曲。孔雀想她定是遇到高兴事了，想问又怕热脸碰她冷屁股，咬咬牙忍住。不想孔燕自己打开话匣子，她告诉孔雀，说她下午就走，厂里要她明天上班。孔雀问，不过完小年再走？孔燕说，还有三天才是小年，你想要我黑发变白发吗？这个家我一天都不想多待，憋死人！孔雀闻后心里一动，想孔燕终于不打自招说出真话。孔燕啊孔燕，你是饱汉不知饿汉饥，你才回来两天就待不住，就没想想你的妹妹，她天天待在这里，你就没想过把她带走，让她出去见见世面吗？孔雀这么想，就不失时机地把想法说出来。孔燕闻后像不认识孔雀似的，头摇得像货郎鼓，说，不行，我不会让你过那样的生活！孔雀奇怪道，城里跟天堂似的，有啥不好？孔燕自知说漏嘴了，忙作更正，我的意思是打工很苦，不是人人都做得了的。孔雀固执地说，没啥了不起，梅花的手被洗涤剂泡烂了都不怕，我怕啥，大不了去饭店洗碗端盘子！孔雀态度决然，显然是经过深思熟虑的，孔燕不敢多说话。既然决定下午走，她必须提前把东西拾掇好。孔燕回来带的是带轮子的行李箱，乡村不是城里，行李箱不能拖着走。孟厂长说来家里接她，孔燕没有同意，让他在镇街上等。年前他到家里来，搞得他们一家年都没有过好。父母真是火眼金睛，只一眼就看出他们之间非同寻常。父母没见过世面，思想保守观念陈旧，大城市司空见惯的事，到他们眼里比天还大。城里的老板哪个不养情人？她和孟厂长是各取所需，到了一定的时间，她手中有了积蓄，就金盆洗手，那时在城里挑个合适的事做，一辈子不愁吃喝，这有啥不好？孔燕早把自己的未来设计好了。

孔燕头脑里琢磨事，把孔雀冷落在一旁，待收拾完东西，看到孔雀在不停地抹泪，她心里一软，一把将孔雀搂进怀里。孔雀在姐姐怀里，非但没止住泪水，反而流得更多。孔燕的心没有被孔雀的泪水泡软，但她的话还是给孔雀留有希望。孔燕说，好妹妹，再坚持一下，一年后姐姐一定接你出去。孔燕这么说，是想她和孟厂长的约定明年到期，那时她就是自由人。孔雀当孔燕骗她，说，我知道你蒙我，我才不上你的当！孔燕说，真的，姐姐说话算数！孔雀抬起泪眼看孔燕，看后她信了。

午饭后，孔燕就走了。孔燕对父母撒谎，说到镇街上乘车。母亲没逮着机会说话，心里堵得难受，孔燕走，她连门都没出。父亲顾大局，要孔雀把孔燕往前送一程。今天的天特别好，太阳像个小火球挂在天空，给人春天般的温暖感觉。孔雀心情好，她好事做到底，一送就送到镇街上。孔雀眼尖，老远看到路旁泊着一辆轿车，她仔细端详，一眼认出是孟厂长的车。待走上前，果然是的。

孟厂长下车为孔燕打开车门。孔燕上车后，轿车绝尘而去。

初五是小年，小年过去，年就走远了。

孔燕走后，父母调整心情，渐渐又恢复到往日的状态。初五这天，父亲起身后放了一挂长长的鞭炮，红纸屑飞溅，炸出满院喜气。放完鞭炮吃汤圆。父亲心情很好，像锁了多日的屋子突然打开，眼前是窗明几净，满屋敞亮。吃完汤圆，父亲对母亲说想请一次客。母亲说，请客好啊。菜现成的，你去叫人，我和孔雀这就做准备。人员是年前定好的，村支书老王，还有本家几个兄弟。往年他们家从没请过支书来家里吃饭，今年听说孔燕回家过年，才想起这档子事。孔燕寄钱回家，乡邮员每次都把汇款单送到支书那里。支书看到汇款单上的钱，眼睛睁得像牛眼，直夸孔燕有出息，是个好闺女。父亲年前碰到村支书，顺口说过年请他来家里喝酒，支书一口应下。本来打算抢在别人家前面请的，哪知前几天心里不痛快，就把这事落下了。

父亲巴巴地跑到支书家，支书刚推开饭碗，用牙签剔牙齿。父亲说明来意，支书回忆起年前说过的话，爽快地答应下来，他笑呵呵地说，今天我可要好好瞅望瞅望孔燕这丫头，看她是不是长着三头六臂。父亲听出来，支书答应来他家，多半是看在孔燕的情面上。父亲多个心眼，没敢说孔燕已走了几天，反而将计就计地说，丫头说要好好地敬你酒呢。支书剔好牙，他嘬嘬牙花说，好哇，这丫头知礼节。

与支书告别后，父亲又去自己的兄弟家，要他们中午来陪支书喝酒。

支书答应痛快，来得却晚，太阳偏西了才到，他说他是赶场子，喝过一家才来的。来了就好，能请到他是天大的面子。

落座后，支书嚷着叫孔燕丫头，要她赶快过来，他今天要瞅个够。父亲张口结舌，一脸尴尬地不知如何作答。母亲脑子好使，她从灶房跑进堂屋，抓起酒瓶把支书的杯子斟满酒，一脸遗憾地说，孔燕有事刚走，没来得及跟你招呼一声，走前她叫孔雀代她敬你一杯！支书一听是这么回事，呵呵一笑，挥动大手说，走就走吧！孔燕丫头是混世面的人，不同凡响啊！孔雀在哪里，快来陪我喝一杯。孔雀来到支书跟前，她没有退路，端起酒杯仰脖喝下一杯。辣酒像火，顺着孔雀的喉咙一路烧下去，在胸窝那里形成火球，把她的心都烧疼了。孔雀捂住胸口跑进灶屋，咕咚咕咚喝下几口凉水才把火球泼灭。她不敢到堂屋去，怕支书见了再要她陪酒。

支书的酒喝高了，说话颠三倒四，夸大其词，把孔燕抬上了天，说她是全村最有本事的人。父亲谦虚地说，丫头不知天高地厚，瞎闯荡。支书醉眼蒙眬，他盯着父亲说，你说她瞎闯荡，不服气你出门闯给我瞧瞧，比孔燕丫头强我就服你！厂长亲自开车送她，全村没有第二个……呃！

父亲心里没个底数，他搞不清支书是真夸他还是取笑他。搞不清就喝酒，他频频举杯，与支书喝，与自家兄弟喝，不一会儿也喝高了。

　　初五过后，村里的人一天比一天稀少，村路上每天都走着远行的人，他们背着行囊，步履匆忙地到镇上去乘车，还没到元宵节，打工的人就走得一个不剩。

　　梅花是最后一个走的，她晚走是等孔雀。春节时孔雀和她说过一道走，殊不知她兀自改变主意，害得梅花白白多待几天。孔雀过意不去，说，让你蒙受经济损失，我日后打工一定赔偿你。梅花大度地说，我可没钻钱眼里去。对咱俩来说，友情比金钱更重要。临行这天，孔雀像初二送孔燕那样，把梅花送到镇街上，直到她上了长途汽车才挥手告别。梅花把头伸出窗外，大声对孔雀说，哪天想出来就给我打电话！孔雀感激地点点头。孔雀没敢回头，她怕梅花看到她流泪了。往回返时，孔雀突然有一种孤独感。回家的路变得漫长遥远，孔雀不知往下的日子如何打发。

　　天气渐渐变暖，微风和煦，吹在脸上像鹅毛轻拂，给人一种温暖舒适的感觉。小草在暖风里由黄变绿，桃花也含苞欲放红在枝头，村里的一些老人坐不住了，开始套牛耕田播种玉米。

　　这天吃过早饭，父亲收拾农具，然后到牛棚里将牛牵出来，准备到田里去。母亲见了问，不是说好雇用拖拉机的吗？又花不了几个钱的。父亲头也不抬，说，我还能做，又没到七老八十！听话听音，孔雀看出父亲心里的疙瘩还没有解开。孔雀想不明白，父亲的心眼咋跟母亲一样小，孔燕又没做啥出格的事，坐一回小轿车，也犯不着这样啊。孔燕是家庭的有功之臣，如果她没到南方打工，他们家的经济一定还会像过去那样捉襟见肘，买个油盐酱醋都要卖鸡卖鸭。这才过上好日子，就过河拆桥，孔燕要是知道，不定怎么生气呢。母亲听后想了想说，我与你一同去。他们都走了，家里剩下孔雀一个人。一个人自由，想干啥干啥。

孔燕是前年出去的。孔燕走了，家里的人手少了一个，田里的活忙不过来，父亲就将离家远的田抛荒，只种离家近的田。

孔雀干活笨手笨脚，错误百出，锄草常常把苗也锄掉，用母亲的话说是帮倒忙。后来下田，母亲就不叫她，让她在家烧火做饭。

孔雀今天闲着无事，就打开电视消磨时光。她不停地换频道，寻找好看的节目。湖南台正在播《还珠格格》，孔雀放下遥控器，专注地看起来。这部电视剧孔雀看过，挺好玩的，剧中人个个傻头傻脑的，连皇帝都像个白痴，被几个小丫头骗得团团转，整天在后院里吹胡子瞪眼睛，朝政都不理了。孔雀把这部戏定性为傻瓜戏。今天看傻瓜戏，孔雀有了全新的认识。这个小燕子，表面嘻嘻哈哈、疯疯癫癫，骨子里却很叛逆，不循规蹈矩。孔雀沉浸在剧情里，把做饭的事丢掉脑后，父母从田里回来，她还在看电视。母亲当饭已做好，一摸锅灶是冷的，二话不说，上来就把电视关掉。孔雀坐在电视前，脑子像电视屏幕一片空白。

母亲变了，变得陌生，让孔雀难以理解。

下午在家，孔雀没开电视。不看电视时间很难熬，每一分钟仿佛一个小时那么漫长。寂寞如春天里的小草，在孔雀的心房里葳蕤疯长，堵得她坐立不安。孔雀想给梅花打电话，问问她打工的情况，还有手上的伤是否已经长好。电话拨通，无人接听。孔雀不知是何原因，她刚放下电话，电话突然响起，把她吓得一跳。孔雀犹犹豫豫地抓起电话，一听是梅花的声音。孔雀惊喜道，死东西，刚刚打你手机，你跑哪里去啦？梅花说，我在洗菜，不好接。又说，有事抓紧说，今天客多，我急着做事呢。孔雀刚喊一声梅花，泪就滚下面颊。梅花说，怎么了孔雀？你说话呀，是不是想出来？孔雀一听使劲点头。一想电话里梅花看不到，赶紧说，是的是的！梅花安慰说，心急吃不得热粥。你不要急，我瞅空问一下老板，看他这里要不要人。孔雀说，谢谢你梅花！梅花说，谢啥呀，有情况我立马告诉你！

　　打过电话，孔雀心里好受一些。孔雀想，梅花的老板要是同意要她，她一天都不耽搁，打起被包就出门。孔燕说明年带她出去。明年太长，孔燕在家满打满算才待三天，就打电话叫孟厂长来接她，却叫她待一年，孔燕这么做是不是太自私了，还亲姐妹呢！看人家梅花，刚听说她想出去，就答应想办法……孔雀正在胡思乱想，电话爆豆似的又一次响起。孔雀当是梅花向她报告好消息的，跳起来去接电话，一听是男人的声音。孔雀开口就说，对不起，你打错了！刚要挂，男人说，你是孔雀吗，我是孟厂长啊！孔雀一听就说，你找我姐吗？她没回来！孟厂长哈哈大笑，说，我找的就是你！你告诉我，想来南方工作吗？孔雀疑惑道，你……你怎么知道我要去南方，是梅花告诉你的吗？孟厂长一听心里有了底，他放低声音说，你先不要问是谁告诉我的，我只要你一句话，你要是想出来，我明天就开车接你。记住，还在你姐上车的地方。孔雀不想失去这个机会，当即答道，一言为定！孔雀敢这样回答心里是有底的，南方那座城里有她的姐姐，有同学梅花，还有见过两次面的孟厂长，她没啥可担心的。

谁是黑马

1

美国那边刚咳嗽，世界跟着就打喷嚏患感冒。这世界真奇怪，看着是各过各的日子，跨海隔洋，八竿子打不着，到头来却是一根绳上的蚂蚱，拴在一起的。

罗列坐在他的日杂店里，面朝马路，两眼发呆，跟个傻子似的，半天才眨巴一下。几天前他的日杂店还人来人往门庭若市，他是董事长、总经理、营业员、会计一身兼，忙起来手脚不停，恨不能变成千手观音。那时他就想抽空子去人才市场看看，有顺眼的招一个回来做帮手。挣不完的钞票做不完的琐事，既然当了老板，就不能把自己困在琐事里。后来出去一趟，到南方进一次货，把这事耽搁了下来。不想才几天，国际风云变幻，他的小店就变得门可罗雀，生意一下子萧条起来，一天的收入不够付一天的房子租金，还真的应了电视里说的全球一体化了。过去听这话，罗列没朝心里去，当搞电视的人哗众取宠胡说八道，有意把芝麻说成西瓜，目的是引起人们注意，增加收视率。今天看人家那是登高望远，具有国际眼光。麻雀不尿尿，各有各的道道，不佩服不行。罗列对着熙来攘往的人群瞅望，望久了，眼睛里动漫似的全是渐离渐远的后脑勺。这后脑匀有长发有短发，有白发有光头，没一个是正面的。罗列暗骂一句，站起身，满心烦躁地走向货物间。回想前几天去厂家进货，所到之处听到的都是叫苦声哭穷声，说他们的日子每况愈下捉襟见肘，看账面是祖国山河一片红（赤字），想与他结清货物款。罗列拍着他们的肩膀说，跑了和尚跑不了庙，还怕我赖你们那几个小钱咋的？我们是老客户，按照协议来嘛！厂家被他说得不好意思，但是发货远没有往日痛快。现在想这就是信号。罗列老驴推磨似的绕着货物转圈圈，转久了还头晕，他伸手将几盏吸顶灯关掉，走出来，"哗啦"一声拉下卷帘门，锁好了甩手走人。站到马路对面，罗列抬头打量他的店铺，启功的集字："太平洋日杂用品有限公司"，一方漂亮的喷绘固定在门楣上方，很招眼。想当初刚做好这块招牌，好多人跑来打听价码，问他通过什么路子搞到启功的墨宝，一定花了不少银子。被问急了，罗列举手晃一晃。"五万？"问的人穷追不舍，想讨到实底儿。罗列满脸暧昧，笑而不答。问话者见罗列默认，说道："招牌是脸面。好钢用在刀刃上，这钱花得值！"其实罗列那手语的意思是五百，喷绘的花销。既然人家要往高处抬，那就顺水推舟，将错就错吧。这也是抬高自己的一次大好机会，生意场上需要这个。民间有句俗语：人要是走运，跌个跟头都能捡到大元宝。这块招牌给罗列带来意想不到的好处，出门办事是一路绿灯。别人的营业证、税务证一周才能办好，而他仅用两天全部摆平。办事途中，那些人都用别样的眼光看他，态度和蔼说话可亲，他仿佛真的成了上帝。罗列知道，这些都是招牌上那十一个字带给他的。是啊，一个小地方的人能讨到启功的墨宝，可见他的路子有多厉害。罗列一不做二不休，把招牌字又印到名片上，出门办事见人就散，还谦虚地说，请多关照！把自己搞得像个日本人似的。

弹指一挥间，日子跟长了翅膀，几年呼噜一下就飞过去了。

罗列做的是日杂用品，业务包罗万象，跟生活挂上钩的都做。

罗列的店名起得好，前面是"太平洋"，振聋发聩，有站在小城放眼世界的意思；后面是"有限公司"，一看就是股份制企业，不用说，罗列本人就是董事长了。名人的墨宝加上头衔，罗列如虎添翼，在商道上披荆斩棘，一路顺风。

刚开始罗列做得比较隐蔽，跟个地下工作者似的全是暗地操作，那时他还吃着皇粮，是脚站两只船。后来看市场行情好，月收入远远超出工资，就天不怕地不怕了。又过几个月，行情依然好，他毅然辞去工作，一心做生意。

那时人是多么纯洁，又是多么善良啊。罗列去苏南考察，在百货商场看电饭锅款式新颖，比自己家里的好看，就去厂家洽谈。厂家正在打市场，想把新产品销往全国各地，见有人上门洽谈，看名片，来者是董事长兼总经理，高规格地接待他。通过谈判，厂家一让再让，最后签订销售协议。是代销，卖后付款。罗列慢条斯理地把协议书装进公文包，内心窃喜不已——这就是民间说的空手套白狼啊！不要预付资金，这是拿别人的钱做自己的事，生意哪有不发之理？这样的生意傻子也会做。举一反三，由电饭锅而其他，罗列马不停蹄，到景德镇进陶瓷，去浙江永康购铁锅，还到一些不出名的厂家，大到电冰箱、洗衣机，小到电水壶、碗筷瓢勺、灯泡电线……货购得差不多了，就花钱托运回来。货物上架，他的日杂店就名堂繁多，琳琅满目了。

罗列做生意有一个原则：大型货物不多进，小猫钓鱼，一次一件足矣，售完再进；小物件适量考虑，总价从不超过五千元。罗列这样做有自己的考虑，因为销售协议上写明，五千元是底数，超出部分要现钞结算。货物还没售出，他可不愿掏钱垫付。罗列本是吃皇粮的，手中没几个积蓄。话又说回来，即便有现金，存进银行长利息，也比付给厂家强。

厂家也有厂家的考虑：产品还没热销，没有形成品牌，多一个人销售，产品就会多一条出路。五千元垫付资金就当是花钱做广告。话说回来，垫出去的钱最终还要收回来。这一放一收，等于没花钱，而且同样起到宣传的效果，事半功倍啊。这是厂家的明智之举！

厂家与销售商签订协议后，不是放手不管，他们有专人定期下去走访，书面语叫听取意见，改进工作，提高产品质量。厂家来人多是先打电话，告知到达时间。罗列心中有数，在来人抵达之前做好各项工作。

这一天，罗列把全家人都调动起来，父亲母亲齐上阵，一个萝卜一个坑，每个人都在自己的岗位上待着。罗列虽有点弄虚作假，但他的心是诚的。罗列这么做没有别的意思，就是想赢得厂家信赖，他要和他们长期合作下去。

来人说来就来。是蜻蜓点水式的，最多半天，短则一两个小时，看看货物，翻翻台账，也不吃请，抽支烟喝杯茶抬脚走人。罗列是盛情的，强拉硬拽，百般挽留，当着客人的面打电话订餐。店是名店，菜是淮扬菜，全国有名的。罗列对客人说，淮扬菜上过国宴，新中国成立时周恩来总理用此菜招待贵宾。来人一边握别一边说，谢谢罗董事长！你的心情我们领了，但是饭不能吃，这是厂规！手拉手来到门外，依依不舍地送走客人，罗列心中的石头轰然落地。

这年年终，厂家召开销售人员座谈会，罗列受到邀请。会期两天，表彰先进个人时，厂长亲自颁发奖牌。轮到罗列上台领奖，厂长拍着他的肩膀，说他好样的。罗列明白，厂长的话含有两层意思：一、因为他是董事长兼总经理，单位虽小，他大小是个头，与其他销售人员有明显区别；二、他的销售成绩斐然，一年不到，售出几百只电饭锅，自己挣了票子，厂家也赚了钱，是双赢。

这年底盘点货物，核对账目，罗列净赚三万元。看过去比现在，一年赶上过去三年的收入——这不就是毛主席他老人家说过的多、快、好、省吗！乖乖，这条道是阳光大道，罗列算是走对了！

天有不测风云，好日子还没有过足，就遇上了国际金融风暴。罗列想风暴就是强台风，刮两天就会过去，到时就会云开日出，重见光明。第二天罗列照常营业，他没有等来顾客，电话倒是丁零零地响了。罗列抓起一听，是厂家打来的，说他们已面临停产，工人拿不到工资，工厂只发电饭锅、电水壶，请他务必结清货款。后来罗列又接到几个电话，全是供货厂家打来的，意思都差不多。挂上电话，罗列有虚脱之感，好像要地震。他害怕电话再次响起，于是赶紧关门走人。

罗列想此路可能不再通畅，他不能在一棵树上吊死，赶紧转行。几年在生意场里摸爬滚打，罗列虽没富到钵满盆溢，但也是腰缠万贯。这"万贯"里有一部分是厂家的垫底，如果刨除这个，他的"万贯"就要瘦身缩水——这比割他的肉还要疼痛。罗列与厂家打过几年交道，不说知根知底，也是了解一二——打电话的人有点夸大其词，危言耸听了，那么大一个企业咋会捉襟见肘呢？他们是骆驼，瘦死了也比马大。遂做出决定：不结货物资金，把自己从他们的视野中蒸发掉！此举不是罗列本意，而是形势所迫。

罗列做出决定后，一边甩卖货物，一边转让门面。处理完这两件事，便更改手机号和电话号码，把自己真正蒸发掉。罗列相信厂家是不会为区区五千元把他送上法庭的，更不会派人追讨他。既然捉襟见肘了，就不会花这瞎眼钱。罗列有这个把握。

这是罗列挖到的第一桶金，他要保住，不能有一星半点流失。

2

随后几天，罗列成了忙人，他走街串巷，考察市场，寻找第二桶金。

罗列经商几年，没吃过猪肉也看过猪跑，算是见过一些世面。

冷静思考，罗列想他之所以没能将"太平洋日杂用品有限公司"进行到底，关键是他"体弱"，一直靠别人输血给氧，缺乏抗震和抵御风险的能力，所以美国那边刚咳嗽，他就跟着打喷嚏患感冒。这就严重影响自身的发展和壮大。亡羊补牢，为时不晚。罗列想他今后的选择和定位，要在操作性、实用性、智慧性、长期性上动脑筋，而且要风险小有保障。不图一时，但求长远。

开始罗列对娱乐业有兴趣，想办个网吧或者游戏厅，抑或酒吧、棋牌室什么的。跑了两天，了解到这一行业的艰辛——他们挣的是辛苦钱，如果遇上流氓，或者工商、税务、公安、消防等等能管上你的人来这里消费，别说挣钱，闹不好还得小二姐倒贴——赔本，遂改变主意。最后罗列把目光锁定在"文化"这一新兴产业上。

这是后来几天考察的重大收获。

在任何一条街道，只要用心，都能看到不同名称的文化公司。起初，罗列当是一家连锁店，就像肯德基、麦当劳、大娘水饺等等吃食店那样的。既然出来考察，就要弄个水落石出清楚明白。罗列把自己扮成客户，煞有介事地与人家交谈，从交谈中获取信息。几家跑下来，罗列心中有了底——所谓文化公司，说白了就是广告公司。他们都依附一家媒体，靠广告吃饭。这是他们的共同点。不同点视依附的媒体而定。品牌报刊，在社会上有一定知名度的偏重发行；想打开市场，进入读者视野的讲究时效，注重特大新闻；理论性强的则靠山吃山，聘请"枪手"，守株待兔，为不同职业的人撰写论文，论文按字收取版面费……条条大路通北京，大家为了挣钱这个共同的革命目标，走到一条道上来了。见一斑而知全豹，从"黑马文化公司"出来，罗列"扑哧"一声乐了：什么文化公司？全是挂羊头卖狗肉，剥皮见核，说白了就是拉广告挣钞票。这世道不管白猫黑猫，能抓到老鼠就是好猫。看他们活得都挺精神，既没打喷嚏也没患感冒，罗列动心了。让罗列动心的另一个原因是，从事

"文化"，无疑就与文化结了缘，受其熏染，创办者也就脱胎换骨成了文化人。还有就是办文化公司不需大的投入，租一间房，置一张老板桌、一把老板椅、一台电脑、一部电话，就能开门营业。他考察多家都是这样，一个模子拓出似的。当然了，手头宽裕者可以租大一点的房子，室内配置的档次可以高一些。东西是自己的，肉在锅里，它们又不会长腿跑到别人家里去。换句话说，这也是王婆卖瓜自卖自夸，向客户展示实力的最好机会。有真知灼见，想把事业做大做强的人应该有这个气魄。问题是罗列目前还是门外汉，对这一行当一窍不通。当然了，像罗列这样在生意场上摸爬滚打过的人，是不会被尿憋死的。嘴巴是老师，眼睛是老师，社会是老师，不会可以问可以看可以学。世上无难事，只怕有心人。罗列信心十足，想不要多久，他就会崛起，被社会所知。

目标明确，干事就有了奔头。罗列想走捷径，早日打出自己的品牌，于是别出心裁地把自己的名字与公司的名称融为一体。不几天，一家"罗列文化传播公司"在这座城市的一条重要街道挂牌成立了。

这个名字好啊，古意典雅，朗朗上口，与文化水乳交融，一看就非同凡响。这是智慧的象征。

办"太平洋日杂用品有限公司"时，罗列手头紧，注册资金三万元，其中一万元还是求哥拜姐借来的。现在注册资金要十万，罗列不求人也拿得出。过去办过这事，现在再办是轻车熟路。也是两天，营业证、税务证就顺利到手。招牌字罗列没再用启功的，老先生前几年仙逝，用了怕别人说三道四，说他做假讨故人便宜，牵扯到过去，坏了名声那可划不来。人活一张脸树活一层皮，有损自己声誉形象的事不能干。既然入了新行当，就要左看右看，取人之长，为我所用。

走上街头，罗列发现好多招牌字都出自当地书法家之手。请书法家写字要付润笔费，一个字要几百元，名气大的要上千元。罗列不想花这冤枉钱。那天他上网，在百度里搜索，看到开国总理周恩来的字，心头一动，有了想法。总理是伟人，是世界名人，最主要的是家乡人，当地报纸用他的字做报头，高校用他的字做校名（都是集字），儒雅文气，美观大方。伟人是世界的，更是中国的，别人能用他的字做招牌，罗列想他应该也能用。这样一琢磨，罗列就上网搜寻，很快就把他所要的几个字找齐了。接下来是下载、存盘。

罗列用伟人的字做招牌，热了一街人的眼，其影响比过去用启功的字还要大。外行看热闹，内行看门道。同行中有人说，此人是"文化"产业界的一匹黑马，大伙提防点，别被他踢着。

说话者很有预见性，不久就有人被他踢着了。

3

"罗列文化传播公司"坐落在健康路首，离市委和政府的办公地点仅几百米。择址这里，罗列有着自己的考虑：首先，市委和政府是一个地方的最高权力机构，也是政治和文化中心，像北京一样，是人们仰望和向往的地方。罗列从报纸和网络了解到，好多从事文化和文艺的人都是先到北京漂泊打拼，后来才成名成家，否则很难有今天的名气。从这一点说，去"中心"打拼是一条捷径。其次，既然从事"文化"事业，就得靠近"中心"，多经受政治和文化的熏陶，熏陶多了，耳濡目染，文化的气味就会浓郁，古人说的"近朱者赤"就是这个意思。第三，靠近"中心"，无须多言，可信度自然也高。有了可信度，事业才会发展，财源才能旺盛。罗列的谋略，业内无人可比。

还有一件事罗列做得也很高明。他考察过多家公司，格局大同小异：进门一张老板桌，桌上放置一台电脑、一部电话等办公设施，正面墙壁上挂一幅字或是山水画做装饰。罗列稍稍变化，品味一下子就凸现出来。罗列经商时，见多了商人，一些商人书没读过几本，浑身铜臭，穷得只剩下钱了，却附庸风雅，花高价购买名人字画，把客厅装点得花花绿绿，像个拍卖行，庸俗得很。受此启发，罗列独出心裁，改字画为地图，一张中国的，一张世界的，并排挂到墙上，简洁大方，气势磅礴，给人一种站在中国放眼世界的胸襟和气度。

大事办得差不多了。万事俱备，只欠东风。东风就是媒体，到底与谁合作，让罗列颇费踌躇。罗列是这样理解的：找媒体等同于姑娘找婆家，好媒体就是好婆家。找到好婆家才会日月富裕，幸福一生。谁是好婆家，当然是影响大有地位的强势媒体了。眼下媒体多如牛毛，要找最低也是省级，最好是国家级的。奶大压娃脸，级别高了，水涨船高，自己的身价也高，出门办事人家才会买你的账。

第一步是定位，位定准了，纲举目张，下面的工作就好开展了。就像中医看病，首先是把脉，脉搏把准了，才好对症下药。直觉告诉罗列，做言论类报刊的代言人比较适合他。这一行初看像温吞水，饿不死撑不昏，门前冷落车马稀，不如新闻类报刊门庭若市，日进斗金。但是用发展的眼光看，这一块颇具市场潜力，很有发展前途，有点像他过去经营的日杂用品，是万金油，人人都需要。社会进步了，愈来愈注重学历、职称。拿学位要论文，评职称要论文，论文的写作和发表的阵地会逐渐被社会重视，被人们看好。用商人的眼光看，他选择这一行，不会错。关键要有好"枪手"。"枪手"是品牌，是摇钱树。这事不难，可以高薪聘请。钱是梧桐树，有了梧桐树，不愁金凤凰。

时间就是钞票，想好了就干。罗列上网寻找，发现省委机关有一本《务实》月刊，全国公开发行，其中有几个栏目发论文。这本刊物名头很大，看文章的作者，好多都是政界人物。罗列激动得一拍大腿——真乃众里寻他千百度，得来全不费工夫。他当机立断：就是它了！罗列拿起电话想咨询一下，看他们是否有这方面的考虑。电话拨了一半又放下，想还是上门去，像过去做生意那样，多跑腿多动嘴。说话不蚀本，舌头打个滚。人家见你有诚意，才会信赖你，和你建立合作关系。

比预想的顺利。出门时罗列担心文化人清高，不食人间烟火，不想他们也与时俱进，两眼关注窗外事。编辑部主任是个大胖子，他见有人想在基层建工作站，为他们搞创收，立马来了精神，如果没有眼镜挡着，眼珠都能飞出来。他握着罗列的手，大嘴喜得合不拢："好啊好啊，搞好了我们是双赢啊！走，我带你见老总去！"

老总很有城府，让人摸不透他心里想的什么。胖主任汇报完这事，他面无表情地说："我们吃的财政饭，又不等米下锅，建什么站？"

罗列一听心凉了半截。

胖主任见罗列在身旁，有话不好说，叫罗列回避一下，待一会儿给他答复。罗列走出来，到胖主任办公的地方等待结果。不一会儿胖主任过来叫他，说老总想听听他的意见。罗列一听，转忧为喜。

罗列是有备而来，打的是有准备之仗，他条理分明地把自己的想法和做法说出来。老总一边听一边点头，他认可了，双方很快签订合作协议。办完这事，老总说他还有事，指示胖主任招待罗列吃午饭。罗列有点受宠若惊，说："时间还早，不打搅了。"老总说："签过协议，就是一家人了，客气啥！"罗列听这话，心里暖烘烘的，于是就待下不走了。

饭后握别胖主任，罗列把上午的事前后一琢磨，发现老总的城府也不是深不可测。老总开始对他冷，纯粹是做做样子，婊子立牌坊，摆个姿态，一切都是为后来的热作铺垫。就像写文章，要跌宕起伏、承传转合，不能小河流水平铺直叙，这样才能吊起读者胃口，产生阅读兴趣。《务实》是吃皇粮的，日月滋润，不为粮米忧愁，但是多一个合作者就会多一条生财之路。油多不坏菜，存粮防荒年，会过日子的人都懂这个道理，谁当老总都不会放着钱不要。琢磨透老总的心理，罗列一不做二不休，又去另一家期刊社，没费多少口舌就与他们谈妥条件。

从省城满载而归，罗列抱着一试的心理，给北京的《天下》杂志总编室打电话。这本杂志是中央级，社址在遥远的北京，罗列很慎重，他把要说的话写到纸上，电话接通后便不慌不忙地说起来。罗列像个评论家从《天下》的装帧说起，由外到内循序渐进，谈设计、说栏目、讲内文、言品味，好话说了一箩筐。好话是开心果，罗列虽然看不到，但他能感觉出接电话的人一定是笑逐颜开，很有成就感的。接着他换一种语气说话，说他想说说《天下》的遗憾。说后就打住，静等对方反应。接电话的人胃口被吊起来，见他半途停下，敦促他有何高见都毫无保留地说出来，他们一定改进，力争把《天下》办成一本读者爱不释手的好杂志。罗列是正话反说，他说的遗憾还是好话。他说这么一本费尽总编心血的杂志，他所在的城市却买不到，读者想看只能上网！接电话的人松出一口气，不无遗憾地说："是啊，我们为这事动过不少脑筋，也走过书商的'二渠道'，到头来往往是事倍功半！"罗列一听，赶紧献计，说他有个不成熟的想法，不知有无可取之处。接电话的人说："但讲无妨！"罗列把自己的想法和盘托出。接电话的人闻后说："想法很好！"接着问，"有无材料？传过来看看。"材料就在手中，但罗列没急着传。他说："我今晚加班形成文字，明天传过去。"

第二天，罗列把材料传真过去，一来二去，双方就签订了合作协议。

《天下》比《务实》高一个档次，是国家级，做它代理，罗列感觉自己比同行业的人高出一头。

4

手中有三家期刊，这是一笔丰富的资源，于是罗列着手开采他的第二桶金。

但是真的开采起来却远非想象的那么轻松。

开业第二天，罗列正在琢磨如何开展业务时，《务实》杂志的胖主任打来电话，说出刊在即，问他能否找一版彩色广告。罗列一头雾水，想也没想就说："我们协议书里签的是论文，没有广告啊。"

胖主任说："拾到篮子里的都是菜，论文广告是一家。你个傻瓜，我们老总是给你机会让你发大财呢！"

罗列头脑里一片空白，不知财在哪里，又不好明说，就含含糊糊地答应下来。他问胖主任一版广告多少钱，胖主任想也不想就说："我们是开饭店的不怕肚子大，五千元保底，上不封顶。奖励政策与专栏文章一样，到账后五五分成。"胖主任给罗列一周时间，要他抓紧点，越快越好。听胖主任口气，他们好像有点等米下锅的意思。

这是罗列开业后要做的第一件事，这事关系到他今后的发展。如此说，这件事只能成功，不可失败。

时间像个快腿小伙子，迈着轻盈的脚步嘀嗒嘀嗒地往前走，罗列坐在老板桌前不停地抓头，桌面上落下一层头发，一天就这么过去了。

过去卖日杂用品，罗列是摸着石头过河，边做边学，不懂就问，靠的是众人拾柴，慢慢地积累并壮大起来。罗列白天想的这事，夜里琢磨的还是这事。万事同理，罗列打算还照过去的老路走，不想老路却布满荆棘不再通畅，同行者见到他嘴巴像上了封条，头摇成拨浪鼓，一问三不知。同行是冤家，罗列知道他们不说是想挤对他，让他不战自败，狼狈退出。罗列想他们是痴心妄想，他想他不但不会退出，而且要将革命进行到底。走在大街上，罗列头脑灵光一闪，想起小时候看过的一部战斗故事片《急行军》中，我军突然迷失方向，一时陷于绝境。这是很危险的事情。我军指挥官镇定自若临危不惧，他双目如炬，声音似铁，铿锵有力地对身边的士兵说："深入敌区，抓个舌头来！"一转眼一个舌头被抓来了，于是化险为夷，转危为安。受此启发，罗列也想抓个"舌头"来。当然这"舌头"不是敌人，而是广告从业人员。

广告界里有一个名叫余莲的女人，罗列考察市场时就闻听她的大名，如雷贯耳，但一直未能谋面。此人原在报社工作，端的是铁饭碗，吃的是安稳饭，后嫌报社规矩多，无法施展才华，毅然辞职，应聘到"黑马广告公司"，当起广告人。"黑马"有她是如虎添翼，她也因"黑马"而如鱼得水。他们互为因果。她无坚不摧，攻关克难是马到成功，"黑马"的年利润一半以上都是她的功绩。罗列想把此人挖过来，为己所用。民间语说，舍不得孩子套不住狼。罗列未婚，当然没有孩子，但对挣钱的人来说，钱就是孩子。有钱能使鬼推磨，无钱就做推磨鬼。罗列打算出重金，把价提得高出"黑马"。人为财而奔波，鸟为食而忙碌。只要下血本，不怕她不动心。

一番周折，周日下午，罗列终于和余莲在一家名叫"南国风情"的咖啡馆见了面。

服务生送上咖啡，余莲用勺子在杯子里轻轻搅动，眼睛看着杯子里袅娜而上的热气，雅意而耐心。罗列端起咖啡轻呷一口，苦，于是放下杯子开始说事。余莲停止搅动，尖起耳朵聆听。罗列言辞诚恳，话语间流露出求贤若渴的迫切心情。话毕，静等余莲表态。余莲爽快，说话不拖泥带水，她对罗列如此抬爱表示感谢。罗列心里暗暗喜悦，心想他的事有望了。哪知余莲话语一转阐明自己的态度："我离开报社进入'黑马'，时隔不久再次跳槽，外界会有议论。这一行最讲究名声，名声不好，工作难做。"罗列胸有成竹，说出自己的优厚条件，甚至还允诺年终时，公司将拿出一半年利润奖励她。余莲闻后粲然一笑，轻轻摇头。罗列看出，他的丰厚条件没能打动面前这个女人。这个女人不简单！罗列在心里长叹一声，感觉有点黔驴技穷了。

余莲端起杯子开始品咖啡，喝了两口，对罗列说："初入道的人都这样，小猫捉刺猬，感觉无从下手。刚干这行时我还哭过鼻子呢，别提多丢人了。"余莲像讲故事，把她从业后亲身经历的几件尴尬事一一说给罗列听。最后总结出一句话，十六个字，说完便起身告辞。罗列一个人坐在咖啡馆里，喝着苦咖啡，回味余莲说过的每一句话，直到天黑才回公司。

人虽然没有挖到，但罗列已经知道今后的路该怎么走——余莲没有明说，但她的人生故事已给他指出一条道路。

真是个善良的女人，罗列很感激她。

5

这天上午，罗列没到公司来，而是到人才市场，他要招聘一名助手。工作需要，这名助手必须是女性，而且是漂亮女性。

三只脚的蛤蟆难找，两条腿的人多的是，这年头最不缺的就是这个。人才市场里人头攒动，熙来攘往。罗列在人群里走了一圈，眼前就有了目标。

这是个百里挑一的漂亮女孩，看她的神态举止就知道涉世不深，清纯得像田间带着晨露的小花。此刻，女孩睁大眼睛在看一家单位的招聘广告，看后轻轻地摇摇头，显然对这家单位不满意。女孩又去看另一家招聘广告，看后又离开。罗列看出女孩孤傲，非常挑剔。

罗列抱着试试看的想法迎头走上去，问女孩想找什么样的工作。女孩眼睫很长，眨动如帷幕开合，拒人千里。她看一眼罗列，面无表情，警惕地离开了。罗列十分尴尬，微笑僵在脸上，心里暗骂："给鼻子上脸，不知好歹！"骂后心理平衡一些，于是开始新一轮寻找。

这是个与余莲年龄相仿的女人，五官尚好，端庄、成熟，一看就是个攻关高手。罗列上前搭话，女人挺实际，开口问工资，还要求试用期满为她交纳养老金。罗列笑说："还没合作就提条件，哪家老板敢聘你？"女人认真地说："没有金刚钻，不揽瓷器活。我敢提条件，就知道会有老板聘我。"罗列问："何以见得？"女人自信地说："你的眼睛告诉我的。"罗列在搭话前从不同角度对女人进行观察，女人早就发现了。这是个敏感睿智的女人。罗列欣赏这样的人。两个人一拍即合。

女人名字很好听，叫谈花。罗列和她开玩笑，说："谈花，你千万别'昙花一现'啊，那样对人对己都不好。"

谈花说："我'昙花一现'，别人没什么，最多多跑一次人才市场，对己倒是有损失。你们男人有所不知，我们女人把找单位看成是找婆家，换一次单位等于离一次婚，挺叫人伤感的。"

两个人说着话来到公司。罗列坐到老板桌前，向谈花交代工作。谈花听着听着脸上的微笑不见了，肩上却有了重量，仿佛压着石头，沉甸甸的。谈花跑过保险干过文秘，卖过药品搞过传销。传销来钱快，后来知道这事犯法才洗手不干，唯独没进过广告公司。谈花清楚，广告这碗饭不好吃。没想到"罗列文化传播公司"做的就是广告业务。开弓没有回头箭，谈花想不干已抹不开面子，只有驼子挑担——硬撑着。进门时谈花看出，罗列的公司刚开张；同时还看出罗列是一名新兵，对这一行知之甚少。这样一想，谈花肩上的石头更沉了，压得她几乎透不过气来。现在是五天工作制，谈花掐指一算，《务实》给他们的时间已经过半，在剩下的一半时间里他们必须完成胖主任交办的任务，这关系到罗列今后的发展，当然也关系到她——自从谈花跨进这个门，她和眼前这个叫罗列的老总已拴在一起，一荣俱荣，一损俱损了。

罗列交代完工作，谈花想了想才说："罗总，据我所知，跑广告不能单兵作战，要两个人，就像说相声，捧逗结合，一唱一和，成功率才高。"

人的问题好办。罗列想，他和谈花外出，还是"混合双打"呢。

谈花见罗列亲自上阵，担心他吃不了苦，更担心他放不下面子。但是时间紧迫，权宜之计，也只能如此。

一个下午，他们马不停蹄，连跑三家单位，都被人家婉言拒绝。第二天依然如此。在他们走过的地方，罗列听到的都是"黑马"，问起"罗列文化传播公司"，回答是闻所未闻。罗列看出来，这一行是欺生的。

时间只剩下一天，明天必须和胖主任有个交代。罗列知道跑下去也不会有好结果，于是咬咬牙，决定破点小财。谈花一听叫起来，说："罗总，不能啊，宁愿不做也不能自掏腰包啊！"罗列摇摇头说："与人家初次合作，要讲信誉。再者说，我这么做也是花小钱提升自己的知名度，划算。"谈花瞪大眼睛说："五千元还是小钱？"罗列说："你有所不知，我和他们是五五分成。我把五千打过去，他们返回两千五呢。"这么一说，谈花就缄口不语了。

罗列心急失言，一不小心把实底透露给了谈花。说话如泼水，罗列来不及后悔，便着手准备宣传所用的图片与文字。

胖主任接到罗列从网上发过去的资料，一看是宣传罗列自己公司的，他不知罗列工作的难，却担心宣传费用，与罗列通电话，拐弯抹角流露出这一层意思。罗列听出来，直截了当地说："请你和主编放心，我一定遵守协议，一会儿就把钱汇过去！"胖主任一听心里踏实了，话说得也顺耳："罗总啊，你把我的话理解偏了。哪能不信任你呢？你和《务实》是一家，我信任你如同信任我自己。"

放下电话，罗列长出了一口气。

6

在等待《务实》出版之际，罗列交给谈花一本通讯录，让她多打电话，多说"黑马"的不是，说他们宣传失真，搞虚假报道有偿新闻，在社会上产生恶劣影响云云。罗列这么做很不地道，也不合行规。余莲是"黑马"的人，几天前还给他面授机宜指点迷津，算是他的师傅，他这么做是教会徒弟打师傅，外界知道，一定会指着他的鼻梁骨说他不是。罗列分析过，如果他不出此下策，只能眼睁睁地饿死。罗列还分析过，如果他因此成活而"黑马"死去，说不准余莲会投他而来。人不为己，天诛地灭。罗列这么做，是形势所迫，不得已而为之。

《务实》如期出版，罗列的广告登在封二，打开就看到，设计挺漂亮。听胖主任说，本来安排的是内插，他从中斡旋，才调整到封二。如此说，罗列就欠了胖主任的情。胖主任很大度，说情不要罗列还，他今后努力工作就是对他们最好的回报。罗列心说，不努力行吗？我得吃饭穿衣，还得给谈花发薪水呢！

有杂志在手，罗列感觉底气十足。让罗列底气十足的另一个原因是他和谈花都有《务实》的记者证。他们的证件是胖主任帮忙办理的，美中不足的是没有新闻出版署的章，网上也查不到。但此证可以当工作证和身份证使用。话说回来，不干这一行，谁又能了解得那么透？记者是无冕之王，有了它，出门办事就硬气多了。

罗列和谈花都印了名片。罗列的头衔是总经理，谈花是编辑部主任。

有证件就是不一样。这天，罗列和谈花再次到淮城烟厂洽谈合作事宜，就顺利地进了门。淮城烟厂在淮城的位置好比美国于世界，它一跺脚全市都跟着闹地震，是全市经济的擎天柱，牛上了天，一般人连大门都进不去。罗列和谈花几天前就吃过闭门羹，热脸碰人家冷屁股，说破嘴也没进去。今天把记者证亮出来，保安那硬如钢铁般的臂膀就软下来，乖乖地放了行。走进厂长堂皇阔大的办公室，谈花上前介绍罗列，并呈上记者证和名片。厂长从文件上移过目光，轻描淡写地扫一眼，头都不抬。林子大什么鸟都爱往这里飞，厂长显然是见多识广，未拿他们当回事。罗列心里发虚，怕厂长识破他们的证件，底气像漏气的旧轮胎，远没有出门时那么足，对此行不敢抱太大的希望。谈花抓住机会，从包里拿出《务实》，及时递上去。罗列捕捉到，厂长看到封二时，眼睛亮了一下，停顿几秒抬起头，对罗列和谈花说："坐吧坐吧！"

全市很少有人不知道厂长大名的，谈花莞尔一笑，不失礼貌地说："谢谢孟厂长，打搅您了！"说后款款坐下。

孟厂长打电话到宣传处，张处长闻声过来。孟厂长交代说："两位客人你接待一下。"又对罗列说，"宣传上的事你们和张处谈。"说后又低头看文件。张处把罗列和谈花领到宣传处。落座后，谈花把罗列介绍给他。张处伸出手与罗列轻轻一握，说："你好！"罗列也礼节性地问候他一声。见两个男人握手很"外交"，谈花怕节外生枝，煮熟的鸭子飞走了，就找一些闲话说，把气氛搞得热闹些。他们来前用心谋划过，底线是不落空，三家刊物任其选择，做一次宣传。谈花的努力效果不错，张处的脸上有了笑容，和罗列说话也多起来。谈花听出，罗列想把话题引到宣传上，而张处却东拉西扯有意避之。不过罗列也有欣慰的地方，不管在孟厂长那里，还是与张处闲聊，他们都没有提"黑马"。这说明，谈花几天前打的电话已起了作用。时间在他们的闲谈中消逝，时针指向十一点，还有半小时张处就将下班。罗列着急起来，怕再坐下去张处怀疑他俩想蹭饭吃，示意谈花快刀斩乱麻，把他们此行的想法告诉张处。张处是明白人，谈花刚开口，他就说："不急不急，我们饭桌上聊。"罗列和谈花都是大姑娘坐轿头一回，没经历过这种事，不明白张处葫芦里卖的什么药。不过事已至此，也只好瞎子放驴随它去。

午饭安排在烟厂食堂。罗列随张处往外走，说："食堂好，吃工作餐节省时间。"待走进餐厅，罗列倒吸一口气，再也不敢多嘴多舌了。罗列过去走南闯北，算是见过一些场面，天下叫作食堂的很多，但像眼前这么高档次的他还是第一次见到：桌椅餐具全部仿古，墙壁古色古香，连服务小姐也身着古装，初进门，让他不知今夕何年。

老话说，出门十里路，各地各风俗。淮城人喝酒最怕客人欠量，以让客人喝好甚至喝高为最佳。喝酒喝酒，歪歪扭扭，喝高才显示出主人大方。了解淮城喝酒风俗的人，对酒店门前那些搂搂抱抱、大话连篇、脚底打晃的汉子们的醉态是不足为怪的。淮城人自己喝酒也是如此，由于彼此知道酒桌上的规矩，开始时能躲则躲，把自己埋伏起来，省下力量留待冲锋陷阵时用。酒场如战场，冲锋时那可是刺刀见红，真刀真枪地干。喝红了眼酒就是水，以碗代杯，两碗一碰，干！来而不往非礼也，你敬我一碗，我回敬你一碗。这一喝就高了。高了好啊，主人高兴，客人尽兴，皆大欢喜。

罗列和谈花今天到烟厂来是有求于人，张处把他俩留下，饭桌上谈工作。饭桌即酒桌，罗列懂，所以喝酒时就不好打埋伏。开场的两杯酒带有礼节性，大家共同举杯。放在往日，罗列是喝一半留一半，有点应付的意思。今天他没有这么做，而是端起杯一饮而尽，喝完了还将酒杯倒过来，让人知道他滴酒不剩。张处酒杯在手，看罗列喝得痛快，也是一饮而尽。两杯酒喝下肚，张处开始介绍，让宾主相互认识。大家对上号了，喝酒才拉开序幕。

淮城人喝酒喜欢双数，意为好事成双，主客互敬，一来一往就是四杯，桌上的人一个不落，喝完算一轮。酒量小的喝下一轮就举手投降，宁做狗熊不当英雄。今天的酒桌上无人做狗熊，一个个摩拳擦掌情绪高涨，准备喝第二轮。桌上就谈花一个女人，罗列是第一次见她喝酒，不知她的量，怕她喝高了误事，就为她打掩护，说："张处，男女有别，请你高抬贵手，放谈记者一马吧。"张处摇手说："看来罗总是男权主义者，瞧不起女同志，我代表桌上的同志向你抗议！"张处话音刚落，除罗列和谈花外，其他人都附和，说罗列怜香惜玉，关怀下属，是天底下最好的男人。罗列是大龄青年，这几年忙于创业，婚姻之事被搁置一边，至今还是单身。单身人脸皮薄，听了众人一席话，罗列的脸红得像龙虾。既然大家不同意，谈花自己也没举手投降，那就喝呗。第二轮下来，罗列感到头重脚轻，两眼发花，喝第三轮时心里有点发怵。他抬眼看谈花，谈花正好也在看他，还对他微笑，意思是没问题。没问题就好。淮城人喝酒有两怕：一怕扎辫子的，二怕揣药片的。前者是女人，后者为口袋里揣着药片，喝酒前拿自己的身体说事。这两类人往往不被人注意，但是酒到高潮处，他们的威风就出来了，一对一拼杀无人是对手。

　　张处"久经沙场"，酒桌上的事见得多，他看出罗列的酒已喝到八成，谈花还有潜力，于是让众人停下，听他说事。他说："罗总和谈记者为宣传的事到我们厂里来，今天你们把酒喝好事情也就定了。"罗列刚才感觉酒有点多，听了张处一席话，酒像退潮似的跑得无影无踪。罗列抖擞起精神，问张处如何喝。张处看一眼酒杯，笑笑说："喝下一打，我出五千元！"一打是十杯，也就是说喝下十杯酒，烟厂给他们五千元！这买卖可做，哪怕当场喝趴下也不能放过这千载难逢的好机会！罗列头脑很清醒，他想还是把话说死了再喝。酒桌上无真言，如果他把酒喝下肚，张处反悔了，他可没地方说理去。罗列把身体靠近张处，追问道："此话当真？"张处拍胸说："君子一言，驷马难追，喝后开票！"罗列不再怀疑，咬咬牙端杯喝酒。关键时刻谈花挺身而出，抢过杯子就喝，一口气喝下三打！乖乖，三打就是一万五啊！谈花意犹未尽，嚷嚷着让人继续斟酒，罗列伸手拦下。罗列说："张处，谈记者已喝下三打，到此为止吧。"张处看谈花喝酒像喝水，一杯一杯往嘴里倒，吃不准这个女人的量有多大。张处算细账，把一打分解开，就是说谈花每喝下一杯酒，就有五百元流进他们的账户。这个数字很惊人！罗列说到此为止，他正好就坡下驴，中止游戏。

谈花喝高了，走路脚底像踩着棉花，和张处告别后，他们打车回公司。回到公司，谈花趴在老板桌上睡了。罗列心里升起一股暖意，他感激谈花，今天若不是她冲锋陷阵，趴在这里的就是他了。

兵来将挡，水来土掩。一次醉酒换回一万五，划算！

7

十网打鱼九网空，想不到在烟厂逮了一条大鱼——谈花喝下三打酒，一万五千元顺利到账。

到底是大企业，人家诚信待人，说话一言九鼎，一诺千金。饮水思源，罗列应该感谢张处。虾有虾路，行有行规。不管在哪个行当里谋事，都不能见利忘义见钱眼开。便宜是好东西，谁都想要，一方在得到的同时，就把另一方给得罪甚至伤害了。由此说，便宜是一把双刃剑，损害对方，也伤了自己。要想把事业做大做好，就得有长远眼光，放长线钓大鱼。罗列算了一笔细账，他打算汇五千元给《务实》，剩余加上返还那部分，账面上有一万多，他准备提出五千元送给张处。他想张处只要接收，今后的事将会是一路绿灯。有财大家发，有钱大家花，这才和谐。

除了《务实》，罗列另外还代理《人才》和《天下》。前者为省人事厅机关刊物，后者是中央某部刊物，两家都给罗列打过电话，敦促他组稿。所谓组稿，主要是图片。图片为形象宣传，有视觉冲击力，挣钱快。其次才是论文。为方便工作，罗列请求两家单位为他和谈花办理记者证。《人才》回答爽快，与《务实》一样，也是内部的；《天下》说有难度，他们的记者证全部由新闻出版署核发。内部证件也不好办，知法犯法的事他们不做。强扭的瓜不甜。《天下》把话说到这个份上，罗列就无话可说了。世上无难事，只要肯动脑。罗列头脑一转悠，想起街头巷尾那些乱贴乱写的小广告。对呀，为何不找他们呢？罗列跑出门，照着贴在电线杆上的小广告，一个电话打过去，没两天，盖有新闻出版署大红印章的两本记者证，就在约定地点一手钱一手货地成交了，真省事！目送送货人鬼鬼祟祟地消失在人群里，罗列想这世道真是好啊，只要脑子好，舍得掏钞票，什么事都可以摆平。

　　有了这本记者证，另外两本证件罗列就不再用。虽说此证是假的，但看起来跟真的一样。没有搏击风浪的好体力，是不能下水游泳的；没有以假乱真的真本领，也不敢在这个行当里混饭吃。罗列和谈花揣着假证件，腰杆挺得比往日直，淮城这个百万人口的大城市，没有他们进不去的地方。

　　一天，罗列在早餐店吃饭，听邻桌的食客说国土局谈勇局长"双规"一周后，昨天下午安然无恙地出来了。谈勇是站着进去，也是站着出来的。走出"双规"地，返回国土局，全局张灯结彩，鞭炮齐鸣，红地毯从大门外一直铺进他的办公室。谈勇走在上面，一路挥手向迎接他的人致意。

　　谈勇进去时罗列听说过，那时全城街谈巷议，一片哗然，舆论一边倒，都说他罪有应得。时隔一周，谈勇柳暗花明，绝处逢生，神气活现地走出来了。罗列想，如果食客的消息是真，那么谈勇将再一次成为淮城人的热议话题。

　　吃完饭回到公司，罗列打开电脑上网搜索，果不其然，好事者已将谈勇走在红地毯上的照片发到网上，网民的帖子跟了几个页面，骂娘的叫好的都有。看着看着，罗列兴奋地一拍大腿，谈花刚上班，见了问："罗总，什么事这么开心，走路拾到金元宝啦？"罗列指着电脑说："还真被你说着了，跟拾到金元宝差不多。快来看，我们发财的机会来啦！"谈花伸头一看，大叫起来："哇！我哥出来啦，我得赶紧打电话祝贺！"罗列一头雾水，问："你哥？我咋没听你说起过？"谈花有点不好意思，说："是堂哥，远房的。"罗列听明白了，对谈花摆手说："赶紧放下，别打了，我们上门去祝贺！"

　　未出所料，罗列此行收获很大。国土局肥得流油，指缝里漏下几滴水，对罗列这样的文化公司来说都是倾盆大雨。谈花和谈勇虽然不是嫡亲兄妹，但是同宗同族，且是平辈。有了这层关系，事情就好办了。谈勇大难无恙，社会上的人对此议论颇多，众说纷纭，莫衷一是；网上也跟着煽风点火，把他骂得一无是处狗屎不如。非常时期，谈勇需要媒体为他正名，弘扬主旋律，把影响挽回来。在这节骨眼上，罗列和谈花找上门来，可谓槌打鼓心正逢其时，他俩刚把话题引到宣传上面，谈勇积极响应，当场表态三家刊物同时上，他要遍地开花连续轰炸。宣传费好说，先转五万元过去，不够年底再补。罗列一听，心在喉咙口直蹦跶：乖乖，国土局真有钱，出手比烟厂还要大方！回去的路上，谈花看罗列还沉浸在喜悦里，就给他泼冷水，说："我哥虽然逃过一劫，但这并不等于说他就没有问题。据我了解，网上说的事并非捕风捉影，大部分都是真的。"罗列不以为然："真的又如何？只要他出来了，就说明他没问题，是好同志！"谈花提醒说："人无完人，金无足赤。宣传时你要把握好尺度，不能把他拔得太高，拔高了刊物不给登。"罗列笑说："你别杞人忧天了。告诉你，这年头只要肯花钱，把黑的说成白的，死的说成活的，谁都不会管你。"谈花惊讶道："照你这么说，世道不是乱套了吗？"罗列说："乱了好，浑水好摸鱼。哈哈！"

8

　　路是走出来的。国土局之行让罗列的思路变得开阔起来，他感觉自己像变了一个人。他想到一句成语：醍醐灌顶。他此刻就有这种感觉。

　　罗列像一只猎鹰，时刻都在寻找并捕获猎物。

　　罗列的公司挨着一家报刊亭，每天来公司，罗列都要花一元钱买一份《淮城日报》。《淮城日报》是市委机关报，里面没有可看的东西，老百姓不喜欢。罗列看它不为娱乐，而是获取信息，为己所用。

　　罗列看报不花太多时间，从头到尾几分钟就完事，全市的大小官员在做什么便了如指掌。今天当他翻到二版时，目光定住了，一反常态地仔细阅读起来。这是一篇报告文学，写的是锦绣房地产开发公司的发展之路，图文并茂。罗列清楚《淮城日报》的价码，像这样整版宣传的，最少三万，多则五万。像锦绣这样有钱又爱烧钱的单位，掏这点钱是毛毛细雨。近几年房价一路飙升，居高不下，开发商都发死了。锦绣的老总是女性，姓林，名芳菲，是淮城第一富婆。林芳菲人如其名，看照片风韵犹在，年轻时应该是个美人。罗列又看另一幅照片，林芳菲正在办公，桌上的一沓材料亟待批复；桌子前方放着两样东西，左为地球仪，右是泰山石。前者励志，主人的胸襟与气度由此可见一斑；后者是盆景，观之赏心悦目。罗列分析，林芳菲将此石置于案头，可能不仅仅是观赏和把玩，用意应该与风水有关。罗列曾在一篇文章里看到，说泰山石是镇宅避邪之物。罗列由此断定，林芳菲相信风水。

　　看完文章，罗列对锦绣房产已有所了解。罗列想结识林芳菲，打进锦绣，达到互利双赢。与谈花说起这事，谈花头摇得像拨浪鼓，泼冷水说："林芳菲傲气十足，很难接近。"罗列说："大老板，钱多撑得难受，不傲就不正常了。"和谈花说着话，罗列已想好今天应该做什么。谈花早就独立工作，干得还不错，为自己为公司都创了利。

谈花出去了，罗列上网查看风水知识，一看才知，风水也挺复杂，跟其他学科一样分门派，各派有各派的说道。书籍也是五花八门，罗列搜索一下，分得还挺细，有住宅风水、商铺风水、酒店风水、墓地风水、办公风水、工厂风水、楼盘风水、陵园风水等等。最有名的风水名师叫蒋大伟，照片就登在最新一期的《风水指南》杂志上。林芳菲从事的是房地产业，罗列对症下药，移动鼠标，点击楼盘风水细看起来。看了几个页面，对此书已有大概了解。罗列又去报刊亭，把几本新到的《风水指南》全部买走。往回走时罗列对封面上的蒋大伟说，蒋大师啊对不起了，我的公司要发展要壮大，就委屈你老人家一回啊！罗列在网上看《风水指南》时就想好，他要把蒋大伟换成自己，有了这个金字招牌，他有把握打进锦绣。

交易在地下进行，罗列花了两千元，一家个体图片社当日就将这事搞定了。谈花看到杂志，对罗列崇拜得五体投地，张开的嘴巴半晌才合拢，说："罗总啊，你就是智多星转世，太有才了。跟着你，我都变得聪明了！"谈花的话让罗列的信心更足，他有点急不可耐，想明天一早就去锦绣。谈花说心急喝不得热粥。既然以风水大师的身份出面，她建议罗列变换一下装束，打扮要奇要怪，另类了才可信。谈花这话算是说到要害处。罗列对着镜子上下打量自己，头发很短，是上周理的；嘴巴光滑，早晨刚用剃须刀剃过。谈花见了说："去步行街吧，买一身合乎身份的衣服。"谈花一句话让罗列茅塞顿开，他笑说："看你聪明的，也快成智多星了！"两个人一路说笑来到步行街，在谈花的参谋下，罗列挑中一套老式对襟布衣，一双圆口黑布鞋，一双棉纱袜，穿好在试衣镜前一看，还真有点风水大师的意思。为使此行万无一失，返回公司，罗列又把去锦绣的每个细节梳理一遍，一想发现名片还没印。另外，《风水指南》上虽然有他的照片，但是没有过细介绍，连个头衔都没有。罗列惊出一身冷汗，乖乖，幸好回头看，要是疏忽了，马脚就露出来了。亡羊补牢，为时不晚，第二天上午罗列又到个体图片社去，稍等片刻，名片就出来了。罗列给自己安排的头衔是：中国风水研究院常务副院长。为使自身光环更加耀眼，身份更具说服力，罗列又在职务后加了两行小字：中国百名风水名家咨询中心特聘专家，五粮液酒液集团首席顾问。拿到名片，罗列对自己都崇拜起来。

　　准备就绪，罗列和谈花下午一上班就去锦绣。比想象的顺利，很巧，林芳菲在公司。如谈花所说，林芳菲趾高气扬，傲气十足，对他们的造访视若无睹。谈花的嘴巴很甜，专捡顺耳的话说，主动与林芳菲搭讪。林芳菲抹搭着眼睛，用拒人千里的口吻对谈花说："干不完的事，挣不完的钞票。我下午很少来办公室，这个时候不在健身房，就在美容院。人哪，会工作也要会生活，这样生命才有质量。"听话听音，罗列听出林芳菲是不欢迎他们，话里带有逐客的意思。到罗列说话的时候了，如果他继续沉默，那么这两天所做的一切都将是零。罗列轻咳一声，及时开了口："生命质量的高低不能以健身和美容来衡量，而应从精神层面来理解。"这么多年来，还没有人和林芳菲唱过反调，她的话就是真理，就是前几天《淮城日报》的记者来采访，听了她关于生命质量的一席话，也是连连点头大加赞赏。这个敢于说出不同见解的人是谁，她倒要听听他有何高见。罗列从眼睛的余光里发现林芳菲在注意他，于是继续说："譬如一个三轮车夫，他一天的劳动所得仅有二十元。这区区二十元，买不到一包好烟，也买不到一杯好酒，但对三轮车夫来说，一家人的生活却有了着落，孩子还可以吃到五毛钱一支的绿豆冰棒。看着家人享受他的劳动成果，三轮车夫很满足。一个人满足了，他的生命也因此而有了质量。"林芳菲听这个人的话有着一定的道理，就问罗列是何方人士，来这里有何贵干？谈花看时机成熟，把《风水指南》和罗列的名片及时递上。罗列说："我今天到你这里，是接触社会，做好我的学术研究。"林芳菲接过杂志和名片，漫不经心地扫视一眼，就这一眼，跟换了个人似的，态度由冷变热，满脸呈现出仰慕与崇拜之色。她绕过老板桌，拉着罗列的手说："罗大师，久仰久仰！刚才如有不当之处，请大师海涵！"罗列浅浅一笑，不做回答。

这是良好的开始，下面的话就好说了。林芳菲像个小学生，向罗列请教风水方面的东西。

罗列滔滔不绝，把他在网上看来的风水知识背书似的复述一遍，林芳菲用心听着。林芳菲信风水，但她忙于事业，很难静心读书，更无心上网，她仅有的一点风水知识，也是道听途说得来的。每当她开辟新领地，就花钱请风水先生，择个好日子奠基，一番忙碌，新楼盘就上市销售了。不想几年做下来，她的名声愈来愈响，公司已成淮城房地产巨擘。林芳菲没有明说，但话里已经流露出，是风水成就她今天的事业。

罗列火眼金睛，一眼就把林芳菲读深读透了。

说完楼盘风水，罗列又说办公风水。办公风水罗列还没看，但此时想打住已是不可能，林芳菲像一个好学生正眼巴巴地望着他。罗列举一反三，由楼盘风水引申开去，说得神秘玄乎，不可捉摸。说到底风水是个唯心的东西，看不见摸不着，信它则有，不信则无。万事因人而起，有人要信，最好的办法不是拉，而是推，让他们陷进去。他们陷得愈深愈痴迷，事情就愈好办。

罗列先说方位，让林芳菲将办公桌由南向变东向。东方红太阳升。东方是太阳升起的地方，一轮朝阳跳出海面冉冉升起。升起，象征着成长；升起，表明你的事业欣欣向荣蓬勃向上。此言一出，林芳菲点头如捣蒜，心悦诚服地说："罗大师言之深刻！"林芳菲做事心急，当即叫人来移动桌椅。老板桌太过沉重，搬动的人使力不当，只听"哗啦"一声，榫头脱落。林芳菲的心猛然一沉，阴着脸要训人。罗列灵机一动，打圆场说："林总，无有大碍！"说话间他将老板椅移到桌前，"座椅即江山，江山即座椅。江山坚固，则天下太平。"罗列办公司刚买的老板桌，师傅安装时他在现场，知道榫头脱落如何整合。他手用巧力，眨眼之间，老板桌又恢复原貌。林芳菲转忧为喜。

移动桌椅是前奏，是为后面的文章作铺垫。

林芳菲的桌上有一尊泰山石，罗列此行的灵感就来源于它。罗列站在桌前，对林芳菲说："泰山石是镇宅之物，为家庭所用。办公场所江山之地，应请黄山石。"罗列用"请"，以示对黄山石的敬重。

林芳菲闻后久久无言，内心存有疑团需要解开。果然未出所料，她开口问罗列："泰山为五岳之首，首即第一。请教罗大师，办公场所为何不放第一，而要请黄山石？"

罗列打的是有准备之仗，开日杂店时他曾二去黄山，对黄山有一些了解。林芳菲现在问他，正好撞在枪口上，他有点卖弄地说："黄山原名黟山。唐天宝六年，唐玄宗根据轩辕黄帝在黟山采药炼丹得道升天的传说，将黟山改名为黄山。黄帝金口，一锤定音。关于黄山的'黄'，有三种说法，最重要一说是道家五行说，黄山在中国中心，五行金木水火土，土居中央，中央为黄色。爱看古装戏的人都知道，黄色是帝王钟爱之色。由此可以说，黄山就是黄帝之山，黄山石就是江山之石。用江山石镇一个单位，其寓意不言自明！"

林芳菲感觉罗列的话深奥难懂，但用心揣摩也能明白一二。她对罗列说："罗大师，听您一席话，胜读十年书。今天与您相识，真有点相见恨晚！"罗列察言观色，闻听此言，心里松出一口气。谈花是捧眼，但今天的身份不是记者，也不是编辑部主任，而是秘书，下面该她出场说话了。她与罗列交换一下眼色，说："林总，罗大师是全国风水名师，是重量级的人物。告诉你，能上《风水指南》封面的全国没有几个，与他相识，说明你们有缘分。"林芳菲连连点头："是啊是啊！"谈花提醒她："大师的话你一定要记住哟！"林芳菲说："大师所言，句句牢记！"林芳菲自己把泰山石搬走，看着空空的桌面，对罗列说："罗大师，我知道您日理万机。我有个小小心愿，想请您拨冗与我同去黄山，不知可否？"罗列做出思考状，没有立即作答。林芳菲得寸进尺，又提要求："不知罗大师能否屈尊降贵，也做我们公司的首席顾问？"罗列面露难色，林芳菲当他要拒绝，不想柳暗花明，他松口了。罗列说："我就好人做到底，送佛送上天吧！"太出乎意料了！林芳菲激动得双手颤抖起来，她打开坤包，拿出两扎钞票往桌上一放，说："罗大师，谈钱太庸俗，这就算我拜师交的学费吧！"谈花一见，心激动得狂跳不已。罗列不动手，对谈花说："恭敬不如从命。谈秘书，林总馈赠，你代我收下吧！"

林芳菲想尽地主之谊，与罗列共进晚餐。罗列摆手说："王省长与我有约在先，不能失信。"

罗列说的是谎话。王省长昨天来淮城调研，《淮城日报》一版头条刊登大幅照片，林芳菲是看到报纸才知道的。王省长来淮城还亲自接见罗大师，可见他的名气有多大了。

握别林芳菲，刚出门谈花就笑了，说："罗总，这个富婆真能烧钱。天呐，她出手就是两万！"罗列说："看把你乐的。告诉你，好戏还在后头，你就忙着数钱吧！"

9

"黑马"被罗列踢着了，自谈花打出的电话生效后，他们是一日不如一日，书面语叫作每况愈下。"黑马"是淮城第一家成立的个体广告公司，靠代理《淮城日报》中缝广告挖到第一桶金，积累一定的资金和经验，又参与投标，把淮城公交车的车身广告吃了下来。别小看这车身广告，它可是活的媒体，每一辆公交车就是一条鱼，从早到晚畅游在城市的海洋里。车身上做了广告，车子也就成了彩色的鱼，非常抢眼。广告如同书籍一样要有读者，读者愈多传播愈广，所产生的经济效益也就愈高。商人的嗅觉比狗鼻子灵敏，他们信任"黑马"，不惜重金，要求上最热的线路。一时间，车体成了商人们博弈的战场。数百辆公交车，一张《淮城日报》，成了"黑马"的双翼。"黑马"天马行空，志得意满。天有不测风云，"黑马"没有料到，罗列成了他们的克星。

智者生存，物竞天择，谁也不能扭转。

罗列这天刚进早餐店，手机响了。罗列看号码似曾相识，但一时又想不起是谁，就没有接听。公司走入正轨，罗列就忙了起来，找的人也多，富婆林芳菲三天两头找他，黏糊得很，电话一打就是几十分钟，手机热得烫手。谈花调侃说："林芳菲单相思了，爱上罗大师了。"罗列气不得笑不得，说："去去去，小丫头片子，没上没下的！"谈花一伸舌头，做个鬼脸了事。

罗列把手机放进包里，还没挪步，铃声又一次响起。罗列一看还是那个号码。接吧，若是客户打来的，不接就误事了。想不到是余莲找他，开口就问罗列是否还记得她。罗列说："烙在脑子里呢，一辈子也忘不了。"余莲一听惊喜道："罗总啊，你不会骗我吧？告诉你，我这个人反话也会当着真话听的。"罗列言归正传，问她找他有何要事。余莲说想还他人情，请他到"南国风情"喝咖啡。罗列笑说："我还没吃早饭呢，喝什么咖啡？"余莲一听高兴地说："巧了，我也空着肚子！罗总你在哪里，我这就过去，我们共进早餐！"

余莲急着见罗列，是醉翁之意不在酒。"黑马"苟延残喘，树倒猢狲散，同事们四处寻找饭碗。爹死娘嫁人，各人顾各人，余莲也开始为自己的未来着想。良禽择木而栖，余莲想投奔罗列。

几个月前，罗列想挖余莲，并允以优厚的待遇，余莲没有动心。但余莲给罗列指了路，罗列有今天，余莲是有功者。今天余莲约他，是想投奔他，罗列一听脸上有了笑，高兴地说："欢迎，我的大门随时向你敞开！"

这顿早餐，罗列表现出绅士风度，没让余莲付款。余莲不好意思，说："罗总啊，我这不是蹭饭吃吗？"罗列给余莲一个台阶，说："想花钱好办，下次你请我喝咖啡吧！"余莲高兴地说："一言为定！"

"黑马"的人不只余莲，另外还有两个人也加盟了"罗列文化传播公司"。罗列手里的人多了，来的都是强手，特别是余莲，在广告行业里打拼这么多年，积累了一身经验，处理问题、应变能力都在谈花之上。罗列没有厚此薄彼，而是把她俩看成左膀右臂。过去公司只有罗列和谈花两个人，事无巨细，每件事都要罗列亲自上阵。现在他是兵强马壮，就想变换一下工作方法，讲一点领导艺术，学会弹钢琴。用人之长，罗列让余莲负责广告部，谈花未动。另外两个人，一个分给余莲，一个跟了谈花。比较而言，谈花的工作轻松一些。"三刊"的专栏文章好组织，想评职称的人很多。评职称必须发论文，版面费明码标价，姜太公钓鱼，不要谈花费太多口舌。

广告部的工作有难度，余莲没来之前，"三刊"经常来电催稿，火烧眉毛似的，搞得罗列寝食不安。现在是家有余粮，心中不慌。余莲很有办法，过去"黑马"的客户都被她拉了过来，在此基础上，又开辟新领地。

淮城供电公司就是过去的供电局，总经理也就是过去的供电局长，换汤不换药，职与权是一样的。电是老虎，老虎屁股摸不得，罗列一直在谋划打虎良策。昨天，罗列亲耳听到余莲给供电公司总经理打电话，说隔日去采访。听他们说话彼此好像很熟，事成之后罗列才知道，他们过去连面都没见过。这是一份大单，供电公司出资十二万，在《天下》封底做全年广告。

这就是余莲！

罗列高兴，想请大家小聚，以示庆贺。余莲提前约请罗列喝咖啡。

罗列问："是全体吗？"

余莲说："就我们俩。"说后又补充一句，"请不要忘记，你是答应过我的。"

罗列记得自己说过的话，不能出尔反尔，于是同意了。

他们去的还是"南国风情"，选择一个小厅，两人对面而坐。耳听柔情音乐，口品浓郁咖啡，心软得仿佛要融化。服务生悄然离去，门无声地关上。厅内只有他们俩，余莲说："上次来这里，我还在'黑马'，这次来我们已是一家人了。"

罗列实话实说："那次是我请你，想把你从'黑马'挖走，我没能如愿，但你的十六个字让我受益匪浅。"

余莲明知故问："我说什么了？"

罗列说："摸清对手，投其所好，对症下药。"

余莲有点不好意思，说："罗总好记性，也是有心人。"

话题由此展开，剖腹掏心，不带水不掺假，句句都是干货。他们谈工作说生活，最后说他们自己。余莲问："罗总，事业上你是成功者，为何至今还单身？"

罗列想了想说："这几年我一直忙于择业、创业，没敢多想个人的事。男大当婚，今后我会考虑的。"

余莲舀起一勺咖啡喝下，似有难以启齿的话，半晌才说："我冒昧问一句，你有过性体验吗？"

罗列的心跳得像跑火车，脸也热得烫手。这个余莲，真是哪壶不开提哪壶，都什么年代了，还问这么幼稚的问题。开日杂店那会儿，经常去南方进货，有天夜里一个小姐进了他的房，三说两说就腻上他。干柴烈火，他没管住自己，与她有了一夜情。第二天那个小姐伸手跟他要钱，罗列掏口袋时怕她狮子大开口，不想小姐也遵守职业道德，只拿二百元，多给不要。小姐收下钱就与他货款两讫，跟个陌生人似的开门出去。罗列当是做梦，想想夜里的事又是真的。二百元不算多，只当少卖几个电饭锅，几只电热水壶。挣钱为什么，不就是花嘛。从那以后，罗列出差，只要有小姐敲门或是半夜打电话，他就开门迎接。那几年，他阅人无数，尝尽人间美色，潇洒极了。这是他个人秘密，谁都不知道。现在余莲问起这个，要说没有性体验，她显然不会相信，但要是和盘托出，又张不开嘴，犹豫半天就说了第一次。余莲闻后说："那不是你的错，特殊环境特定地点，谁都会偷尝禁果的。"余莲也未婚，既然她问罗列这个，罗列反过来也问她。余莲没有直接回答，却说起"黑马"的老总。"黑马"的老总人面兽心，是只色狼，眼睛里有两条小毒蛇，一见有姿色的女人就嗖嗖地吐毒信，叫人浑身起疙瘩。为了少与他接触，余莲和她的姐妹们就拼命工作。想不到歪打正着，倒成就了"黑马"……罗列的心提了起来，打断余莲的话，问："他的小毒蛇咬着你们没有？"余莲嘻嘻一笑，说："我们又不是宾馆里的小姐，凭什么让他咬？"罗列闹个大红脸，话卡住了。余莲似有不觉，继续说："上次你约我来这里喝咖啡，我特别注意你的眼睛，里面没有小毒蛇。你目光温情，就像早春的阳光，跟你在一起让人舒适、温暖、放心。那天我和你说了许多，就是因为对你有好感。"罗列恢复常态，说："别给我戴高帽，猫都爱吃腥，你防着点！"余莲的目光像暮归的小鸟在罗列的脸上飞来飞去。罗列没有接纳小鸟，他拿起勺子喝咖啡，小鸟寻不着栖身之地，拍着翅膀飞走了。

罗列有自己的做事原则，不管现在还是将来，他都不会打余莲、谈花她们的主意。她们是他的员工，也是同事，兔子还不吃窝边草呢，何况是人！"黑马"是一面镜子，他会常照自己。

余莲不会想到，罗列今天答应她来喝咖啡，是另有所图。上次来这里，罗列得到十六个字，这次他想得到更多。除此，他还要把谈花和另外两个人也叫到这里来。咖啡这东西好，跟酒差不多，喝多了话就稠，她们一人说一句，对他来说都是宝贵财富。

这财富金钱难买。

李美丽的平凡人生

1

在没有邂逅胡玫之前，李美丽感到自己的日子还过得去。三口之家，两个大人一个孩子，既不宽裕，也不缺吃少穿。李美丽从不与富人攀比，攀比那是狗屎比香馍自寻烦恼，但是和同事们比，可以说是半斤对八两，大家都差不多。人要学会自我平衡，知足常乐，不然将会失重，甚至迷失自己。这并不是说李美丽胸无大志，不思进取。去年国家刚制定出"十一五"规划，李美丽和她的丈夫庞大财与国家发展同步，也给自己的家庭制定出今后的五年规划。具体说，就是五年内在县城要有立足之地，也就是住房。住房有大小，别墅就不去说了，那三室两厅两卫炙手可热的商品房他们也不奢望，但是地点偏一些，楼层高一点，小几十平方米的两居室的二手房，一直是他们追求的目标。他们做梦都在想啊，可以说是梦寐以求。人一旦有梦想有追求，那日子就有了奔头。

这天早晨，李美丽像往日一样，醒来后没有立即爬起，她在床上左翻一下，右翻一下，然后抬起手臂，伸个舒服的懒腰，这才慵慵懒懒地坐起身。庞大财见李美丽坐起来，也掀开被子往起爬。李美丽把庞大财往被窝里塞，体贴地说，你再睡一会儿，饭好了我叫你。庞大财顺从地缩回被窝，想说什么而没有说。李美丽轻轻地拍一拍他的脸，说，啥也别说，明天你起。庞大财点点头。李美丽下床后把被子掖好。他们夫妻俩很恩爱，生活也极有规律，往日都是庞大财起来做饭，饭好了叫醒李美丽，然后再叫儿子庞飞宇。像今天这种情况，夜里一定是做爱了。

庞大财比李美丽大七岁。就这七岁，让庞大财有一种责任，他时时想着李美丽，处处关心李美丽，好像李美丽不是一具骨肉之躯，而是一朵冰花一件玉器，稍碰即碎。就拿做爱来说，这本是双方之事，你开心我快乐。庞大财不这么看，他认为是男人欺压女人，男人讨女人便宜。所以他每次做爱，都是征得李美丽同意，多数情况下是李美丽主动。他们做着做着，李美丽面部扭曲，有时还会轻轻地叫一两声，庞大财这时就会停下来，问李美丽怎么啦？李美丽多次和他说，关键时候别说话，别管我。庞大财说，我怎么能不管呢？看你痛苦成这样我不管还是人吗？事情过后，李美丽告诉庞大财，说那不是痛苦，是快乐到极致时的一种情感流露。庞大财表示明白，可一到关键时刻他又忘记了。

庞大财关心李美丽，李美丽也体恤庞大财。他们夜里要是做了爱，早晨李美丽就抢着起床，让庞大财多睡一会儿，养足精神。

三个人的饭很简单，把前一天的剩饭加水煮开，包子馏一馏。小菜嘛，腌萝卜丝，或是开一包榨菜即可。一年三百六十五天，几乎天天如此。庞飞宇虽然小，但从不挑嘴，大人做啥他吃啥。

今天是李美丽下厨房，她别出心裁，想把早饭做出一点花样来。庞大财夜里出了大力，耗了精气，必须吃鸡蛋补回来。以往他们吃鸡蛋多是放在包子下面煮，包子馏好了鸡蛋也煮熟了，既省时又节约能源，一举两得。还有一种吃法，就是荷包蛋。做法极其简单，水开了，将火拧小一些，把鸡蛋打进去。但做荷包蛋有点讲究，鸡蛋必须新鲜，新鲜就做得好，存的时间长了就做不成个儿，蛋黄蛋白散开来，碎在锅里，水面上浮出一层白沫沫。今天李美丽既不煮鸡蛋，也不做荷包蛋，而是做油煎蛋。

做油煎蛋，工艺也不复杂。把平底锅在灶上烧热了，滴少许油，将鸡蛋打在上面。须臾，靠锅的那一面熟了，用铲子铲起轻轻地翻过来。根据各人口味，爱吃嫩的时间短点儿，想吃老的时间长一些。李美丽今天给他们父子二人一人做了一份，而且都是嫩的。李美丽听人说，嫩蛋养人，大补。

饭做好了，把鸡蛋盛在碟子里，李美丽才去叫庞大财。走到床前，李美丽探头一看，庞大财睡着了，还发出轻微的鼾声。回笼觉香啊。李美丽在床前磨蹭，她有心想让庞大财多睡一会儿，抬头一看时间，就果断地掀开被子，把庞大财叫醒了。庞大财上的早班，七点必须赶到厂里。庞飞宇读初中，也是七点到校，时间上他们父子俩同步。

庞大财在县橡胶厂上班，工龄已满二十年，是个老工人，但工资不高，扣除几项保险，每个月拿到手也就七八百元。一个大男人拿这点钱，按说是低了点，养家糊口都成问题，好就好在李美丽不吃闲饭，每个月也有小几百元收入；儿子也争气，学习从不要他们操心，去年小升初，他一心想上县重点，最后以一分之差未被录取。老天有眼，就在他们愁眉不展心急如焚之时，二中找上门来，要庞飞宇改报他们。李美丽心中没底，怕二中趁火打劫收取择校费。择校费不是小数，让他们掏不啻于用刀剜他们身上的肉。来人倒是痛快，他当着庞大财和李美丽的面拍胸表态，只要庞飞宇上二中，他们分文不收。这是天上掉馅饼，打着灯笼难找的好事。李美丽怕情况有变，也不和庞大财商量，当场表示同意。二中也是不差的，好多孩子想上还被拒之门外呢。这么说，庞飞宇算是为家庭赚了一笔大钱。

庞大财看上班时间比往日紧，洗漱就潦草马虎，吃饭也是狼吞虎咽，食而不知其味。李美丽在边上说，慢一点，别噎着。庞大财嘴里塞满了，他光点头不说话。想往日，家里要是有好吃东西，庞大财从不独自享受，他会搛给李美丽和庞飞宇，与他们分着吃。有时一个东西搛来搛去，最后热的变凉，这时李美丽就会佯装生气，说不吃就扔掉，说着还指一指垃圾筒。庞大财知道李美丽用的是激将法，顺水推舟说，好啊，跟着做出扔的动作，趁其不备，再一次搛给李美丽。李美丽真的生气了，她弯下腰，筷子一拨，东西陀螺似的滚到桌子上。事到此时就该结束了，庞大财重新搛起来，放进嘴里，夸张地吃起来，嘴巴吧嗒吧嗒响。李美丽睨他一眼，哼一声说，敬酒不吃吃罚酒，自找没趣。

庞大财今天埋头吃东西，一个油煎鸡蛋被他整个放进嘴里。李美丽知道，要不是快要上班，庞大财一定会分半个给她。李美丽今天有所准备，如果庞大财搛蛋给她，她就尝一口。当然他全吃了更好，他好，我也好。李美丽这样想着，脸腾地一下红了——她是想起那句令人脸红的广告词。

庞大财非常珍惜自己的工作。庞大财不敢想，如果有一天他被减员下岗了，他的路在何方，他们家的生活又将如何维持。他们厂已下了几拨人，每一次公布名单他都提心吊胆，惶恐不安。上苍保佑，他像一条鱼越过一层又一层网。他不想长远，而是立足当前，只要一天没下岗，他就坚守岗位，竭尽全力干好工作。也因为他警钟长鸣，工作出色，领导在清退富余人员时，笔才没有圈住他。

庞大财一家租居在城西一户民房里。房子不大，一室一厨，三十平方米，月租金六十元。便宜是便宜，缺点就是在城市边缘，上班上学有点远，还有买个东西也不方便，要跑老远的路。想好也有，在城市中心，出门就上街，买啥都有，店家还送货上门。缺点是租金高。庞大财心态好，他从不去想马儿好，马儿不吃草的美事。平头百姓啥都不富有，就是时间富有，多跑跑路，把时间消费出去，省下来的却是钞票。

从这一点说，庞大财和李美丽是赢家，他们赚钱了。

2

吃完饭，父子二人推开碗，骑上车子结伴走了。

橡胶厂在城北，二中也在城北，每逢上早班，庞大财都和庞飞宇一同出门。庞大财在前面骑，庞飞宇在后面跟着，如雏鸡跟随母鸡，一步不远离。为他俩着想，李美丽曾经想在城北租房子，那里的租金也很便宜。庞大财没有同意，理由是城北是工业区，污染重噪音大，住那里不利于健康。李美丽听庞大财说的有道理，就改变主意，跑到城西租房子。城西是郊区，空气新鲜没有污染，农民一年四季种蔬菜，满眼绿色，看着心里熨帖。

目送他们走远了，李美丽返回屋里，先叠起被子，后收拾碗筷打扫卫生，紧跟着又把中午的菜准备一下。时针指向八点时，她开始换衣服，做出门准备。

李美丽做事认真，一丝不苟。叠被她要叠得有棱有角，扫地也要扫得纤尘不染，碗筷要摆得大小有序。李美丽洗菜最细心，她先将菜放在水里浸泡，目的是使菜上的化肥农药溶解到水里。住在郊区，耳濡目染，李美丽对菜农如何种菜已有所了解。受利益驱动，菜农们不惜花本钱给蔬菜下化肥打农药。现在的蔬菜也是奇怪，少了化肥农药就像孩子缺少奶水，长得黄皮寡瘦缺少生机。可这两样东西用多了，对人体有百害而无一利。这是一对矛盾。菜农们不管这个，只要有利可图，他们就干。而他们自己却不吃这菜。菜农们吃的菜是自然生长，他们拒绝化肥和农药。菜农们有一句顺口溜：城里人是国家的人，退休国家养，生病国家兜。庞大财也清楚这些，李美丽曾亲耳听他骂过种菜人，说他们的良心坏透了。李美丽乘机说，为啥眼下生大病的多？病从口入，都是化肥农药惹的祸！庞大财说，我们不敢生病，得防着点。李美丽无奈地说，把菜多洗多泡，只能如此，别无他法。庞大财表示赞同，可一旦做事又忘记了。庞大财干活是粗犷式的，叠被三把两把，洗菜用水稍稍一冲就完事。李美丽看着不满意，往往庞大财做过了她要跟着重来一遍。庞大财见了不好意思，他检讨说，看我，咋就记不住呢？李美丽说，你是属老鼠的，爪子落地就忘记。为保险起见，李美丽现在都是提前把事做好，中午到家打开炉灶就做饭。

李美丽在县人寿保险公司做事，在业务科当副科长，算中层干部。副科长比业务员强一些，每个月有二百元补贴，其他收入从业务费中提留，上不封顶，多劳多得。二百元看起来不多，但有和没有区别很大，这是对她业绩的认可，更是身份的象征，李美丽非常珍惜。全单位跑业务的有上百人，科长副科长仅有四人。看这比例，就知她非同一般。

跑业务学问不小。刚入这一行，李美丽啥都不懂，又无老师指导，吃了不少闭门羹。说句夸张话，鞋底都磨穿了，到头来是事倍功半，月底结账，从财务科领回的那点钱，别说孝敬父母，连她自己都养活不了。走出财务科，李美丽泪眼蒙眬，她想我可不能在一棵树上吊死，得想办法另谋生路。一想又想不出自己还能干什么，农村进城找活干的人如过江之鲫，日日俱增，实在无事就捡垃圾糊口。那天她亲眼所见，两个捡垃圾的中年女人为争夺地盘而大打出手，一个说她先到，另一个说这是她的地盘，她早就在这里捡了。说着还伸出拿抓钩的手划拉一下标出地点。前者不吃她那一套，说你三十晚上烧纸糊弄鬼啊。你的地盘，拿出证据让我瞧瞧，你总不会像老虎狮子那样撒泡尿就把地圈下了吧？后者一听这话，知道她遇上了蛮人，看来不给点颜色瞧瞧往后就没好日子过了，她把垃圾筐猛地扔到地上，一手卡腰，另一只手指着前者的鼻尖说，怎么说话的？老娘就像老虎狮子那样撒尿圈地了，你能怎么着？前者当仁不让，后者前进一尺，她则挺进一步。二人之间的距离在一步步缩短，最后像国际争端那样，要靠武力来解决。胜者王败者寇，两个回合下来，前者衣衫撕破，鼻血长流，她不敢再战，双手捂着鼻子撤出阵地。李美丽在一旁看得心惊胆战，捂着胸口走出老远心还在怦怦狂跳。那一夜李美丽噩梦连连，好像她自己就是那个败走的人。左右权衡，李美丽没敢辞去这份来之不易的工作。第二天，她又出门了。

李美丽想的是，业务员的工作再难，也比捡垃圾容易、体面。

不知谁曾经说过这样一句话：生活是老师。李美丽当初不理解这句话的含义，把生活简单化。直到在生活中遭遇挫折，她回过头审视生活，才知道生活原来是一部百科全书，她要学的东西太多。

李美丽开始注意身边的人——同样跑业务，为什么他们业绩是那样大，而她又是那么小？同一个"跑"字，其差别一个在天上，一个却在地下。渐渐地，李美丽也琢磨出一句话：时间也是老师。经过一段时间的观察思考，李美丽悟出两点：一，上午出门不宜早。城里人讲究，上午刚到班，你要人家掏钱参加保险，说起没什么，细琢磨这可是支出，多少有点破财的意思。人家忌讳这个，所以成功率就低。二，跑业务要分清对象，普通人家考虑的是吃饭，衣食无忧的人家才关心未来。所以说，从事他们这项工作的人应该把目光投向富人。这几年城市开始搞房地产开发，盖别墅建小区，房价平均在两千元左右。售房伊始，有人担心卖不出去，说这是天价，平头百姓砸锅卖铁也买不起。结果新房一售而空，有的人甚至不用贷款，包口一拉，一沓一沓的全是现金。这年头，腰缠万贯的人真是不少。开发商继续开发，房子还是卖出去，没有剩余的。那些拆迁户也得到安置，政府适当给予补贴，也欢欢喜喜地搬进安置房。住在安置小区里的人都是绣花枕头，外面看着漂亮，表层下却是败絮。如果不了解内情，往他们门上跑，那是瞎子点灯白费蜡——你就是把嗓子说破了，他们也不会有闲钱买你的保险。

业务员每天像蜜蜂一样飞进飞出，在城市的各个角落嗡嗡叫唤，但采到"花蜜"者不多。就是这为数不多者成了单位的中坚，他们源源不断地为单位输入养分，使其苗壮成长，绿树长青。

李美丽也是中坚者中的一员。

女人的年纪清楚地写在早晨的脸上。坐在镜前，李美丽发现自己老了，头发枯黄，双眸不再清澈；皮肤松弛，一颦一笑，嘴角边有两弯新月，脸一转动，脖子上折叠的皱纹像波浪……想当年，她可是有名的校花呢，五官清秀，皮肤也好，不少男生青睐她，胆大者给她塞小纸条，她看也不看就当垃圾扔掉，那时的她俨然就是公主，班级里那些小男生无一人在她眼里。哎，往事不堪回首。李美丽把头发梳理整齐，又涂一点唇膏，锁门之际，她感觉右眼在不停跳动。眼跳不是好事。老话说左眼跳财，右眼跳祸。李美丽不知今天会发生什么，更不知是什么祸事在等着她。这祸事仿佛一眼陷阱，只有一脚踩进去才会知道，可那已经晚了。未知的事是可怕的。李美丽畏缩不前，她退回来，心神不宁地躺到床上，直到眼睛不再跳了，才爬起来。李美丽想歇一天，休息虽说会给她带来损失，但总比闯祸好。李美丽闲不住，她看天气好，又无风，就把被子拆洗了。做好这个，太阳已爬上中天，她就淘米做饭。饭菜好了半天，庞大财才回来，待一会儿庞飞宇也放学了。一家人吃了一个早中饭，饭后无事，庞大财问李美丽今天怎么没上班。李美丽就把眼跳的事说了。庞大财闻后说，今天莫出门，别真的弄出什么事端来。李美丽说我也是这么想的。等他们父子出门，李美丽在家就有点待不住，头脑里琢磨的全是五年规划的事。她想还是出门，小心点，不会有事的。这样一想，她就锁上门骑车出发了。她去的是名流小区。这个城市的人都知道，能到那里买房的人都是富人，不是在县级机关工作，就是在电信、烟草、供电等好企业上班。那里已被多人跑过，李美丽还是去。李美丽把自己当成打鱼人。她想起打鱼人常说的一句话：鱼过千层网。李美丽敢肯定，那里一定有漏网之鱼，她此次去，不定就能捕捉住一两条大鱼来，这要看运气。想着心事，脚下使力，不多会儿就到了名流小区。小区管理严格，保安仔细看了李美丽的证件后才放她进去。李美丽一户户按门铃。有的人家有人在，但透过猫眼窥视，见是陌生人就不声不响地退回去，给人造成无人的假象。门外的人等了一会儿不见动静，就按下一户门铃。李美丽今天运气不赖，按到第四户，门扑嗒一声开了。开门者是位女士。该女士穿着华丽，打扮高雅，满身香气，一看就是有钱的主。李美丽心里暗喜，想她的财运来了，于是面带微笑说，小姐您好！拉链一响，从包里抽出一份资料恭恭敬敬地送给女士。不等女士说话，她就口若悬河地开始介绍险种以及参保的好处，还掏出计算器叭叭一阵撅动，把十年二十年后应得的款数报出来。女士闻后不语，两眼一眨不眨地盯着她瞅望。李美丽被看得不好意思，她把衣服拉好，往后退一步，对女士说，小姐，您放心，我不是坏人，更不会骗您。喏，这是我的名片，上面有我的电话，还有身份证号码，您有疑问可以打电话到我公司了解核实。女士一看名片扑哧笑了，她说，你果然是李美丽！我第一眼见你就眼熟，感觉在哪儿见过，但是我不敢肯定。李美丽抬头看对方，想她一定是自己的客户，人家早认出你了，你这个爱忘事的，又跑上门巧舌如簧地鼓动人家参保。这么一想，她就有点不好意思，于是忙向人家道歉，说不打搅了，您歇着。一边说一边撤退。女士说，你等等。李美丽你好好看看我，难道真的认不出我是谁吗？李美丽一听这话，就认真看对方。这一看，李美丽跳了起来，惊叫道，倒头鬼，原来是你呀，胡枚！说着两个人搂在了一起。

3

李美丽和胡枚过去是同事，而且是无话不说的好姐妹。

这是十五年前的事。

十五年在时间长河中是一朵浪花，一个漩涡，瞬间即逝，但对一个人来说，却是一段刻骨铭心的历史，一个难忘的记忆，它牢牢地烙在心之深处，岁月的尘埃日复一日地覆盖它掩埋它，然而记忆的闸门一旦打开，它又被洗刷一新，清晰地呈现在眼前。

这个亲手打开闸门的人就是胡枚。

李美丽十八岁那年离开校门，回到农村老家。面对未来，李美丽手足无措，一片茫然。像父母那样面朝黄土背朝天，一辈子在土坷垃里刨食吃，她心有不甘；进城找工作，她又没有门路。恰这时在城里工作的姨妈来她家，李美丽抓住这个天赐良机，向姨妈讨主意。姨妈此次来美丽家，是有事相求——她上幼儿园的小孙子放暑假，需要人照看。姨妈原本想请美丽的母亲过去的，听美丽这么一说，她立马改变主意。她想美丽年轻、活泼、懂事、有文化，她去最合适。但姨妈是城里人，城里人说话喜欢拐弯抹角，不像农村人窄巷子里扛木头直来直去。不过同样一件事，如果直截了当说了，人情也就没有了。姨妈不会做这种傻事。听了李美丽的话，姨妈做出思考状，半晌才为难地说，要不这样吧，你先到我家去，我们骑驴看唱本走一步看一步，逮着机会给你安排个工作。这是李美丽做梦都没想过的好事，她激动地跳起来，大叫着扑进姨妈的怀抱，撒娇说，好姨妈！亲姨妈！你是我的活菩萨大救星！姨妈赚足了人情，这时她又给李美丽打预防针，说，姨妈把丑话说在前头，姨妈是个工人，无职无权，人微言轻，万一找不到满意的工作，你可不能埋怨噢。李美丽通情达理地说，我感激还来不及呢，怎么会埋怨呢？如此说，她俩的协议算是达成了。午饭桌上，话由李美丽自己说。母亲闻后不同意，说姨妈一家都上班，你去了碍手碍脚，给人家添麻烦。李美丽没料到母亲会阻拦她，噘嘴道，不嘛不嘛，我就是要去！说后把脸转向姨妈，希望她开口说话。姨妈懂得这个，她适时地表明态度。一个想去，一个愿意接纳，母亲不好反对，态度跟着转变，她交代说，到姨妈家勤快些，要见眼生勤，不懂就问。李美丽爱听这话，她当着家人和姨妈的面不停点头。

城里的生活美是美，但它不属于李美丽。

李美丽到姨妈家已一月余，她每天没有别的事，就是负责看管姨妈的小孙子，像个保姆似的整天跟着他，不敢有半点闪失。那天小孙子在前边跑，脚下一绊不慎摔倒。小孩子跌跤本是正常事，拉起来掸去身上的灰尘就没事了。那天姨妈厂休，恰巧被她看到了。姨妈的脸当即拉下来，没好气地说，一个大活人连个孩子都看不好，看你还能做什么！李美丽好没趣呀，眼睛里哗地涌满泪水，眼见就要决堤而出，她及时抬起头，装作被风沙迷住眼，用手背硬把泪水给揉了回去。时间在一天天过去，李美丽多想姨妈能亲口对她说一说工作的事，哪怕暂时没有合适的，也要给她一丝曙光，让她看到光明，有个盼头。然而姨妈十分吝啬，嘴巴像上了锁，高兴时才金口玉言地说上几句。只要姨妈下班回到家，李美丽就不离左右，两只眼睛不时地看一看她的嘴巴，盼着从那里发出声音传出好消息。李美丽的希望像小孙子吹出的彩色水泡，看着好看，但飘着飘着就破灭了。那天表哥换班在家休息，午后小孙子要睡觉，李美丽把他抱到床上，没一会儿小孙子睡着了。李美丽躺在边上，迷迷糊糊地也想睡一会儿。感觉有人拉她，李美丽当是做梦，没有理睬。那个人继续拉，她睁开眼睛一看，表哥站在床边正目不转睛地看着她。李美丽赶紧起来，表哥一声不响地跟着她，经过卧室时伸手拉她一下。李美丽当表哥有事，停下来等着。表哥误会了，当她同意他的要求，胆量倍增，一把抱起她，把她往自己的床上一扔。事情来得太突然，李美丽的大脑就像炮弹爆炸，意识出现了空白。当表哥扑上来时，她一下子清醒过来，意识到危险已经降临。于是，她不顾一切地反抗，用十指当武器，用牙齿捍卫贞操。长时间的搏打，李美丽的体力渐渐消耗殆尽，就在表哥的阴谋快要得逞时，小孙子醒来，喊着要撒尿。表哥暂停动作，李美丽不顾一切地冲下床，她没去小孙子那里，而是跑出门。李美丽没敢停顿，撒脚往车站奔去。李美丽的思路渐渐清晰起来——她一天也不能在这里多待，她要回家，到父母的身边去——那里才是她安全的港湾。登上回家的汽车，李美丽双臂紧紧地抱着自己，她想是小孙子的一泡尿水救了她，如若不是，她未必能逃脱表哥那双魔掌。

回到家没几天，李美丽听到消息：乡土地管理所要公开招收两名管理员。李美丽不相信有这好事，就跑到乡里探虚实。一看是真的，启事就贴在墙上。条件挺严格，年龄、文化、身高都有要求。李美丽一边看一边与自己对照，看着看着她握紧了拳头——她要抓住这次机会，用自己的智慧来改写命运。她记下考试的日期就返回来。从这一天开始，李美丽把自己关在屋里，将高中课本拿出来，从头至尾温故一遍。李美丽基础扎实，一遍看下来，她就有了十足的把握。应考那天，她沉着应战，发挥出色，分数出来，她排名第一。知道成绩后，很多人为李美丽高兴，说她进土地管理所是秃子头上抓虱子——十拿九稳的事。然而她并没因此而沾沾自喜，恰恰相反，她感觉比考试那天的压力还要大，因为达到面试分数的有四人。四取二，也就是说，她才有一半希望。不能高兴得太早，前面的路是独木桥，很难走，一步不稳全盘皆输。面试那天，虽然主考人员听了她的回答频频点头，但她还是感觉自己回答得不够流畅。回家等待结果的那几天，李美丽度日如年，她像热锅上的蚂蚁，坐着不是，站着也不好；吃不香，睡不安。也算是病急乱投医吧，那天早晨她看母亲喂猪，头脑里电光石火地闪现一下，她想何不叫父亲把肥猪卖掉，去乡里打点一下。如果父亲不同意，她就向父亲借，事情办成了，还愁还不上一头猪钱吗？这是她一辈子大事，耽搁不得。李美丽把自己的想法跟母亲说，母亲一听脸都吓白了，头摇得像货郎鼓，态度坚定地说，我不同意，我不能眼睁睁地看着你把全家人的血汗钱拿去打水漂。你当你真的能到土管所工作？我不是给你泼冷水，考试那是掩人耳目，最后还是当官人家的孩子进。李美丽不大相信母亲的话，她退步想，即使母亲的话千真万确，她也要拼搏一下，去做百分之百努力，不给自己的人生留下遗憾。她央求母亲说，妈，你就行行好，成全女儿一回。要是不成功，我当牛做马，随你们使唤！女儿把话说到这个份上，母亲的心软了，她愣了半晌，才做出答复，同意跟父亲商量。李美丽清楚，只要母亲去跟父亲商量，事情就会有眉目。果然不出所料，不一会儿母亲就转回来，传达了父亲的旨意，说事情宜早不宜晚，晚了黄瓜菜就凉。父亲性子急，办事雷厉风行，吃过早饭，他就用绳子把肥猪捆上平车拉走了。父亲走了半天，李美丽的耳边还回响着肥猪抹脖子似的尖叫声，那一声声尖叫宛如利刀剜她的心。李美丽的心在疼痛、滴血。她清楚，那头肥猪就是他们一家人全年的生活开销，油盐酱醋，衣裤鞋袜……眼下肥猪被拉走，全家人的希望都寄托在她身上。也就是说，这一次她只能成功不能失败。中午时分，父亲拖着空平车回来。父亲劲头十足，到家就扯开嗓子叫美丽。李美丽闻声跑出来，父亲解开衣扣，从贴身的口袋里掏出钱，数都没数就拍到李美丽的手上，说闺女，拿着，我和你妈看你的！李美丽心里汹涌起一股热流，激动得一句话说不出。她把钱紧紧地攥在手里，连中饭都顾不上吃，撒脚往乡里奔去。

4

李美丽被录用了，同时被录用的还有一个人，她就是胡枚。

土地所是新机构，刚成立的，共三个人，一个所长，姓戴；另外两个人就是李美丽和胡枚。

新单位事情很多，主要是做土地档案，全乡数十万亩土地都要登记造册。当初设想进土地管理所就是坐办公室，风不吹头雨不打脸，到月领工资，跟城里的工作人员一样。退一步说，起码不会比姨妈差。不曾想现实不是这样，自上班后，李美丽一天没坐办公室，整天走村串户，风吹日晒，连个休息日都没有。她和胡枚拉尺丈量土地，戴所长负责记录，吃饭时或回乡里，或到农民家里代伙。这工作苦是苦一点，但李美丽苦得踏实，心里也很甜蜜。人活一张脸，树活一层皮。当有人大老远叫她李管理员时，李美丽的心里别说有多受用。

日复一日，他们的双脚踏遍全乡的各个角落，每一块土地。

忙活半年，工作终于有了头绪，那天戴所长高兴地对她俩说，从明天起，我们可以坐下来整理档案了。李美丽和胡枚听后松出一口长气，她俩相视一笑。

坐办公室的感觉真是好，填填档案，喝喝水，闲下来还可以看看报纸。有人到他们这里来都是有求于他们。过去盖房造屋随意性很大，只要看好，就圈地做宅基，盖大盖小无人过问。自有了土地管理所就不行，你得申报，办理相关手续才可以开工。否则就是违法犯规，你盖好也不行，土地管理所有权拆除。《土地法》写得明明白白，土地是国家的，资源不可再生，用一寸少一寸。盖房者知道土地管理所权限大，私下里都把他们三个人叫成土地爷、土地奶。

盖房者进门后点头哈腰，又是敬烟又是散糖，有的人办事心切还会把他们请到饭店吃一顿。戴所长开始对自己要求挺严格，整天绷着脸，比包公还严肃，给烟不抽，请吃不到。时间不长，他就放松要求。不过他有个底线，只吃饭不收礼。吃饭也不是一个人，他一定要拉上李美丽和胡枚。戴所长说，他一个人是私，二人就是公，他们三个人一道去，那就是光明磊落。一次酒后，戴所长对她俩掏心窝子，说小李、小胡，你们俩是我戴某人的左膀右臂，更是我的纪委书记。有你们在场，我喝酒喝得踏实舒坦，喝醉也不怕。胡枚问为啥？戴所长说，没有你们，我一个人单打独斗，他们要是使坏栽赃我，说我收受贿赂啥的，没个证人，我浑身长满嘴也说不清哟。如此一说她们就明白了。本来李美丽和胡枚是滴酒不沾，姑娘家矜持，怕喝酒被人说三道四。后来架不住劝，说少喝两杯，舒筋活血，有利健康，她们就端起杯子喝上了。开始一两杯，后来三四杯，时间长了还练出点酒量，喝个二两三两面不改色，该干啥干啥，从不误事。她们喝酒的名声传到乡里，连书记、乡长都有所耳闻。一天县长来乡里视察工作，办公室人手少忙不过来，书记毛发民对手下人说，把土地管理所的小李、小胡那两个丫头给我叫来。那人一听抓起电话就打。戴所长听说毛书记要用人，叫李美丽、胡枚赶紧放下手里的事，去毛书记那里报到。临走前，戴所长还教导她们要听从指挥，手脚勤快，努力工作，把接待县长当作一件政治任务来完成。李美丽、胡枚对戴所长表态说，请领导放心，她俩一定完成好任务。

　　论文化，李美丽和胡枚都是高中；论工作，她俩是过关斩将，好中选好进入乡里的；论长相，虽说不是选美，但面试时长相占了很大比例。她俩悟性极高，啥事一看即明一学就会。别看她俩第一次进入这种高规格场合，听毛书记一说，她们就明白接待工作的实质内容——就是倒茶递水，室内清洁，为领导引路。与县长一同来的有几个人，他们一边谈话一边喝水，慢条斯理的。李美丽想，当领导的咋这么能喝水，肚子跟漏斗似的老也装不满，她和胡枚得不停地加水。中午用餐时她俩也侍立一旁，眼瞅他们杯子里的水浅下去，就上去倒。这一忙就是一天，县长一行吃了晚饭才走。毛发民送走客人，回来看到她俩还在忙，帮助师傅收拾残羹剩饭，顺口鼓励几句，要她们再接再厉，工作再上新台阶。

从这天开始，乡里只要有活动，毛发民就把李美丽和胡枚叫过去服务。服务的次数多了，她俩也变得大方自然，不像第一次那么拘谨。一次县财政局来乡财政所检查工作，所长接到通知，当即向毛发民汇报。毛发民问带队是谁？所长说是陶副局长。毛发民一听，高兴地说，陶副局长分管乡镇这一块，是个大财神，他来得好哇。他下达指示，要财政所一定接待好，他中午亲自作陪。财政所长酒量小，一杯下去脸就红了，跟猴屁股似的。毛发民说接待好，意思明摆着，就是让他们吃好喝好。他只有一杯量，上了桌连酒杯都不敢端，这可如何是好！所长愁眉苦脸，他想毛发民让他献身，他只有闭上眼睛，端起酒碗和他们感情深一口闷了。酒场如战场，他如果当场阵亡，为的是集体，不算烈士，因工牺牲应该可以算的，这样对老婆孩子也能有个好的交代……毛发民看所长苦着脸在琢磨啥，估计是为喝酒的事犯惆怅，就说，一个大男人，还不如土地管理所的两个小丫头！被毛发民看破心思，所长有点无地自容，他红着脸说，毛书记，您火眼金睛，我啥事也藏不住。毛发民挥一挥手说，你去做准备，中午把小李小胡叫上，你跟戴所长说是我的意思。所长听后，心里晴空万里，一下子轻松下来。

陶副局长一行九时许抵达财政所。所长早在乡政府门口等候，见到车子，他跑步迎上去，把他们带进会客室。会客室里窗明几净，果盘、茶水、香烟一一摆好；空调已经打开，温度宜人，给人春天般的感觉。陶副局长走进来，心情特别好，他抬手拍拍所长的背说，正常工作，搞得这么铺张干啥！

所长谦虚道，乡里条件比不得城里，请陶局长多担待。

陶副局长指着茶几上的吃食说，城里可没你们讲究。

所长说，是毛书记指示我这样做的。他听说您到基层来指导工作，中午还要来陪您喝酒呢！

陶副局长一听，转脸对同来的人说，毛发民书记和我是多年的朋友。这人礼数多，你们可要当心哦！

是谁在说我坏话！话落人到，大家回头一看，是毛发民书记来了。陶副局长站起来把手伸出去，两双手紧紧地握在一起。

时间在愉快的交谈中悄悄溜走，眼看就到了吃饭时间。毛发民对陶副局长说，走哇，喂脑袋去！

陶副局长坐着不动，说我们到这来是工作，不敢惊官扰民。说好了，我们今天只吃工作餐，否则我就回县里去。

毛发民一听，正色道，我这个破地方，想吃山珍海味没有，但是绿色的东西还有几样。

陶副局长来了兴趣，问，说来我听听，都有啥？

毛发民掰着指头说，土韭菜、地皮菜、土公鸡、塘虾、螃蟹、小杂鱼……

陶副局长听说是这些东西，大声嚷嚷，别说啦、别说啦，再说我的口水就流下来啦！

一行人说说笑笑地来到饭店，见厅里站着两个年轻姑娘，陶副局长看她们不像服务员，问毛发民是谁。毛发民一拍脑袋说，哦，忘了说了，她俩是乡里的工作人员。陶局长今天来乡里指导工作，我让她俩来认认领导，长长见识。

陶副局长看看两个姑娘，又看看毛发民，笑说，不知你葫芦里卖啥东西。

毛发民摊开两只手，一脸的冤枉表情。他对着陶副局长的耳朵小声说，天地良心。陶局长，你把我的好心当成驴肝肺了！

陶副局长不无担心地说，好心坏心待会儿见分晓！

真的被陶副局长说着了，毛发民这人礼数多，喝起酒来一套一套的，逮着啥都能说出名堂。开始他自己喝，和陶副局长连干数杯；后来指挥别的人上阵，最后是小李和小胡。两个姑娘是高潮，陶副局长开始没把她俩放在眼里，等到她们真刀真枪地把酒喝下去，他想耍赖也不行了。这就喝多了。小李小胡先是并肩作战，后来是单个行动，几轮下来，陶副局长说话舌头都短了。桌上的菜愈堆愈多，陶副局长早就忘记工作餐的事，他像个主人似的用手点着菜，叫大家放开肚皮吃，不吃浪费了。

过去是耳闻，今天是目睹，毛发民发现李美丽和胡枚确是两棵好苗子，要是培养一下，两个人的酒都在半斤以上。毛发民是书记，培养重任非他莫属。这好办，乡里几乎天天来客，有客就把她们叫上。

周末这天下午，毛发民处理完手里的事准备回城去，还没动身门就被人敲响了。毛发民想定是乡里的什么人来找他，就不想开门。敲门人非但没有罢手，还一边敲一边大声嚷嚷，说毛发民，你小子搞啥名堂，快开门！毛发民一听是县农业局苗局长的声音。苗局长和毛发民是市委党校同学，关系挺好。老同学上门躲躲藏藏就没道理了，于是赶紧开门迎接。苗局长一见，当胸一拳，说看你还躲，怕我老苗来喝酒咋的！毛发民道歉说，失礼失礼，知道老同学来，我早跑马路上迎接去了。苗局长说，贫嘴，说假话也不脸红！苗局长是突然袭击，周末了，下乡来度假，呼吸一下新鲜空气。毛发民闻后知道苗局长今天是不想回去了，就着手安排他吃住。晚上喝酒没叫别人，还是把小李小胡叫过来。酒桌上有女孩子调节气氛，酒也下得快。胡枚这天来例假，她托故说家里有事来不了。有小李一个人也行，人少好招待，喝起酒来实打实，谁也不敢偷懒。

　　喝完酒，苗局长去乡招待所休息，毛发民和李美丽往回走。毛发民看时间尚早，叫小李到他办公室坐坐，醒醒酒再回去。书记邀请，李美丽不好推辞，就跟着来了。毛发民的办公室和卧室是连着的，里间卧室外间办公。来到办公室，毛发民沏了两杯茶。他们喝茶聊天，谈家庭说工作。毛发民向李美丽透露一个重要信息，最近乡里有一个合同工指标。李美丽不懂人事管理方面的事，问临时工与合同工的区别。毛发民喝口水说，区别大着呐，临时工是根据用人需要，人满为患时可以清退；而合同工则不可以。李美丽问，为什么？毛发民解释说，很简单，合同工是用工单位根据需要与当事人经过友好协商签订的用工合同，这个合同受到法律保护。李美丽点点头，表示听明白了。毛发民紧跟着又说，签订了合同，以后也就有了转正的希望。李美丽清楚自己和胡枚的性质，她们目前同属临时人员，当初的招聘启事上写得明明白白。李美丽紧张地问，毛书记，我和胡枚这次能转为合同工吗？毛发民哈哈一笑，手指点着李美丽的脑袋，说，傻丫头，我开始就说，名额只有一个，两个人都转有困难！毛发民说过这话起身给李美丽的杯子里续水，在低头倒水时近似耳语般地说，我打算把这个名额给你，满意吗？李美丽还没来得及回答，就触电般地跳起身，开水泼了一地。她把茶杯放到桌上，手在脸上不停搓揉，那个地方好像受到毒蜂蜇过一般刺痒难受。毛发民把水瓶送回原处，待坐下时脸上的热情也没有了，他冷着脸说，今天我们就聊到这里吧！这是逐客语，李美丽一听，赶紧起身告辞。

　　在以后的日子里，李美丽的生活就如自家院子里的那眼井水一般平静，每天上班下班，乡里有客也不叫她陪。胡枚反而忙碌起来，电话一个一个来，不是到乡里接待客人，就是去办公室帮忙。她的衣服也是一天一换，今天穿红，明天挂绿，花枝招展，香气扑鼻。不久，胡枚就转成合同工。半年后，乡里搞人事制度改革，李美丽与乡里其他部门的几个临时人员被清退回家。

5

胡梅过关斩将进了土地管理所，农家女变成金凤凰，全乡无人不知；李美丽被乡里改革清退，一只金凤凰眨眼之间变为草鸡，全乡无人不晓。李美丽回到家，父亲大人有大量，闷头抽了几袋烟心里就想通了，他劝导女儿说，没啥丢人的闺女，种田咋啦，照样活人，照样过一辈子！母亲没父亲心胸宽，她看李美丽回家来，心痛送出去的肥猪钱，老脸冷得能拧下水，出来进去摔摔打打的。父亲看不下，手下用力，一把将她拖进灶屋。母亲抹一把泪说，定好的秤生就的命，早知这个结果，打死我也不同意她到乡里去。只可惜我那头几百斤重的大肥猪，它可是我一天天喂大的呀！每当想起这个，我的心比针扎还要疼呐。苍天啦，我的命咋这么苦哟……父亲咬牙克制住自己的情绪，他指一指堂屋，小声对母亲说，少说几句行不？你若把闺女逼出个好歹，我和你没完！母亲一听，用手捂住嘴巴，吓得赶紧溜出门去。

家里是清静了，静得能听到老鼠的磨牙声打架声。母亲像换了一个人，在李美丽面前唯唯诺诺，寡言少语，走路跟家里的老猫似的没有声响。但李美丽并不感到轻松，她感到母亲这是伪装，还不如摔摔打打痛快。李美丽感觉家里太憋闷，空气像凝固似的不通畅，就想出门走走，到野外呼吸一下新鲜空气。

村子后有一条小河。这条河是前几年挖的，为的是灌溉农田。李美丽出门往村后走，她怕遇见人不好说话，就踏荒而行，逃也似的来到小河边。此时正值初夏，天蓝云白，暖风拂面。河边长着两排水柳，水柳枝繁叶茂，有风则摆无风则静，倒映在水面上。水很清澈，河底的水草、卵石，水中的鱼、虾都看得清清楚楚。一条红鲤鱼从西往东不慌不忙地游动，到李美丽面前还停顿一下，嘴巴不停翕动，像在吃东西。李美丽屏住呼吸，目不转睛地看，她想看清鲤鱼吃的是什么。鲤鱼的嘴巴咂巴一下，好像在细细品味，意犹未尽的样子，接着又开始东行，两眼不停张望，一路寻找食物。李美丽猫腰跟着，脚起脚落不发出声响。鲤鱼发现岸上有人，出于自身安全，尾巴一甩像箭一样跑走了，水面上泛起一串浪花。

李美丽叹息一声，在岸边坐下来。河边的空气清新湿润，直透肺腑，细品味，能闻出禾苗和花草的气味。李美丽闭着眼睛品味，听到身后传来窸窸窣窣的响动声，她掉头一看，是母亲。母亲见女儿发现她，一句话没说就离开，到一边割草去。李美丽知道母亲来干啥，她是醉翁之意不在酒——母亲是担心她一时想不开，寻死觅活啥的。想明白后，李美丽的泪水下来了，她没有心情坐在这里看风景，爬起身就回家了。

父亲善解人意，他怕李美丽在家憋闷坏身子，建议她出门找同学玩去，或者进城到姨妈家散散心。听了父亲的话，李美丽如饮醍醐，思路洞开。姨妈家她一辈子都不想去。姨妈和母亲虽是一母同胞，但她缺少诚意，没有亲情；还有表哥，初看是个工作人员，处长才知人面兽心，是个居心叵测之人。这话李美丽一直闷在心里，她从没对父母说起过。今天她听了父亲的话，她想她真的应该进城去，大路通天，她进城不是投奔姨妈仰人鼻息，而是摸索寻找自谋生路。李美丽想，城市那么大，工厂那么多，不会多她一个。她好手好脚，又有文化，运气好了不定就能碰着哪家招工，而她恰巧又被录用了。这么一琢磨，李美丽的心像打开的窗户，一下子明亮起来，她有点迫不及待，第二天就乘车进城。

李美丽在乡里工作那些日子，虽说经常到饭店陪客人吃饭喝酒，但用的全是公款，没花她一分钱。她的父母年龄在五十岁上下，还是壮年，人也勤劳，养猪养鸡养鸭，手中多少有点节余，李美丽工作的钱他们一分没要，全归李美丽所有。李美丽进城这天，在乡储蓄所取出一千元装到贴身的兜里，以备急用。

上次进城，李美丽是跟着姨妈走，上车下车不要她操心。这次是独行，进城后的路要靠自己走。李美丽在车站下车，走出站口，她没有明确的去处，脚都不知往哪里迈。

车站口人流如潮，出出进进，人人都很匆忙。一个涂脂抹粉的女人走近李美丽，问她是否住宿。李美丽心里正烦着，没好气地说，我刚进城，住什么住！女人遭到抢白，撇撇嘴无趣地离开。

李美丽跟着人流往外走，走几步又停下来。她看别的人都是步履匆匆，目标明确，连一分一秒都不愿耽搁，只有她心意彷徨，不知去向。李美丽站在那里，像一块水中的礁石阻挡着行人，人们经过她身边都要绕道而行。李美丽突然想起母亲曾经说过的一句话：好狗不挡道。她的脸唰一下红了，抬起脚慌慌张张地离开车站。

太阳当头照，马路上的人流稠密起来，李美丽知道城里人下班了。过去在姨妈家里，这时是她最忙碌的时候，她要看住姨妈的小孙子别乱跑，以防被来往车辆碰伤，还要忙里偷闲地做午饭。往往饭还没有做好，姨妈和表哥就回来了。姨妈心情好时会进厨房帮助她，不高兴时会批评她几句，说看着挺精明的一个人，半天下来连顿饭都没做好。李美丽满脸发烧，厨房里气温高，不多会儿她的汗就下来了。那时她把委屈压在心底，脸上强颜欢笑。她望眼欲穿，日日等夜夜盼，只巴望姨妈早日为她安排工作。现在回过头想想，那时的她是多么幼稚多么傻，姨妈把她当用人吆喝，当保姆使唤，她还瞎猫坐等死耗子，要不是表哥起歹心，她还会无休止地等下去。李美丽顺着大街彳亍慢行，在一家小吃店门前停下。小吃店门脸不大，火炉放在门外，一个穿白衣戴白帽看不出性别的师傅在火炉前颠锅炒菜；门里安放两排课桌似的餐桌，很整洁。李美丽看出这是一家快餐店。过去跟姨妈上街，李美丽看到有的饭店门前站有迎宾小姐，见人路过就上前招呼，有的甚至伸手拉客，极不文明。这家小吃店反其道而行之，非但没有迎宾小姐，李美丽在店前伫立良久，人家连头都不抬一下，爱进不进由你自己。李美丽看出这家快餐店非同一般，于是不请自到，她走进去找一个位置坐下，大声要了一份快餐。李美丽观察，来这里吃饭的人大多是中学生，还有就是像她这样进城的乡下人。饭价不低，一盒五元钱。李美丽吃得很慢，吃完最后一粒米才离开。

从这天起，李美丽与这家快餐店有了不解之缘，一日三餐，她有两餐都在这里吃。幸好那天出门提了一千元，身上原有的钱花光后，她就掏出贴身的钱来用。日子一天天过去，钱也在一天天减少，工作的事一点眉目都没有。李美丽嘴唇上出现几个火泡，嗓子也哑了，说话沙沙的，像敲打破锣。门前颠锅炒菜的师傅看出李美丽是进城找工作的，就建议她给人家当保姆。李美丽一听，连连摇头，说我宁可讨饭也不干那个！师傅是个好心人，见李美丽不愿当保姆，想了想说，那你就在我这里干吧，管吃管住，月工资二百元。李美丽一听，想这工资低是低了点，但她一时又找不到合适的事情，权宜之计，只有先点头答应。

师傅让李美丽送快餐，李美丽开始有畏难情绪，她怕路不熟送错地方，坏了饭店名声。师傅说小县城巴掌大一点地方，我闭着眼睛都不会跑错，就你这胆量还想闯天下？做梦去吧！李美丽从师傅的态度看出，她如果不送快餐，店里是不会要她的，也就是说她还得继续流浪，为工作的事操心。李美丽不想放弃到手的好事，于是赶紧对师傅说，我试试吧。

送快餐，让李美丽在这座小城有了立足之地。跑了几天，李美丽发现师傅说的话是对的，县城真的不大，几条街她几天就跑得烂熟。这主要得力于她的好伙伴王红红姑娘。王红红也是快餐店的送餐工，李美丽和她做搭档，二人走街串巷，东家西家分头送去。晚上同住店里，为师傅看门。她们像亲姐妹，啥话都向对方吐露。一天夜里，王红红对李美丽说，树挪死人挪活，我们不能老待在一个地方，眼睛亮点，耳朵尖点，一旦有好去处我们就跳槽。李美丽也是这么想的，她们在送餐路上，发现电线杆上或是广告栏里有新广告就要驻足看一眼。那天她们看到县人寿保险公司招收业务人员的广告，心动了，送完快餐她们绕道去那里要了一份资料，两个人琢磨一夜，第二天就辞职走人。

6

县人寿保险公司和快餐店是两个完全不同性质的单位。前者是县属企业，机构健全，工作规范，在社会上有着一定的声誉；后者是个体，私营业主，唯利是图，从来不做亏本买卖。

常言说，人往高处走，水往低处流。王红红和李美丽跳槽，是跳出糠箩跑进米箩。

那天她俩到人寿保险公司应聘，按照工作程序，先到财务科交纳两千元保证金，然后凭收据到人事科签订工作合同。交纳保证金时，王红红和李美丽都犹豫不决，怕钱交进去日后要不回来。特别是李美丽，进城半年，积蓄还不到两千，要凑足这个数，还得把过去带出来的钱加上。财务科的人解释说，请放心，如果你们有一天不想在这里干了，保证金一定退还，分文不少。她们这才交了。

第二天，王红红和李美丽就开始工作。

两个人同时从快餐店出来，又同时到新地方工作，两个人就想在一起，有福同享，有难同当。但两个人合伙跑了半天，下午就不得不分开。分开不是心不合，而是因为工作的特殊性——保险公司不发给工资，连最低的生活保障也没有，她们的收入完全从跑来的保险金里按比例提成，多跑多得，不跑不得。弄明分配制度后，王红红婉转地提出来，并说出分开跑的种种好处，李美丽听着有道理，于是就点头同意。

跑保险不同于送快餐。快餐是人家预订的，东西送到地点拿回钱，货币两讫，简单得很。跑保险，顾名思义就是让人家拿钱参保。从人家的口袋里掏钱，而且是痛痛快快地掏，这是一件非同小可的事。常言说，钱难挣屎难吃。开始李美丽不明白这个，待吃了几次闭门羹，她才恍然明白跑保险不是一件简单的事。这是拿自己的热脸去贴人家的冷屁股！开弓没有回头箭。李美丽没脸回快餐店去，她暂时没有别的路可走，只有麻秆顶猪头在这里硬撑着。

一个月下来，李美丽的工作还不见起色，收入跟在快餐店时差不多，只够养活自己。那天晚上她连饭都无心吃，在租房里等着王红红归来。天黑时分王红红才回来，进门把包远远地往床上一扔，说我今天太高兴了，搂草打兔子，半下午跑成两笔业务。李美丽惊奇地睁大眼睛，一句话没说，陌生人似的看着她。王红红半天不听说话，这才回过头看李美丽，见她拉着脸，像谁欠她的钱不还似的，就知她的工作还没有进展，遂闭起嘴巴，老老实实地坐到床上。王红红今天心情好，回来时到面馆吃了一碗肉丝面。她看李美丽这个样子，估计晚饭没有吃。她站起来，拉李美丽出去吃饭。李美丽一甩手说，你去吃吧，我没心情。王红红说，不吃咋行？人是铁饭是钢。她再一次拉，李美丽跟着走了。王红红把李美丽带到面馆，又要了一碗肉丝面。李美丽说两碗。王红红说，我吃过了，我是陪你的。李美丽一听眼泪下来了。李美丽流着泪吃完这碗肉丝面，当她推开碗，也就把今后的路想好了。

李美丽从上学起就养成不服输的个性，所以她的成绩在班级一直保持优秀，考试总在前几名。跑保险，她落后了，但她有心追赶，她不信别人能干好的事她李美丽会干不好。她决定从头学起。李美丽把保险公司开办的几个险种吃透彻，又注意观察其他业务员。她首先注意王红红，这一看就发现了自身的问题——既想在这座小城里谋生，就应该走进城市，与小城融为一体。看王红红，自跑业务起，特别讲究穿着，牛仔衣高跟鞋，出门前还对着镜子描眉毛涂口红，把自己打扮得像要出嫁似的。李美丽活学活用，她用一天时间，逛商店转自由市场，新衣新鞋买回来，当即把身上的旧衣旧鞋淘汰掉。佛靠金装，人靠衣扮。李美丽穿上新的，人一下子变得挺拔、精神、漂亮，她在屋子里走几步，高跟鞋的尖跟笃笃笃地敲击地面，悦耳、动听，跟奏乐似的。她转过身子，从镜子里打量自己，腰细细、腿长长、屁股圆圆，好性感呀……李美丽双手捂起脸，不好意思看了。不过她没把衣服脱下，而是拿出口红，画起唇来。打扮完了，李美丽都有点不敢认自己了。她在出租屋里坐着，等待王红红归来。不出所料，王红红回来见到她像不认识似的大叫一声，说死丫头，好美哟，我差点认不出你了！李美丽要的就是这个效果。当晚她们又去吃肉丝面，是李美丽请的客。

李美丽的心思没有白费，那天她出门就有收获。她敲开一户人家的门，开门的是男主人。李美丽注意到，男主人见到她，两只眼睛就不会动了，说话也结结巴巴的，像个口吃患者。李美丽向他介绍险种，他一个劲地点头。李美丽吃不准他是否参保，就快刀斩乱麻，让他自己挑选。男主人又看了一眼李美丽，说，听你的没错，你帮我挑吧。李美丽一听乐坏了，当即为他挑了平安保险。填单、签字、结算钱款。告辞出来，李美丽暗暗一算，一笔业务，她应得的提成正好是昨天买衣服的花销。小时候常听母亲说，磨刀不误砍柴工。今天想想，这话真的很有道理。

从这天开始，李美丽只要出门就不会空手回来。渐渐地，公司领导层都知道她，后来她成为全公司创收最多的人之一。县财产保险公司的领导知道她，派人来挖她，请她去那里发展，并口头允诺，说如果她去"财保"，收入将远远超过"人保"。王红红禁不起诱惑，走了。李美丽犹豫不决，去留难定。这时她想起快餐店师傅说过的话：小县城，巴掌大一点地方。李美丽想，去"财保"固然好，提成高收入多，再说她进城为的就是挣钱，问题是她去了后将无法面对老客户。你变换单位，做着又是同样的事，对客户而言，就是失信。县城太小，抬头不见低头见，不定什么时候这尴尬事就让你遇着了。这样一想，李美丽就决定不走了。

事实证明，李美丽的决断是正确的。

人寿保险公司连走几个业务尖子，引起公司领导的注意，他们采取应对措施，把提成标准提高，与"财保"等同。李美丽没走，这是公司领导没有想到的，他们及时找她，委以重任，让她当业务科副科长。李美丽不是在编人员，让她当副科长，这是破格提拔。有这职务，每月也就多出二百元的补贴。

李美丽服务一家，不见异思迁，在公司被传为佳话，也受到客户的信赖。从王红红反馈过来的情况看，几个去"财保"的人，业务都不如从前。好马不吃回头草，王红红有心回来，终是有口难开。

7

好多行业都是吃青春饭的，年轻与美貌是他们从业的资本、生存的基石，保险业尤显突出。李美丽芳龄二十，正值花季，她从乡村走入城市，由快餐店跳槽到人寿保险公司，时间不到二年，但城市文明之风已把她熏染成一个衣着得体、举止娴雅、谈吐不俗的人。不了解她背景的人很难看出她来自农村。李美丽勤奋工作，业绩突出，公司破格用人，提拔她当副科长。那些日子，李美丽像一颗新星，灿烂耀眼令人瞩目。

李美丽一如既往，对自身的光环无有察觉，还像过去一样勤勉工作。那天下班时她照例来到科里，看看科里有无特殊事情需要处理。业务科人员多，出出进进，几乎每天都有变化。适者生存。有的人把这里当成练兵场，当有了一定的工作能力，就会远走高飞，到别处去谋求发展。

业务科正副科长四个人，科里规定每人值班一天，车轮转，星期天不休息。李美丽前天刚值过班，再过一天又轮到她。回到科里，一看记录，今天有五个人离开，但有八个人进来。铁打的营盘流水的兵。这年头最不缺少的就是人，但如果走掉的是优秀人才，他们会感到惋惜。今天没有流失人才，所以几个人的心情都不错。他们出门散去，各自回家。出了公司大门，人事科办事员小毛叫住李美丽。李美丽问他何事，他吞吞吐吐地说想请李美丽共进晚餐。李美丽清楚他的用意，推辞说晚上另有安排。小毛一听有点紧张，问她是否另有所约？李美丽看他张皇失措，心里暗暗发笑，心说我又不是你什么人，关你何事！李美丽不想伤害小毛，对他撒了个谎，说我妈来了，老人家进一次城不容易，我得陪陪她。

小毛的心思都写在眼里，李美丽读得明明白白。李美丽是个有主见的人，她择偶有个底线，说明白一点，她是不会把自己的终身托付给小毛这样的人的。小毛和李美丽一样，也是从农村出来，同属临时人员，区别在于小毛的堂叔在公司，是现任的毛副经理。说小毛是干部子弟有点牵强，但他能到人事科当办事员，纯是毛副经理的脸面。在小毛看来，他和李美丽身份相同，又在一个单位工作，他俩结合是门当户对。有着这样的想法，小毛锲而不舍，又连着两次约请李美丽，均遭婉拒。小毛不糊涂，他稍一琢磨就明白李美丽的心思，她是嫌弃自己呀，他如果是正式人员，她怕是小猫掉爪子——巴不得了。人贵有自知之明。从那往后，小毛除了工作和李美丽有所接触，一句多余话也不与她说。

李美丽给自己定的底线是，人的长相可以一般，但户口必须在城镇，而且要有正式工作。

　　好事很快就来。李美丽那天值班，办公室的庞大姐外出归来，路过业务科，看到李美丽一个人在科里值班，就过来和她聊天。女人聊天永远离不开穿衣打扮、婚姻家庭这两个话题。庞大姐刚走上工作岗位时也在业务科跑业务，后来岁数大跑不动才通过关系调进办公室。跑过业务的人都有一张巧嘴，脸上跑眉毛，很会察言观色，嘴巴一开就钻人家的心窝窝。庞大姐与李美丽对面而坐，两眼直直地看着李美丽，关切地询问她谈朋友没有。李美丽满面羞涩，轻轻地摇一下头。庞大姐浅浅一笑，说大姐是过来人，这事应该考虑了。姑娘十八一枝花，你都二十了，这事宜早不宜晚，晚了就成老姑娘了。李美丽一听有点心慌，好像她这朵花快要凋零似的。庞大姐看在眼里，她有意停了几秒才继续说，大姐看你人好，既聪明又能干，凭你目前的条件，谈个城里人应该没问题。你要是信任大姐，大姐就把你的事放在心上，碰到合适的帮你介绍一个。李美丽把头低到胸口，表态说，谢谢庞大姐。庞大姐笑说，谢啥呀，到时候请大姐吃喜糖！说后满意而去。

　　庞大姐心里已有人选，这个人就是她的大弟庞大财。庞大财今年 27 岁，谈过几个女朋友都没有成功，不是他看不中人家就是人家相不中他，高不成低不就。这个年龄想谈城里姑娘已有困难。庞大姐怕他打光棍就开导他，叫他降低标准，谈一个农村姑娘。庞大财看与自己同龄的人大多有了孩子，心里一急就同意了，于是庞大姐就把目光锁定在业务科，业务科的首选人物就是李美丽。李美丽虽说是农村姑娘，但在城里已经站稳脚跟，而且当了中层干部。庞大姐不能把话挑明，挑明了李美丽的优势就显露出来了。庞大姐经验丰富，她欲擒故纵，待把李美丽的胃口吊起来再见机行事。庞大姐打的是有把握之仗。李美丽下一个值班日，庞大姐又来聊天，她好像已经忘记前几天说过的话，闭口不提婚姻事，聊了一会儿就离开。后来她干脆不见李美丽，李美丽值班她也不照面。李美丽的心冷了，不再抱指望，把心思全部用在工作上。又一个值班日，庞大姐满面春风地来了，进门就说，恭喜你呀，有人选了。李美丽一听，心都不会跳了，她直愣愣地看着庞大姐。庞大姐不管不顾地往下说，夸大其词地把庞大财粉饰一番。庞大姐没说庞大财是她亲弟，只说是受人之托。李美丽也没多想，直到生米煮成熟米饭她才知道，庞大姐和庞大财原来是姐弟俩。

庞大姐说定他们见面的地点，两个人看后没有大的意见，后来又进电影院看了几场电影，关系就算确定下来。庞大财谈过恋爱，有失败的惨痛教训。失败乃成功之母。亡羊补牢，为时不晚，庞大财立志要把过去的损失补回来。那晚看过电影，两个人手拉手在小道上走了一会儿，庞大财看一眼手腕上的夜光表，时间还不到十点（十点已经很晚了，但恋爱中的人感觉还早着呢），就有预谋地说，到我家坐坐吧，你还没去过我家呢。李美丽想坐就坐坐吧，于是就点了头。

庞大财的家位于贫民区，这里房屋矮小，人员密集，道路狭窄，垃圾如山。黑夜如一件迷彩服，把丑态都覆盖了，从外面走进来，只看到一排排房屋，一户户人家。没有路灯，眼前一片黑暗。李美丽拉着庞大财的手，像进入迷宫，左弯右拐，深一脚浅一脚，只听门吱呀一响，庞大财小声说到家了。家里黑灯瞎火，庞大财摸黑到一个小间里，一拉灯绳，屋顶的灯泡亮起来。庞大财反手把门关上，插死。

这是庞大财睡觉的地方。李美丽四处打量，眼前只有一张板床，一只木箱，一张方凳。李美丽是客人，应该坐方凳。庞大财扎煞着手在屋子里转圈圈。屋子背阴不通风，进门时脚臭汗臭扑面而来直冲大脑，庞大财想说几句抱歉话，话到嘴边打住了。这气味是从庞大财身上散发出来的，他自己闻着难受，李美丽第一次闻感受却是新的。待在这环境里，她感觉骨酥体软，心跳加快，呼吸紊乱。这样的感受她从没有过。她不知自己怎么了，想离开又有点不舍。庞大财一句话没有，两眼紧紧地盯着李美丽，瞳孔发亮，里面有两条小蛇在不停地吐着蛇信子。李美丽被盯得不好意思，低头嗔他一句，看你，不认识人家呀！庞大财不说话，咕咚一声咽下一口唾沫，毫无预兆地扑上来。李美丽的心怦怦乱跳，脸像着火一般，当意识到危险时已经晚了。庞大财动手解她衣服，李美丽刚要喊叫，庞大财努嘴说，别出声，家里有人！李美丽听话地闭上嘴巴。庞大财的胆子大了，趁李美丽分神之机做上了好事，李美丽像被尖刀刺中似的倒吸一口冷气，跟着两个人的身体就铆在了一起。

半夜时分李美丽才回到自己的住处。她恨死了庞大财，这个骗子，说好了到他家坐坐，不想他竟做出这等丑事！第二天她去找庞大姐，把昨晚的遭遇哭诉出来，表明要和庞大财断绝往来。庞大姐闻后劝导说，大财这是喜欢你，爱到极点才这么做的。李美丽赌气说，谁要他喜欢，爱就可以这样胡作非为吗！庞大姐把门关上，倒一杯糖开水放到李美丽面前，喜眉笑眼地说，我这红娘做得不错吧？事已至此，我看你们该选个吉日把喜事办了。李美丽立眉竖眼说，这是一辈子大事，我岂能嫁给这样的人！庞大姐耐心开导，说，你们已经好成这样，就别耍小孩子脾气，一家人说出两家子话了。大姐告诉你，女人最最重要的就是身子，你把身子都给他了，还有啥说的？李美丽纠正道，不是给，他是抢是偷袭！庞大姐笑笑说，都一样都一样！你想你已不是黄花闺女了，再重新找人，我看也不那么容易。你说呢？这句话算是点到李美丽的穴位，听后她无话可说了。

李美丽发现自己怀孕后，不得不匆匆忙忙地嫁给庞大财，从此过上了拮据的城市生活。

8

分别十五年，今日陡然相见，两个人都喜出望外。胡枚拔萝卜似的一把将李美丽拉进屋，要她今天别走，两个人好好聊聊。

名流小区是富人区，入住这里的都是富人，但到底富成啥样，李美丽没有想过，更没有见过。动员人家买保险，多半是隔着防盗门说话；也有少数人透过猫眼，看李美丽长相不俗，又彬彬有礼，出于礼貌把门打开，与李美丽面对面说话。李美丽掌握分寸，人家礼貌，她也礼貌地后退半步，主动与人家保持距离。城里人有防范心理，他们怕家里的秘密被别人窥探去。李美丽后退，是避除嫌疑。

今天不同，胡枚盛情邀请，李美丽才破例进门。

进门后，李美丽的一双眼睛就不够用了，看哪儿都新鲜。胡枚在前面引路，先看客厅、餐厅、卧室，后看卫生间、洗澡间，最后返回客厅。客厅里有一台液晶电视机，屏幕跟李美丽家的饭桌一般大小，这大家伙没两三万搬不回家。胡枚在看碟，可能是爱情剧，画面上的一男一女静止不动。李美丽想一定是门铃响起，胡枚让画面暂时停止，待看时再继续播放。真皮沙发好大，比床还长，坐在上面屁股直往下陷。胡枚拿出一大堆零食来，自己带头吃，也叫李美丽吃。她们一边吃零食，一边絮絮叨叨地说东道西。胡枚说得多，她说的都是李美丽不知道的事。李美丽那时已经离开，乡里的人事经过几次变动，胡枚由合同工转为正式人员，后来又提干做了土地管理所副所长。毛发民也受到重用，调任县交通局局长。交通局权力大，城乡道路建设、收费站点设置、运输、航道、交通稽查等等都在他管理范围。胡枚不愿待在乡里，想到城里工作，毛发民大包大揽，打一个电话她就调进国土局。很简单。再后来就恋爱、结婚、生子，女儿今年七岁，在外国语小学读一年级。

李美丽整天在外面跑，她清楚外国语小学。这是一所贵族学校，外语老师大都是外籍人员，封闭式教育，听说一年要两万元。建校伊始，李美丽还杞人忧天，说这么高的费用谁上得起？几千万的建校费我看是打水漂白扔了。学校建好后，学生满员。李美丽和同事在一块乱议论，说能上外国语学校的都是贪官和二奶的孩子，工薪阶层的没一个上得起。纪委和反贪局应该顺藤摸瓜，把这些人好好查查，挖出几条蛀虫来，老百姓一定拍手称快。今天看，胡枚的女儿能到那所学校读书，一定与毛发民有直接关系。国土局工资高不假，但再高也高不到既买房子又上外国语小学呀……李美丽在胡思乱想，听胡枚在打听她的生活情况，她的思路不得不拐回来。

李美丽没啥好说的。过去她们俩在同一个起跑线上，她跑着跑着落伍了，而胡枚却在加速度，眨眼工夫就遥遥领先，现在她们是云泥之差、天壤之别啊！

李美丽婚后几个月生下庞飞宇，请不起保姆，她就自己带。班是上不了了，职务还有，但二百元补贴停发。带孩子李美丽有点经验，前几年在姑妈家带过。带人家孩子提心吊胆，怕有闪失，现在带的是自己的孩子，咋带都行。庞飞宇一周岁那天开始断奶，断奶后送到乡下交给母亲，长到上幼儿园的年龄才接回来。庞飞宇读书没说的，成绩中上游，不是很冒尖，老师从来没批评过他。穷人的孩子早当家。庞飞宇挺会体贴人，同学里不乏好家庭，他从不与人家比较。他们搬过几次家，哪里便宜搬往哪里住。现在住到城西，离校远了，他一句抱怨话都不说。晴天还好，阴雨下雪，他浑身脏得像泥猴，大人看着心疼，而他总是笑嘻嘻的。

丈夫庞大财，一身蛮力，说他是老实疙瘩，恋爱时也能做出那种事，若不是他霸王强上弓抢占制高点，李美丽未必那么早就嫁给他。话说回来，既然成了他的老婆，就得一心一意过日子。家庭好比一叶小舟，两个人同心协力齐手划桨，小舟自然行得稳跑得快；两个人意见不一方向不同，有劲反着来，那小舟也就没法前进，甚至有颠覆的可能。贫贱夫妻百事哀。庞大财近来压力很大，橡胶厂在搞减员增效，一部分人已经被减丢了饭碗。庞大财怕被减去，采用苦肉计，每天早去晚回，把工作做得好好的，让领导不忍心减他。李美丽看他这样，就安慰他，让他别瞎折腾自己，身体是他自己的，也是他们一家三口的。被减回家并不可怕，长着两只大手还怕被饿死不成？从搬到郊区那天，李美丽就打定主意，庞大财真的下岗就贩菜卖。菜农们世代做这个，日子照样红火，看家庭比他们殷实得多。他们家有啥呀？几件结婚时的旧家具，连续搬家腿都松动了；一台十八寸的电视机，三辆半新自行车，别的家什捆捆扎扎找一辆平板车就可以拖走。庞大财见李美丽把他的退路考虑好，大手摇得像蒲扇，说你说破嘴我也不做这个，我是工人老大哥，放不下这张脸。李美丽一听笑喷了，说你个笨脑筋，报纸上早就写过，广东那地方全民皆商，大学教授下班后还卖面条呢，你算老几？庞大财无言以对，大手也不摇了。前些日子他被减员闹得心慌，整夜睡不着，把架子床折腾得吱嘎吱嘎乱响，不知内情的人还当他们整夜做好事呢。现在睡得踏实了，眼一闭到天明，估计他是死猪不怕开水烫，耳聋不问惊雷响——他已把事情想通了。是的，一个大活人岂能让尿给憋死。此处不留爷，自有留爷处，只要他拉下脸，养家糊口的钱是能够赚回来的。

　　最后说李美丽自己。其实没啥好说的，胡枚已经看到，就是跑保险，跟办假证散发小广告那些人差不多，整天走街串巷，两眼滴溜溜乱转，见到门铃就揿，有枣没枣打两竿子。遇着开门的，觍着脸和人家搭话，运气好一天能逮着几笔业务，有时一连几天跑空腿。那个副科长听起来像个人物，说难听点，那是站在板凳上揪小辫，自己给自己拔高。她与业务人员一样，靠提成吃饭，不劳不得。公司不为业务员交纳养老金和医疗险——他们未来毫无保障，生老病死全靠自己兜着。也想换单位的，找个能托付终身的地方待着。她这是一厢情愿，在城里两眼一抹黑，找谁去？谁又要你？眼下岁数渐大，这个心也死了，再跑几年，如果庞飞宇考上大学，那最好；考不上，她就带他一块跑跑。搞保险发不了财，但挺磨炼人的，跑几年出去闯天下，就吃得住摔打禁得起跌了。

胡枚批评李美丽，说，你心态太老，未老先衰。

李美丽说，我不比你。我常常感到力不从心。

胡枚有些惊讶，问她道，你没过四十吧？

李美丽听后心里一寒，说你咋忘了呢，我俩同岁，三十五，细算你比我还月份大呢。

胡枚抱歉地说，看我这记性！又说，我脑子不记事，看过的电视剧说忘就忘，所以要买碟回家复习，花多少冤枉钱。

李美丽心里说，钱多不花干啥？谁不想花钱买愉快！

一时无话。

李美丽偷眼打量胡枚，看她花鲜枝俏皮嫩肉白的，知道的人说她三十五，不知底的说她二十五人家也信。胡枚皮肤白嫩，眼角不见一丝皱纹；头发光滑柔顺，这是长期护理的结果；她的一双嫩手，十个指甲油光闪亮，李美丽知道那是刚涂过指甲油……想当年，她要是接受毛发民那一吻，眼前的胡枚会不会是她李美丽呢？李美丽心里长叹一声，对自己说，谁知道呢？

悬挂在窗外的鸡窝

1

第一声鞭炮从零时响起，光如银蛇，响声震天。这第一声响仿佛合唱团领唱，紧跟着别人家也点燃鞭炮，"大合唱"由此拉开了序幕，把幸福家园闹腾得像开锅一般。天上的星星受到惊吓，都胆怯地躲起来。驻扎在城市里的消防官兵闻其声响，迅速集合，整装待发。经联系得知是幸福村举村搬迁，燃放鞭炮庆贺，官兵们才松出一口气，随即解散，各自回宿舍睡觉去。

这天是农历大年三十，辞旧迎新，好日子，全村人早就瞄准这一天。

顺着这一天往后数，明天是大年初一，新年第一天。过年是不作兴搬迁的，村里的老寿星孟老太爷活了八十多岁，打记事起就没见过过年搬新家的。既然如此，大家就不敢破这个规矩。大年初一不搬迁，往后推也是可以的，太平盛世，既没发洪水，也没闹地震；抬头看天，天高云淡，太阳从东方升起又从西天落下，不像要塌下来的样子。问题是要推就得推迟一个月，出了正月才可以搬迁。一个月三十天，一天二十四小时，一小时六十分，一分六十秒，一分一秒数过去，能把人的头发数白了。又去问孟老太爷，正月里搬迁会如何。孟老太爷还是那句话，没见过。孟老太爷没见过的事还是不做为好。第一个吃螃蟹的人是勇者，勇就勇在他没有吃死，若是死了就成了悲者。搬一次家不容易，而且是全村搬迁，史无前例，就更不能含糊。迷信，不可不信，也不能全信。出檐的椽子先烂，出头的鸟吃亏，处事中立，为人中庸才安全。做大事要有讲究，没有规矩难成方圆。这一讲究时间就紧了，于是就在建筑工期上大做文章，但是工程质量还不能出问题，这是百年大计，是关乎全村两千人身家性命的大事。这就要马儿好，还要马儿少吃草。规划是镇政府拿的，抓落实那是村里的事。家有千口主事一人，从地基放线那天起，孟志海就忙成了陀螺。他是村支书，是两千村民的主心骨、领头雁。也是从这一天起，孟志海的角色发生转变，他把村里的鸡零狗碎分解到其他村干部头上，一心当他的工程监管。他鞭打快牛，棒催懒汉。在他监管与敦促下，建筑工加班加点，装修工日以继夜，工程如期完成，于是在大年三十这一天，全村才得以顺利搬迁。

搬迁也有讲究。民间传说，搬迁抢早，百业兴旺。但是幸福村这次集体搬迁，家家都想早，又怕抢到孟志海前面。支书是人中翘楚，全村一号人物，抢到他前面就是居心叵测，就是别有用心，这是犯忌之事。搬迁前一天，村民相互走动，暗中商定，待孟志海搬迁了，大家再行动不迟。信息时代，一个电话，或是发个短信，消息就出去了。不用说，人们零时听到的第一声鞭炮就是孟志海的儿子孟欣欣燃放的，紧跟着家家行动起来，鞭炮声响成一片，小区里纸屑纷飞，火光冲天，烟雾弥漫。鞭炮是品牌鞭炮，名字叫"天地红"，声音响，爆炸率高。买鞭炮时，大伙互相攀比，都很奢侈，全部买两千响的，喜坏了销售商，也让鞭炮厂大赚了一笔。

2

把新家安顿好，东方已露出鱼肚白。谁家的鸡开始打鸣，别人家的鸡也跟着叫。家与家离得近，鸡叫仿佛就在耳边。孟志海向窗外看，天色微明，仿佛一碗清水里滴了几滴蓝墨水。他对妻子姚苏美说，做饭去吧。从今天起，我不再是村支书，而是幸福家园的物管主任。身份变了，我要早点到办公室去。

姚苏美停下手里的活，说，今天是大年三十，全国人民都放假，你上什么班？

孟志海说，我去办公室看看，不出力不流汗，跟放假差不多。

姚苏美听是这样，把手里的事放下，拿上围裙，到厨房做饭去。

煤气灶是双头的，打火就着。姚苏美拿出两只锅，一只锅里下汤圆（寓意全家团圆，生活和美），另一只锅里馏包子（前天蒸的）。过年的菜在桌上放着，吃饭时孟志海不动筷子，光吃萝卜干。姚苏美见了，把菜往他面前推，孟志海还是不动，他说萝卜干嘎嘣脆，一咬呱吱响，好吃。孟志海胃口好，吃啥都香。今天这顿饭是新家第一餐，孟志海饭量大增，往新厨房连跑三次。三次就是三大碗，吃得直打嗝才放碗。姚苏美开玩笑说，看你跟孩子一样，隔锅饭香啊。告诉你，千万别犯老毛病噢！姚苏美笑起来挺迷人，牙齿白白的，眼睛弯弯的，眼角的小褶子像初开的嫩菊花。孟志海和她第一次见面就是被她的笑给迷住的，时光过去二十年，儿子孟欣欣已长成大小伙子，孟志海依旧对她的笑着迷。孟志海更爱看的是盛开在她眼角的两朵嫩菊花。

姚苏美说的"老毛病"，指的是孟志海的一次感情出轨。

孟志海刚当上村支书那会儿，没有领导经验，干工作分不出轻重缓急，眉毛胡子一把抓，时间就有点不够用，每天加班加点，天黑透了才锁门走人。妇女主任姚二妹看孟志海工作辛苦，怕他寂寞，就留下来陪他，给他做伴，时间长了就有绯闻，说他俩狗连蛋，早成了连体人，有鼻子有眼，刮台风似的，全村人差不多都知道。偏偏姚苏美闭目塞听，"台风"愣是没刮进她的耳朵。说来也是，台风中心相对是平静的。若不是姚二妹的丈夫张东来跑来找她，她到死怕都被蒙在鼓里。捉奸成双，抓贼拿赃，一个月黑风高的夜晚，姚苏美和张东来赶到村部探虚实。村部黑灯瞎火的，不见一丝光亮，定睛细看，门前有两个黑影，木桩似的杵着，好像在锁门。锁门的时间太长了，侧耳细听，有吧唧吧唧的声音，像孩子嘬糖果，又像大鱼吃食。姚苏美和张东来都是过来人，一听这声音就知道他们没干好事。张东来咬牙切齿，两只拳头攥得嘎巴嘎巴响，几次要冲出去抓现场，都被姚苏美死死拉住。来的路上姚苏美很是生气，气孟志海是只馋猫，吃着碗里看着锅里，如同饿死鬼转世，这会儿反倒平静了。她想是猫都爱吃腥，不吃那是病猫。姚二妹是自家堂妹，聪明伶俐，人长得细皮嫩肉，胸前鼓鼓的，小腰细细的，屁股翘翘的，前看后看都顺眼。话又说回来，不是拔尖人物也坐不到妇女主任这个位置。如果任张东来的性子来，天就被捅出大窟窿，闹腾开来一定是两败俱伤，两家都不落好。权衡利弊，忍是上策，打掉牙往自己的肚子里咽。张东来闻听此言，喉咙里咕噜噜一阵响，想他是在稳定自己的情绪。是啊，如果事情闹腾开来，就等于告诉全村人，他戴了一顶绿帽子。右派、反革命的帽子不是终身制，运动过去可以摘掉，摘掉了就是好人，是人民队伍中的一员。然而，一个人如果戴上绿帽子，就是终身制，一辈子抬不起头挺不直腰……想到此，张东来浑身痉挛，脸上的冷汗一串一串往下流。姚苏美抓住机会，从暗处现身，说是顺路走到这里。张东来不好再猫着，也顺坡下驴地走出来，装着啥事不知地和孟志海打招呼。孟志海和姚二妹见此情景，心里啥都明白了。做贼人心虚，放屁人脸红，毕竟做了亏心事，孟志海的腰杆变软了，说话点头哈腰的，跟店小二似的，他把身上的一包好烟掏出来，硬往张东来口袋里塞，套近乎说，妹婿呀，姐夫送你的，拿回家慢慢抽。姚二妹乘势上来，拉上张东来在前头走了。姚苏美和孟志海落在后面，与前面的人隔着距离。孟志海心里七上八下的，不时瞥一眼姚苏美，想寻找机会解释一下，说他和姚二妹是小葱拌豆腐一清二白，两个人是同志关系，啥事没有。姚苏美心里跟镜子似的，她不想听他解释，于是嘴巴不停，东拉葫芦西扯瓢，没给孟志海说话机会。话长路短，很快就到家了。吃完饭爬上床，孟志海心想躲过初一，难逃十五。于是打腹稿做预案，做好应急准备。哪知姚苏美上床后，嘴巴像上了封条，只字不说晚上的事，关灯后像个吃奶的孩子硬往孟志海怀里拱，鼻孔里呼哧呼哧往外喷火苗，孟志海的心火被点燃起来，热汗顺着毛孔滋滋往外冒。孟志海放下包袱，身子一翻骑到姚苏美身上，一边做一边笑，心想真是傻娘们啊，早知你一无所知，我也就不用挖空心思了，糟蹋大把大把的脑细胞。孟志海轻装上阵，做得特别卖力，把姚苏美侍候得要死要活的。完事后，姚苏美倒头睡去，还打起小呼噜。孟志海却睡不着，脑子里像放电影，把晚上的事仔仔细细地捋一遍，同时把利弊权衡清楚。第二天见到姚二妹，孟志海主动和她拉开距离。姚二妹也调整好心态，晚上下班，脚底抹油，溜得比兔子还快，再不留下来陪他。后来两个人的关系渐渐疏了淡了，即便独处，话也不多，成了正常的同事。

　　事情过去几年，姚苏美今天借题发挥，听起来是玩笑，她是醉翁之意不在酒，明显话有所指。孟志海愈想心愈虚，仿佛用辣椒水洗脸，满脸火烧火燎的，原来当她是傻娘们，哪知她颇有城府，是深藏不露啊！

　　上班路上，孟志海还在琢磨姚苏美说这话的目的。不用说，姚苏美是怕他到新岗位忘乎所以——人一旦忘记过去，就会好了疮疤忘记疼。姚苏美使的是软刀子。软能克刚，姚苏美使这手段，既能起到敲山震虎的效果，也给孟志海留了面子。

姚苏美冰雪聪明，孟志海服了她。

3

姚二妹的家也是零时搬迁的，比孟志海家推后几秒。也就是说，在孟志海的儿子孟欣欣点燃鞭炮后，张东来紧跟着就擦亮火柴。张东来这么做，既没冒犯孟志海，自家也没落后多久，是紧随其后步步紧跟。张东来没找搬家公司，他自己动手，早早把冰箱、衣柜、床铺等大型物件搬到外面，只等良辰一到，就往车上装。张东来心细，他把冰箱、柜角用硬纸包好，易碎物用旧衣裹上，轻拿轻放，东西搬进新家毫发未损。

公公婆婆也没闲着，张东来和姚二妹不让他们搬重物，就拿小件，肩挑手提，从旧居到新家来回奔跑，累了也不歇。公公婆婆眉开眼笑，心里乐和着呢，他们和年轻人一样，梦里都想过城里人的日子，住高楼，烧煤气，喝自来水，在家就能上厕所……乖乖，这哪里是过日子，简直就是做神仙哪！这事放在前年他们还不敢相信，两年后就成了现实。小区从破土动工那天起，公公婆婆就风雨无阻，每天去看工程进度，有时还指手画脚，这里那里地瞎指挥。工人们看他们上了年纪，比自己的爹娘还老，心情好时就对他们笑一笑，叫一声大爷大妈，说你们就垫高枕头睡大觉吧，我们有工程监理；不高兴了眼都不抬，说话夹枪带棒，说他们是喝凉风放冷屁，咸吃萝卜淡操心，在这块地上，他们只认孟志海。老人热脸贴了冷屁股，老脸无处放，想理论又怕工人使坏，消极怠工拖延工期，让他们年前搬不进新家，最终还是忍了。个人事小，大局为重。心里宽敞了也就不把工人的话放在心上，就当他们是喝凉风放冷屁。回家时，婆婆对公公说，老头子，咱们明天不来了，就在家吃饭喝茶养精神。公公回身瞪一眼那个不懂礼貌不说人话的小工人，没好气地说，不来了，不来了，不来又不会瘦掉一块肉去！一宿过来，太阳重新升起。推开饭碗，婆婆好像得了健忘症，把昨天的约定抛到脑后，抬脚就往工地来。公公像个跟班，紧随其后。婆婆听到后面脚步声，给自己找台阶，说，老头子，咱们去是看自己新家，谁也管不着。公公点头附和，说就是，谁管我就骂他是狗逮耗子！

　　小区在全村两千人的期盼中终于完工了，建筑工人带上他们的家伙撤出工地，装修队从外面开进来，两队人马擦肩而过，如同部队换防一般。

　　小区美啊，楼一栋挨着一栋，横看成行，竖看成队，像列队的士兵，看着叫人长精神。装修工是美容师，他们进驻后，小区里就响起电钻声、电锯声、扑哧扑哧的钉钉声，还夹杂着其他一些声响，像开锅一样热闹。过去干这活要下苦力，锯子刨子斧子，锯锯刨刨，一件活要做好几天。眼下用的是电家伙，工程一天一个样，一些日子后就有油漆味飘散出来。装修到这一步已接近尾声，大家都掰着指头算日子。有人怕时间紧，年前来不及搬迁，话音刚落，就遭到众人攻击，说他是乌鸦嘴，孟支书天天在工地盯着，为的就是让大伙高高兴兴地搬新家，欢欢喜喜过新年，怎么会搬不成！说话人见势不妙，灰溜溜地跑走了。

　　装修工腊月二十九傍晚时分离开小区，大伙跟着走进新家，擦窗除尘，连夜打扫。

　　新家打扫干净，姚二妹和张东来又回到旧居拾掇。一番忙碌，东西收拾好，看时间尚早，和衣睡了一觉。公公婆婆没睡，把儿子儿媳淘汰下来的东西又拾掇一遍，都是自己用了几十年的东西，每件东西上都有自己的指纹，闻一闻还有自己的体味，扔掉仿佛割肉一般。但是都搬过去，和新家又不相称，就像新衣服上打着旧补丁，看着刺眼。儿媳的话有道理，这些东西拿过去也派不上用场，还占地方。唉，扔就扔吧，眼不见心不烦，扔掉省心。公公和婆婆才把主意拿定，姚二妹就起来了，她见二老东瞅西望的，问他们咋不睡觉。公公笑眯眯地说，眼看就要住新家，把觉留到新家去睡。婆婆看一眼电子钟，说，我们在看着钟点呢，时间一到就叫醒你们。姚二妹心里说，一对老小孩。

离搬迁的时间愈来愈近，还剩下最后一分。秒针铿然有声，劲头十足，像长跑运动员在做最后的冲刺。婆婆目不转睛地盯着秒针看，嘴巴轻轻蠕动，姚二妹看出她是在读秒。还剩最后五秒，张东来把鞭炮拿出来，撕掉包装，把鞭芯剥离出来，只等孟志海家鞭炮响起，他就划亮火柴。婆婆怕吵，见张东来要点火，赶紧把耳朵捂起来，眼睛却不闲着，屋里屋外地不停瞅望……

4

幸福家园的正门高大、堂皇、气派，有三个门，左右走人，中间行车。车道为双行，中间画一道白线。门柱、门脸用绛红色大理石装贴，古朴典雅，高贵庄重。大门两侧站着两名保安，有车进出，一揿遥控，门杆自动竖起。保安是从保安公司挑选来的，年轻、精神、帅气，举手投足如同军人，一看就是受过专业训练的。孟志海走到门口，背着手站下，想欣赏一会儿再去办公室，岂知保安认识他，抬手敬礼，一个说，孟主任早上好！另一个说，孟主任过年好！孟志海一时没转过弯，当保安和旁人说话，看身后并无他人，才知保安叫的是自己，赶紧点头回话，说，你们好，保安同志！说着走进门，到自己的办公室去。

物业管理办公室离正门不远，在一栋楼的底层，共三间，孟志海单独一间，面对广场，视野开阔，其他人桌子对桌子，两个人对脸办公。孟志海办公的那间门上镶有"主任室"三个字。字为红色，楷体，醒目，老远就能看见，为的是方便群众，更好地为业主服务。孟志海打开门，室内冲出一股油漆气味。气味辛辣刺激，硬往人鼻孔和眼睛里钻。孟志海感觉鼻腔奇痒，想忍没忍住，他仰起脸，连打几个喷嚏。打完喷嚏，孟志海感觉骨酥体畅，浑身舒坦。他走进去，背着手在办公室里踱了一圈，又踱了一圈。办公室为方形，轩敞、阔气、亮堂，看这墙面，这地面，这吊灯，还有老板桌、老板椅，镇里的书记、镇长怕也比不上，哪天他们要是知道他人模狗样地坐在这里办公，像他们一样到月领工资，非骂他交了狗屎运不可。人的运气说不清道不明，运气要是来了，大山也挡不住，碰到的尽是好事；若是走背运，平坦路上摔跟头，打个哈欠闪了下巴。就说他吧，从今往后也就告别土地，过上城里人的舒心日子了。村级干部，九品小官，行政级别低，干的事可不少，上面千条线，下面一根针，针针要缝在窟窿上，缝错地方就要出纰漏。眼下稳定第一，更是各级干部工作的重中之重，没有稳定就没有和谐，没有和谐就没有发展，没有发展就没有进步，就会被一票否决，脑袋上的这顶乌纱小帽将飞到别人头上去。一个村两千人，年轻人都外出打工，剩下的净是老人和孩子。按说出去的人不该归这里管，你想管也鞭长莫及，抓不住捞不着。县里镇里却不这么认为，他们的户籍在你村里，出事了你就得出面处理，把屁股擦干净。啥叫干净？就是不让事态往坏的方向发展，不上访不闹事，否则你就烂红眼遭苍蝇，别想有安稳日子过。当干部好处也是有的，譬如儿女成家要批宅基，新媳妇生育要有指标啥的，政策就攥在你手里，早批晚批由你拿捏。人家有事求你，吃吃喝喝免不了，收两条香烟、几瓶老酒也很正常。但是违反党纪国法的事不能干，干了那是自讨苦吃。有的村干部把不住分寸，不当吃的吃，不当拿的拿，被人家牵住鼻子走，害得自己半道落马，甚至做牢成了罪人。常听老干部们讲，他们过去是提着脑袋干革命，殊不知，今天的干部也是提着脑袋干工作呢。过去是枪林弹雨，遍地地雷；现在是糖衣炮弹，处处陷阱。时代不同，道理一样。

这一切已成为历史，过几年待孟欣欣结婚生子，孟志海要把他经历过的事编成故事讲给孙子听。

太阳升起来，光线穿过玻璃金丝般地洒在桌面上。孟志海顺着"金丝"向窗外看，发现太阳也是新的，与往日似乎有了不同。

5

按照往年的做法，春节前村里要排几个节目，初一那天下到各组去演出。虽说过年这几天电视里的好节目很多，揿一下遥控器，每个台都有歌有舞热热闹闹，但总感觉不真实，都是些看得见摸不着的虚幻东西，不如自己的节目看着过瘾实在。演员和节目由姚二妹主抓，选几个能歌善舞的小姑娘，挑几个个高脸帅的小伙子，排几段地方戏，练一练摇旱船，熟悉了就可以上场了，演员走到哪里，戏迷就跟到哪里，把年闹腾得喜庆极了。

姚二妹今年没做这事，半年前她就辞职下海，到镇上开店做生意。虽说她不在村里做事，但户籍还在村里。年前她思想上已做好准备，如果孟志海找她，叫她把演出的事抓一抓，她就把店门锁上，着手准备。往年做这事，姚二妹受了不少累，先是用电话与外出打工的姐妹和小伙子联系，人家乐意了还要看啥时回来。人找齐了，再量体裁衣定节目，排练时一步不离，有不顺眼的地方要亲自上阵，手把手地教。演出时也不敢大意，现场调度现场指挥，出现问题及早解决。看到戏迷们开怀大笑，她就感到满足，吃过的苦就不是苦，而是甜了。戏迷们崇拜演员，更崇拜她，那几天她就是全村的明星，所到之处戏迷们就像葵花向阳一般地拥戴她。然而今年孟志海没有找她，连个电话也没打。姚二妹很失落，当孟志海生她的气，叫别人主持这事了。真是此一时彼一时，她若不辞职下海，这事一定非她莫属。姚二妹错怪孟志海了，从小区规划开始，尤其是这几个月，孟志海的心思都在工程进度上，把这事忘得一干二净。今天走进办公室才想起来，可惜晚了。孟志海后悔得直跺脚，忙给姚二妹打电话，说他粗心，把演出的事忘脑后去了，明年还请她出山当导演。过去演员们要走村串组，还要带上锣鼓家伙、花船行头啥的，挺不方便的。往后好啦，你们不用挪窝，就在小区广场上尽情地唱吧摇吧。姚二妹接到电话，心里暖暖的，脸上笑笑的，赶紧回话说，是的孟书记，刚刚我还在心里怪你呢，当你把我忘了！呀，我该叫你孟主任。孟主任你就放心吧，明年我一定全力以赴，搞出新花样！

孟志海笑说，啥书记主任的，都一样，都是为大伙服务！想一想又说，二妹呀，我做事不灵光，不周全的地方你莫计较。

姚二妹笑说，看你说的，分开才几个月，说话就生分了。

……

姚二妹能到村干部这一级，亏的是孟志海。人说门里有人好做官，此话有一定道理。姚二妹与孟志海的妻子姚苏美是同宗姐妹，没出五服。她嫁到这里就是姚苏美做的媒。结婚后，逢年过节姚二妹都要上门看望姚苏美，顺手带一点礼品，家里养的，田里长的，有啥带啥。由此，两家的关系越走越近，孟志海与张东来碰到一块也以连襟相称，酒场相遇也要多喝几杯。村里换届时，孟志海荐贤不避亲，把姚二妹举荐到村妇女主任的位置上。当上村干部，家里家外两不误，到月还有津贴拿，这可是打着灯笼难找的好事情。饮水思源，这都是孟志海、姚苏美关照的结果。姚二妹怀着感恩的心干工作，不怕吃苦，攻坚克难，不到两年，就把幸福村的妇女工作推到全镇的最前列，年底捧回一块大奖牌。姚二妹每天都是第一个到村部，最后一个离开，孟志海不走她不会下班。后来她想过多次，那天若不是姚苏美和张东来及时赶到，她与孟志海一个干柴，一个烈火，信马由缰地往前走，走到哪一步她也吃不准。起先没一点征兆，孟志海与往日一样埋头工作，她也与往日一样做自己的事，完了翻看桌上的报纸。不知过了多久，听见孟志海挪动椅子，她也起身。他们一前一后往外走，照例还是姚二妹锁门。锁是挂锁，姚二妹先将锁打开，把门扣起来，锁挂上去，却落不下。这两天老是下雨，锁可能进水生锈了。姚二妹双手使劲，锁睾着不动，好像有意与她作对。孟志海回身一看，知道是锁出了问题，就过来帮忙。两双手在黑暗里一阵摸索一阵忙碌，开始目的明确，后来就乱了方寸，掌心里攥的不是锁，而是手了。他们的十只指头急切地缠绕在一起，如同一群鸽子交颈寻欢；身体也如磁铁相吸愈靠愈近，鼻息粗重，心跳如鼓，心脏仿佛不是装在胸腔里，而是安在滑轮上，此刻已升至喉咙口，不闭紧牙关随时都能蹦出来。孟志海直视姚二妹，姚二妹也直视孟志海，四目之间是大海一样的黑暗，有黑暗掩护，怕什么呢？"鸽子"们受到鼓舞，胆子大起来，它们蹀躞前行，爬高山过草地，还想涉水过河看风景，就这时姚苏美和张东来走了过来……

往事如梦，每每想起，姚二妹就耳热心跳，面如火烧。姚苏美和张东来心胸宽大，他们没在这事上多纠缠，好像啥事没有发生过，但从他们的行动上，姚二妹感觉出他们是有所提防。正因如此，姚二妹一直想离开村部另谋发展，半年前她的想法才得以实现。

最难的是第一步。姚二妹深深理解啥叫门庭冷落，啥叫门可罗雀。幸运的是她迈过了这道坎，眼下正往好的方面发展。入住小区，姚二妹打算让张东来去镇上看店，自己回来另开一个，在家门口做生意。

6

转眼到了正月半。过完这一天，年就撒脚跑远了。

回过头看看，这个年过的是缺油少盐无滋无味，与搬迁前想象的有天地之差，仿佛一道大菜，早就在锅里焖着，众人眼巴巴地等啊等啊，待端上桌，攥到嘴里一品尝，味道寡淡。这是孟志海的感受，姚苏美却不这么认为，她感觉这个年是她一生中过得最舒心的年。看这新屋多敞亮，地砖多干净，光脚走脚底不会脏；墙面也平整光滑，手在上面摸，感觉跟摸在玻璃上。走进厨房，拧开水龙头，自来水哗哗流淌，要多少淌多少。过去吃水可难喽，要去井上打，还要费劲巴力地往回挑，淘米洗菜都舍不得用。煤气也好，用起来方便，一拧开关，"嘭"的一声，蓝莹莹的火苗蹿起来，一锅水眨眼工夫就开了。过去烧大灶，屋子里灰土狼烟的，想穿件干净衣裳都难。值得一说的是茅厕，用现时的话说叫卫生间。建房那会儿老是担心把茅厕建在家里，吃喝拉撒不出门，人如圈养的猪，屋子里一定乌烟瘴气，臭不可闻。住进来才知不是这回事，要大便或是小便了，往白瓷的马桶上一坐，人舒服不说，大小便也比往日通畅，完事了回身揿一下按钮，只听"哗"的一声响，一股急流打着漩冲出来，卷着脏物与臭气一起进入下水道。提起裤子回头看，马桶里晃荡着一汪清水，与如厕前一样洁净。从卫生间出来，姚苏美想，城里人就是比咱乡下人会过日子。

比姚苏美更高兴的是孟欣欣，新家刚拾掇利索，他跑进自己的房里，关起门在床上翻跟头，把席梦思折腾得像漂浮在水面上，忽忽悠悠直晃荡。

初一这天，孟欣欣待在家里看电视。电视里歌舞升平热闹非凡，不是唱就是跳，屏幕上的小伙子年轻，姑娘们漂亮，大冷天都露着胳膊和大腿，有的把肚脐也露着，把孟欣欣的眼睛都瞅直了，不是屏幕挡着，他的头能伸进电视里。第二天他待不住了，要出去玩耍，出门时把手伸出来，拇指在几个指头上不停搓动。姚苏美知道他是啥意思，拿出一张百元票子给他。孟欣欣拉着脸，赖着不走。姚苏美想大新年的，又刚搬的新家，还是开开心心的好，于是打开橱子又拿出两张大票。孟欣欣一见，眼睛贼亮贼亮的，票子装进口袋，喊一声妈妈万岁，摩托车放出一串响屁，一眨眼，就不见踪影了。

　　姚苏美大方是有原因的。这次集体搬迁，幸福村户户都发了大财——他们祖祖辈辈居住的地方，被几所大学看中，选在此处建新校。学校是大财神，买断土地，还为他们建新房。幸福村的村民真幸福，闻听此事，幸福得合不拢嘴。土地款本来就给得高，大伙还是不满足，想一口吃成胖子，几轮谈下来，最后以每亩五万元成交，皆大欢喜。天爷爷啊，这可是天文数字，从村头数到村尾，每家都有十亩八亩地，细账算下来，换回的是一扎一扎大票子啊。姚苏美一家三口，加上逝去的公婆，有十多亩土地，小学生都会算，折算成现金就是五十万！五十万，一扎一扎的带着封条，码到一起就是一座钱山。爹啊娘啊，别说姚苏美一个女人家，就是孟志海，自打钻出娘胎，保管他也没见过这么多的钱！丈量土地那几天，全村比过年还喜庆，女人们赶街上集，打酒割肉，回到家就锅上锅下忙活；男人们聚在一起大块吃肉，大碗喝酒，村子里欢声笑语，从早到晚飘荡着酒香肉香。签字拿钱那天，姚苏美拿出一只蛇皮口袋给孟志海，叫他拿钱时提防扒手，还指派欣欣当保镖，要他们万无一失地把钱背回家。孟志海一听笑喷了，说姚苏美头发长见识短，不知天下事。姚苏美不理解，问他咋回事。孟志海收住笑说，人家早就不发大额现金了，银行的人现场办公，发存款折。姚苏美皱着眉头说，拿那个破纸片我不放心，还是把票子背回家心里踏实。孟欣欣也笑，说妈妈是老脑筋，跟不上时代；爸爸也落后，用存款折取钱那是老黄历，现在人家用银行卡，买东西刷卡，取钱也刷卡。孟志海听得一愣一愣的，问他咋懂那么多。孟欣欣鼻孔朝天，炫耀说，我是跟电视学的啊！姚苏美不和他们多啰唆，领回本子那天，她一头汗水地跑到镇信用社，把本子上的钱取出来，又亲手存进去，心才放下来。

搬新家，姚苏美用钱比过去大方，买彩电购沙发，买衣柜添餐桌，成百上千往外掏，眼不眨手不软；换季添新衣也不吝啬，都挑满意的买。孟欣欣花钱大手大脚，过去姚苏美一直限制他克扣他，要十块给五块，短斤少两，没有一次满足过他。自打拿到土地款，就开闸放水，变得大方起来。女子十八一枝花，男子二十能当家。当家就是成家立业。欣欣虚龄二十，有合眼的姑娘是可以处一处的。眼睛看的，耳朵听的，姚苏美知道男孩到这个年龄手里不能短了零花钱。不知欣欣有没有女朋友，看他花钱大手大脚，隔天就往外面跑，好像是有了。这全是猜测，姚苏美打算瞅机会问个清楚。

孟志海是工作狂人，过去当支书，像个海洋警察管得宽，用他自己的话说，眼睛一睁忙到熄灯，全村两千口人的吃喝拉撒，生老病死都要他出面张罗。现在做物管主任，工作单纯，上班八小时，下班关门走人，舒坦死了。但是他刚做这事，各项工作还没摸出头绪，暂时还不敢轻松。日子一天天过，事情一件件做。目前亟待做的事是收取物业管理费，开门七件事，事事要花钱。很顺当，通知贴出去不到一周，大部分人都能主动缴纳。钱不多，每平方米不到三毛，每户一年也就三百元左右。用这钱买烟，也就是两三条；买酒，两三箱，与五十万相比是九牛一毛，不值一说。少部分没来缴的，孟志海打个电话或是上门去，钱就收上来了。姚二妹家是最后交的，这让孟志海没有想到。孟志海带着会计上门去，张东来的母亲张氏说交这钱没道理，她抬手划拉一下，问孟志海这屋子是自己的，还是集体的？孟志海不知她设套子，说当然是自己的，房产证上写着你全家人的名字。张氏说，噢，既然如此，那你来收钱干啥？孟志海给她讲道理，把收来的钱的用途掰开揉碎，一项一项算给她听。姚二妹恰好回来，见婆婆为这点小事和孟志海瞎纠缠，感觉丢面子，把婆婆拉进里屋做工作。钱最终是收来了，但孟志海感到物管工作不如他想象的那么好做。

7

张东来早年南下打工，在东莞的一家外资企业当领班，月薪三千元，除去吃喝开销，余下两千多元，过年回来，他把余款交给母亲。张氏见到厚厚一扎钞票，乐得合不拢嘴，满脸的皱纹汇集到眼角处，把两只老眼挤得只剩两道细缝。张氏把钱锁进箱子，喜滋滋地对张东来说，儿啊，妈把钱收着，留你娶媳妇用。第二年张东来又把余款拿回家，张氏见了钱改口说，先盖房屋，后娶媳妇。张东来的大（父亲）张老爹有点惧内，他小声问张氏，你去年讲好先娶媳妇的，咋变卦了呢？张氏没好气地说，家有梧桐树，何愁金凤凰？你把嘴巴闭紧了没人说你是哑巴！张老爹蹲在一旁抽旱烟，嘴巴像水里的鱼一吞一吐，果然就不再说话。出了正月，张氏请风水先生挑个黄道吉日，在老宅子上翻盖新屋。数日后新屋落成，村里人无不对张氏竖大拇指。姚苏美看出这家人不同凡响，把平常日子过到全村人前头。她怕肥水流入外人田，于是当起红娘，将自家堂妹姚二妹说给张东来做媳妇。没想到红线牵得挺顺当，好事很快办成了。她先将姚二妹领来给张氏过目，张氏一看就喜欢。张氏性急，怕好花落入别人手，当晚托人给张东来捎信，要他立马回来。张东来接到信，不知何事，星夜兼程往回赶，到家才知是相亲。既已回来，那就听从安排吧。张东来有点小情绪，也有点无所谓，同时也明白，母亲做事从不缺少主见，她既然让他十万火急地赶回来，一定有她的道理。张东来有预感，他即将相看的这个人肯定非同一般，不是金枝玉叶，也是百里挑一。果然不出所料，初见姚二妹，张东来慌得不敢说话；再看姚二妹，张东来的两只眼睛就不会转动了。姚二妹那个羞啊，地下有缝能一头钻进去。姚苏美知道有戏，佯装生气地批评张东来，说有你这样相亲的吗？跟饿虎似的！言外之意张东来明白。张东来毕竟走南闯北，很快恢复常态，姚苏美问他在东莞的情况，他就把自己的见闻细说给她听。

张东来记得，姚苏美嫁到幸福村，全村跟闹地震差不多，好多男人为一睹姚苏美芳容，找借口到孟志海家去，今天借扁担，明天借箩筐，全是芝麻小事。姚苏美不知底细，跑里跑外为他们拿东西。男人们看了姚苏美，心里就发感慨：同吃五谷杂粮，同喝六塘河水，同是肉体凡胎，这人与人咋就不一样呢！今天相了姚二妹，张东来感觉她比当年的姚苏美还要美。张东来在东莞两年，仔细回想，还真没看到比姚二妹漂亮的人。结在幸福村男人们心里的疙瘩，张东来一下就把它解开了——一方水土养一方人，是姚苏美娘家的那一方沃土，养育出这一对漂亮的姐妹花。

姚二妹外表美，心灵也美。结婚后，张东来把心思放在家里，迟迟不去东莞打工。张氏看了心急，一日趁姚二妹外出，瞅空对张东来说，儿啊，眼光要放远，日子要从长计议。女人围着灶台转，头发长见识短，你千万不能被她拴住腿脚啊！张东来见母亲说出这样的话，当即反驳，说是你当初十万火急要我回来相亲的，如今我把人家娶回来，你又要我把她一个人扔下，我狠不下心！张氏见得多了，新婚男人都这德性，个个都像贪嘴猫，见了荤腥就挪不动步，于是不急不躁，和风细雨地对东来说，女人好比自家碗里的肉，早是吃，晚也是吃，跑不了的。换句话说，家里怎么能是她一个人呢，不是还有我和你大吗？张东来撇撇嘴，鼻子里哼一声，说出一句从东莞学来的时髦话：你们是两代人，有代沟！张氏不明何意，但从东来的神情上看出不是好话，她认真琢磨一下，说，别跟我沟啊河的。告诉你，你妈活了几十岁，过的桥比你走的路长，吃的盐比你吃的米多，你信不信？张东来还想争辩，姚二妹回来了。姚二妹是个聪明人，她闻出家里有火药味，就明白根子在哪里。她对张氏说，妈，我和东来已商量好了，正要告诉你呢，过两天我们就去东莞。张氏一听，眼睛瞪得像铜铃，想东来这个臭小子长本事了，和媳妇商量好的事还瞒着她，真是有了媳妇忘记娘啊！但是在儿媳面前她又不想承认自己被蒙在鼓里，于是自找台阶说，东来正和我说这事呢。好啊，你俩一道出去，相互有个照应，我和你大在家就放心了。张东来有点摸不着头脑，一把将姚二妹拉进房间，关上门问，我们啥时商定要去东莞的？姚二妹指一指外面，悄声说，别瞒我了，妈是为我们好。她上前一步，依偎进东来的怀里，继续说，你想过没有，我们现在是坐吃山空啊，等把老本吃光了，将来有了孩子，他吃啥？一句话点醒梦中人，张东来彻悟过来，说，还是你站得高望得远。二妹，听你的，我们一道去东莞吧！姚二妹脸上笑出一对小酒窝，高兴地说，我们这就做准备，早一天动身，早一日挣钱！

　　第二天天刚蒙蒙亮，张东来和姚二妹顶着星星出门了。张氏和张老爹披着衣服走出来，送行的话没说几句，一眨眼就看不见人影了，只听到嚓啦嚓啦的脚步声。再过一会儿，脚步声也听不到了。

　　张东来的工作现成的，到了东莞就上班。姚二妹相貌出众，工作也好找，几家餐饮店争着要她当服务员，姚二妹选择一家中意的待下。这是权宜之计，张东来想等找到好工作，就不做服务员。

　　到东莞不久，姚二妹怀孕了，反应还挺大，呕吐不止吃啥吐啥，人一天天瘦下去，肚子却一天天大起来。餐饮店的活干不下去了，张东来就让她歇着，一歇就歇到年底。这年张东来提前回家，过完年再要走，姚二妹不同意，要他在家陪她，等她生完孩子再走。春暖花开时，姚二妹顺利生产，养了个大胖小子。张东来高兴，张氏和张老爹更高兴。张东来打算等胖小子满月就去东莞，哪知到时又变卦。张东来担心母亲又要赶他，哪知母亲没说，他也就装聋作哑一天一天往下过，再不提出门的事。胖小子一天一个样，不到一岁就学会走路，能离开姚二妹了。这时恰逢村里换届，孟志海举荐，姚二妹平地拔萝卜，一家伙进入村领导班子，当了妇女主任。

当上村干部，家里家外两不误，到月还领津贴。从此，张东来家里的日子好过了，张氏和张老爹走出门，腰杆子直直的，说话也有了底气。

时光如水，日月如梭，一转眼，胖小子已入学读书。姚二妹当了多年村干部，可能是没有新鲜感了，想换个事干干，去年她辞职下海，到镇上开店做生意。万事开头难。开始生意不好，赔钱赚吆喝，月底算账，连店铺租金都挣不出。幸好没打退堂鼓，苦撑苦熬几个月，生意逐渐好转，那个月盘点，账面平衡；又过一个月，账面是正数了。年三十这一天，举村搬迁，全村人住进一个小区，姚二妹以她敏锐的目光发现了新的商机。

8

开店要到镇工商所办证，无证就是非法经营。

办证并不复杂，先申请，往银行存入一定的注册资金，不几日证就办好了。有了营业证，想办税务证就不难了。

姚二妹有过办证的经验，再办证就轻车熟路。张东来不懂这事，他要姚二妹先把店开起来，有证无证照样挣钱，别小鸭吃蛐蟮自己绕自己。姚二妹说，听你说话，好像天底下没有你不能做的事。张东来见妻子表扬他，挺直腰杆，牛气哄哄地说，咱走南闯北，多少也见过一些世面，办事知道深浅。姚二妹反话正说，不想张东来没有听出来。姚二妹不再绕圈子，窄巷子里扛木头直来直去，她说，东来，无证经营不合法，工商所的人发现了是要罚款的。张东来"嘁"的一声，昂起头说，啥合法不合法，家门口做买卖，谁还能管到家里来？！姚二妹笑了笑，想这个张东来，说他不懂法，还挺会钻空子。细琢磨，他的话也有一定的道理。小区远离镇街，工商所的人养尊处优，正常情况下，他们是不会往下面跑的。既然如此，不如先做起来，看看势头再说，好了就登记办证，不好关门走人，回镇上与张东来一道开店去。

拿定主意，跟着开始找店面。

店面不好找。幸福家园有几十栋楼，六百余户人家，但住底楼的人家仅占住户的六分之一。店必须开在底层，也就是说，姚二妹的店铺要在这六分之一的家庭里寻找，看谁家愿意租赁。只要功夫深，铁杵磨成针。姚二妹想她做了多年村干部，找一间屋开店铺应该不成问题。结果事与愿违，她马不停蹄地跑了一天，把住底楼的人家走了一遍，没有一家愿意租赁的，回答她的话也大同小异——没有多余的屋，租赁给她，住起来就窄巴了，进进出出的不方便。这是实话，姚二妹知道人家没有诓她。

活人岂能让尿憋死，姚二妹要另想办法。

分房时，谁家住高层，谁家住底楼，孟志海开了几次会，广泛征求意见。参会者有村干部，也有村民代表，大家一致认为还是抓阄合理。乡间做事，遇有难断难决之事，最明快公道的做法就是抓阄，复杂问题简单化，大伙都能接受。

抓阄那天，抓到底楼的人家跟走路捡到狗头金一样开心；抓到二楼的人家也是喜笑颜开；抓到五楼六楼的人家大骂自己手臭，运气不好，说离地远，悬在半空中，心里不踏实。张东来抓的是三楼，用他的话说是中不溜儿，不好也不坏。搬进新家，姚二妹对张东来抓到的这个楼层很是满意，连夸他手气好。镇上人有"金三银四"

的说法，意思是三楼是金层，最好；四楼为银层，次之。没住楼没有体会，住进来才感到镇上人说话有道理。

租房不成，姚二妹想用自己的"金层"与住底层的人家调换。从这个念头产生起，她就挨门逐户询问，把住底层的人家走了一遍，没有一户点头的。罢，罢！没有胡屠户，我不会吃带毛猪的。也是灵光一闪，姚二妹骑车到镇上的水果批发市场买一袋苹果，驮到小区的广场上零卖，出乎预料，不到半天果子就卖光了，算算账，赚了十五元。姚二妹心中暗喜，想没有店铺，她照样把生意做起来。晚上和张东来说这事，张东来也挺高兴，说她是提篮小卖，成本小，无风险，见效快。第二天又骑车去水果批发市场，市场里人头攒动，比昨天的人多得多。有人和姚二妹打招呼，姚二妹一看，发现来这里的大多是幸福家园的人。姚二妹批了两袋回来，在广场上刚放下，好多人就往这里涌。姚二妹当他们是来买水果的，就把秤拿在手上，把身上的零钱掏出来，留着找零用。不想来者不是买水果，而是学着她，也摆摊卖水果。姚二妹想这样不行，于是把水果背回去，打算到自家的楼下卖。到那里一看，住在底层的人家早在门口摆起水果摊，先她一步卖上了。姚二妹知道这条道堵塞了，她想开沟挖渠另辟蹊径，卖别的东西，哪知她今天卖油盐酱醋，明天别的人家也卖起来；她又变换项目，乘车到城里的汇通市场批来童装、儿童玩具，不出三天，小区里就有人也卖起这个。姚二妹还发现，有些住底层的人家，把后墙凿开，正经开起店来，有卖烟酒百杂的，有卖服装和儿童玩具的，五花八门应有尽有，有的人家甚至学镇上人卖起性保健品，广告灯箱做得红红绿绿的。红的是字，挺抢眼：七十二小时紧急避孕，让你享受人生快乐；绿的是风骚女人，袒胸露乳，长着一双勾魂眼，老远就盯着你瞅望。太阳刚落山，灯箱就亮起来，吸引好多人驻足观望……真正是全民皆商啊。姚二妹黔驴技穷了，她不知道自己还能做什么。所幸还有退路，她把卖剩的东西背到镇街上，放到自家的店铺里卖。

9

今天的太阳好像没睡足，升起时没精打采的，孟志海隔着玻璃看一眼，想可能要下雨，告诉姚苏美出门带雨伞。姚苏美笑说，你又不是神仙，有这本事早调进中央气象台做预报员了。孟志海说，信不信由你。说后埋头吃饭，吃完就去上班。十时左右，天突然暗下来，接着刮起大风，高压线发出"呜呜"的风哨声，像狼嚎；小区里破纸片、旧塑料袋像花蝴蝶四处乱飞。凭感觉，风力在六级以上。孟志海走出办公室，看到天上的云像战马由西往东飞。跑在前面的是风云，跟在后面的是雨云，竖起耳朵能听到哗哗的流水声。这种天气孟志海小时候见得多，那会儿住的是泥草屋，遇到刮风下雨，就担心屋顶上的草被大风吹走，发现问题，全家出动，和泥压草，或用草钩铁叉将草固定住。挖墙雨最可怕，雨斜斜地落下，跟锥子一般，下久了泥墙就会坍塌。那时怎么也想不到今天能住上高楼，别说刮风下雨，就是刮台风下冰雹也不怕。

雨说来就来，是瓢泼大雨，孟志海跑回办公室，关上门窗，再看窗外，自己仿佛站在另一个世界里，茫茫大雨与己无关。暴雨来得快，去得也快，太阳钻出云层，天空出现一弯彩虹。彩虹如桥，色彩缤纷。孟志海想那是仙间的桥，非人间所有。

中午下班，孟志海刚进门，姚苏美就说，你的话真灵，说下雨还真的下雨了。孟志海有心逗她，板着脸说，灵啥呀，我那是瞎蒙的，碰巧了。哦，差点忘了，上午接到电话，我的工作可能要变动。姚苏美正把饭往餐桌上端，走到半道停下来问，你要调往哪里，那个工作比物管主任好还是差？孟志海说，人往高处走，水往低处流，差了我是不会去的。说到这里，孟志海咂吧一下嘴，叹息一声说，好是好啊，就是离家远了，舍不得扔下你们娘儿俩呀！姚苏美说，只要好，远了不怕。孟志海说，是很远很远的地方，一年半载回不来一次。姚苏美紧张了，半晌才问，到底是哪里呀，你快告诉我，我们不去行吗？孟志海忍住笑，抬手往北边一指说，老远，是中央气象台！姚苏美想起早晨说的话，才知道孟志海逗她玩，把饭放到桌上，打他一下，说，吓死人了，人家当你说的是真话！

坐下来吃饭，没见到儿子，孟志海问，欣欣去哪里了？

姚苏美说，我也说不清，早晨你出门，他跟着就走了。

骑摩托没有？孟志海问。

姚苏美说，骑了。咋啦？

孟志海说，没啥。吃饭吧！

姚苏美感觉孟志海有事瞒着她。会是啥事？她心里仿佛有十五只吊桶打水七上八下的。自打拿到土地款，欣欣就变得大手大脚，花钱像淌水，今天要一百，明天要两百，少了不行，不知他干啥用的。前些日子，他缠着姚苏美买摩托。买车不是小钱，姚苏美不敢当家，要他去找孟志海。欣欣知道家里的大事全是孟志海说了算。孟志海对他管得很严，这事找他，肯定是嘴抹石灰白说。他缠住姚苏美，觍着脸说，你是我的好妈妈、亲妈妈，我就要你买嘛。一边说还一边做出赖皮相，像小时候那样，身子扭来扭去的。姚苏美苦着脸说，你不当家不知柴米贵，现在不比过去了，开门七件事，连喝口水点个火都得花钱你知道吗？孟欣欣捂紧耳朵，大声嚷嚷，我不听！我不管！那是你们大人的事！小区里那么多人骑摩托，还买手机。我不要手机，只要摩托！姚苏美没辙了，欣欣这话说得她心软，小区里和欣欣一般大的孩子都有摩托，没事就在路上兜风，后面坐个漂亮女孩，一加油门，车往前蹿，女孩的头发飘起来，眨眼就跑远了。有几个孩子还买了手机，到人前就显摆，嗯儿啊的，也不知给谁打电话，打完就别到裤腰上去。欣欣也是大小伙子，想买车是正常的。姚苏美不再犹豫，咬咬牙拿出五千元。孟欣欣接过来快速数一遍，说还差，要姚苏美再拿点。姚苏美生气道，还嫌少啊？你这样花下去，我和你爸下半辈子就没指望了！孟欣欣满不在乎地说，五十万呐，我花这一点是九牛一毛。姚苏美想真是秀才遇到兵，有理讲不清啊。不说了，要节省还是自己节省吧。于是又拿出三千，说，就这些了，量体裁衣吧，你看着办！孟欣欣拿到钱飞跑出去，下午骑回一辆"光阳"牌摩托车，紫红色，挺漂亮。有了摩托车，孟欣欣在家待不住了，眼瞅孟志海上班去，骑上摩托就出门。为这事孟志海批评过姚苏美，说她太宠惯孩子。孩子的毛病都是娘惯的。孟志海还说，孩子就像野马，做家长的不能听之任之，当收就收，不能心软。今天看来，这孩子真是野了。

这顿饭吃得沉闷压抑，无滋无味。

下午，孟志海在班上，心里像有硬物堵着，啥都不想做，业主来反映问题，他是答非所问，人家说半天不见他往记事本上写一个字。业主知道自己来得不是时候，说了一堆话等于放屁，糟蹋时间，还浪费好多唾沫星子，于是不再费口舌，一边告辞一边说，孟主任，你要是感觉哪里不舒服千万别硬撑啊，日子还长，身子骨要紧！

孟志海回过神，连说没啥没啥，你接着说。再一看，人家已经出门走了。

晚上下班，欣欣不在家，看来还没回来。孟志海不像往日爱说爱笑，板着脸坐在沙发上抽烟。姚苏美也不说话，轻手轻脚地走进厨房，手里忙着，眼睛却瞭着楼下。饭好了，还不见欣欣的身影。

这顿饭吃得比中午还沉闷。孟志海饭量大减，吃一碗就丢下筷子。姚苏美也不吃了，把碗筷收进厨房。孟志海跟进来问，欣欣手里有钱没有？姚苏美想隐瞒的，想一想还是说了实话：早晨给他二百，他说车要加油。

孟志海一拍大腿，说，不好，欣欣出大事了！

姚苏美像得了软骨病，身子乱打晃，碗也不洗了，哭着说，你快告诉我，欣欣会出啥事，他一不偷二不抢的呀？

孟志海只是猜测，具体出啥事，他也说不准。

孟志海突然想起下午到办公室谈事的那个人。那人叫张大才，原来是一组的。他的儿子叫张小宝，比他家欣欣大两岁，过去挺勤快的，闲时外出打工挣钱，忙时回家收割栽插。自打拿到土地出卖款，就脱胎换骨，像变了一个人，游手好闲好吃懒做，不出门打工不说，还跟着坏人学坏事，三天两头进赌场，钱是愈耍愈大。前些日又买了摩托，兜风就兜风吧，大不了烧几个油钱，这几天老往沐城跑，说那里的小姐便宜。孟主任你说说，便宜是啥意思啊，小姐又不是肉？孟志海当然明白"便宜"是啥意思，但他的心思不在这上面，也就没有很好地回答他。再说了，他现在是物管主任，不是村支书，只管小区里的事，不管小区里的人。张大才见孟志海恍恍惚惚的，当他哪里不舒服，就劝了他一句，然后拔腿走人。张大才来反映自家情况，是想要孟志海出面管一管，让张小宝悬崖勒马好好做人。孟志海对张小宝的情况不是不了解，小区里像他这样贪图享乐、游手好闲的小青年不是少数，他们像流感一样，这一群体的人都被传遍了，也被污染了。孟志海有自知之明，他若是出面管，那也是狗逮耗子，难见好效果。孟志海现在想的是，他家欣欣千万别和张小宝混到一起去。老话说，常在水边走，没有不湿鞋。混入这一群体，早晚要出事。

真是怕事有事，半夜时分，欣欣失魂落魄地回来了。姚苏美问他摩托车，他说被沐城的警察扣押了，让天亮拿钱去赎。姚苏美说话的声音都抖了，问要多少赎金？欣欣的头埋进裆里，鼻子一抽一抽地，声音小得像蚊子哼哼：五千。姚苏美一听哭起来，败家子啊，你是痴还是傻呀？自家的摩托，还要花钱赎，天下有这样的事情吗！

屎不拨不臭，孟志海不想把事情挑明了，他无力地挥一挥手，说，都睡觉去，天亮的事天亮再说！

10

钱就如同手中的沙子，不管你攥多紧，指缝里总在往外渗漏，也就是说，卖地得来的钱在日日减少。

张东来的家是张氏掌权，家庭开销都是她做主，张东来和姚二妹挣来的钱要上缴，用时再从张氏手里拿。姚二妹嫁过来时，张东来担心她接受不了，不想姚二妹不计较这个，还说一家人，谁当家都一样。

应该说，张氏家的日子要好于一般人家，她和张老爹身子骨硬朗，很少有头疼脑热的；也不吃零嘴，除了吃饭穿衣，没有其他开销。孙子张大欢在城里读书。大欢聪明，中考时全镇第一，城里几所学校抢着要，择校费免收。张东来、姚二妹在镇上开店，锄头镰刀、烟酒百杂、童衣童鞋啥都卖，虽说没赚大钱，总归是赢利了，月底总要向张氏上缴一点。张氏爱哭穷，和人家说起，就说这要支出，那也要开销，窟窿大补丁小，日子要算计着过哦，迈大步就喘不过气来，生怕人家跟她借钱。

搬进幸福家园，住在三楼，生活在半空里，菜园子没了，猪牛羊不好养了，鸡鹅鸭兔全部宰杀吃肉，猫狗也送了亲戚，现在家里是清静了，除了人，找不到其他会喘气的活物。日子是舒坦了，像个城里人，每天除了弄点吃的，没别的事，可是钱却倒了大霉，用水、用电要花，看电视、烧煤气也要花；再往小事上说，丢个垃圾要买塑料袋，上厕所也要买草纸（过去扯几片树叶一擦了事）。最可气的是孟志海，每年都要来收物管费，一收就是几百元，好像没有他小区的地球就不转似的。花钱最多的还是一日三餐，油盐酱醋、生姜大葱、白菜萝卜、大米白面……不掏腰包进不了家门。过去种地，面朝黄土背朝天，披星星戴月亮，辛苦是辛苦，冬天双手冻出血口子，夏天浑身晒得像黑铁蛋，但是田里长的是粮食和蔬菜啊，要吃到田里去割，吃不了挑到镇上还能卖钱。想到这里，张氏眼睛一亮，办法有了，和张老爹一说，张老爹咧开大嘴呵呵笑，溜须说，老婆子，你就是诸葛亮在世啊。好！好！老两口说动就动，他们跑到楼下，用小铲子在花园里松土，松好了就栽葱种蒜。忙完这个，又收拾阳台，把堆放的杂物挪到床底下。吃过中饭，张老爹找副担子出门挑土，张氏在楼梯口接应，刚跑两趟衣服就湿透了。张氏说，到底不做事了，身子骨变得娇气，看这汗淌的。张老爹抹一把脸上的汗水，喘着粗气说，是呢是呢，我的衣服早溻透了。张氏说，要么歇一会儿？张老爹这回没听话，昂着头说，歇啥呀，这点破事累不倒我！张氏笑说，说你胖你就喘了。看你能的，跟十八似的！张老爹接过空担说，今天我就十八给你看看！太阳落山时，阳台上垫了厚厚一层土，足有半尺厚，张老爹直到挑不动了才歇手。张东来和姚二妹晚上回来，看阳台变了样，问是咋回事。张老爹抢话说，你妈要种菜给你们吃。张东来咳一声，不屑地说，一辈子修地球，没够呀！张氏不高兴了，冷脸说，咋说话呢？癞蛤蟆打哈欠口气还不小呢，真是不当家不知柴米贵！张东来还要说什么，被姚二妹拉了一下，话到嘴边又滚回去。张氏接着说，我种菜是为你们考虑，收多收少，对家也是贴补。

种好阳台上的菜，张老爹又忙起来，把不用的竹篮吊到窗外，从楼下看像一只只鸟窝。张氏不知他吊这东西干啥，问了张老爹还卖关子，要张氏猜。张氏看了一会儿看出门道，笑说，老东西，还挺有主意的！张老爹听张氏表扬他，谦虚道，我也是受你启发，要说聪明还数你。张氏嗔道，少拍我马屁。说后自己也笑了。张老爹像骑驴一样骑在窗户口，身子一半在窗户里，一半在窗户外，张氏看着紧张，怕他摔下去，双手紧紧抱着他的腰。有张氏做帮手，张老爹做事快多了，半天下来，几扇窗下全部吊上竹篮。逢集那天，老两口去镇上买回几只鸡放进竹篮。鸡初进竹篮有点紧张，一动不动地趴在篮底，害怕掉下去摔死，几天后也就习惯了，在竹篮里四处走动。鸡是母鸡，屁股宽宽的，鸡毛油油的，冠子红红的，高兴时嘎嘎叫唤，张氏估摸快下蛋了。没过几天，张氏听到有两只鸡在窗外唱着蛋歌，跑到窗口一看，篮底有两枚红壳鸡蛋。张氏把鸡蛋抓在手里，老眼都笑没了。从母鸡下蛋这天起，他们家就省下买蛋钱了。

　　种菜养鸡是开源，张氏又在节流上做文章。

　　搬家前，张氏家吃的是井水，用时到井上挑，挑多挑少全凭力气，不用花钱。搬进小区，吃的是自来水，力是省下了，可是要花钱，拧开水龙头，水哗哗流淌，水表像风车一样转圈子，表里的数字也跟着起变化。水是按吨收费的，一月一结算，想赖账都难。张氏听人家说过，把水开小，水表转得慢，这样就能节省费用。她试着将水龙头开小，水表就像老牛拉车，还真的慢了下来。张氏像科学家做实验，将水龙头往小里拧，水流变成一条细线，回头再看水表，水表像死掉一样一动不动。水表不动，表里的数字也不动，不用说，水的吨位也不会增加。张氏为自己的发明创造而激动。和张老爹说了，张老爹盯着水表瞅了半晌，感觉张氏分析的有道理。张氏一不做二不休，将米缸腾空了，挪进卫生间，用管子联上，让那一线细水流入缸里。聚沙成塔，集腋成裘。水昼夜不停地流，缸里的水滋养着张氏一家人，他们吃的是缸里的水，用的是缸里的水，如厕后也用缸里的水冲刷马桶。缸里的水有时不够用，张氏别出心裁，就用小桶去公用厕所里拎。公厕里的水是集体的，不用白不用。

　　张氏家的开源节流被小区里的人看好，家家效仿。住在底层的人家，天时地利，他们不用吊筐吊篮，而是将窝棚搭在窗下，养鸡养鸭养鹅，白天将鸡鹅鸭放出去，偌大的小区成了家禽们的乐园。

<h1 style="text-align:center">11</h1>

整个幸福家园，还数张东来家的日子好过。

人老觉少，每天天蒙蒙亮，张氏就起床做饭，饭好了装到桌上冷着，张东来和姚二妹起来就吃，吃了去镇上开店赚钱。张东来买了摩托，又买了手机。他买车不是兜风，而是为了驮姚二妹，两口子出出进进的方便；另一个用途就是进城看儿子，给他送点吃的用的。大欢正在长个子，需要营养，就像盖房子，根基要打牢，房子才牢固结实。买手机是装点门面，做老板了，腰上挂着手机，如同部队首长腰上别着手枪，气派！

姚二妹回小区开店失败了，对张东来来说是个好事。想她回去那些日子，张东来一个人守着店铺，忙起来连上厕所的工夫也没有，有屎有尿只能憋着，瞅到空子才能跑出去解决。姚二妹回来了，他成了甩手掌柜，想出去溜达拔腿就走。不过也有不好的一面，这就是不自由了。他一个人百无禁忌，想怎么就怎么，晚上打烊后，和几个店主到隔壁的小饭店喝几杯小酒，说说荤话唠唠嗑也是可以的。他们几个人喝酒是轮流做东，这次是你，下回是我，谁也不吃亏，掏钱买快乐。当然这笔开销是要打入成本的，也不知姚二妹看出没有，反正没听她问起过。姚二妹是个好媳妇，她没问，张东来就当她不知道。男人之间的事，女人还是少过问为好。

店是百杂店，啥都有，爱美的小媳妇常会光顾，挑挑拣拣评头论足。那天快要打烊了，一个小媳妇优哉游哉地走进来，看样子是逛着玩，打发时间呢。女人买东西没个准，诚心想买啥，不定有满意的；要是瞎逛说不定就能歪打正着，这就叫有心栽花花不开，无心插柳柳成荫。这个小媳妇就是这样。她逛着看着，就在一件秋装前驻足不前。张东来见了知道有戏，说，拿下来试一试吧，不买不要紧。小媳妇也不说话，回头嫣然一笑。张东来颠颠跑上前，把衣服拿下来，将上面的浮尘掸干净。小媳妇礼貌地说一声谢谢。小媳妇很挑剔，穿到身上左看右看，还将头往背后伸去，看后面合体不合体。张东来看出她是满意了，就打算卖个好价钱。卖东西就是这样，姜太公钓鱼愿者上钩，看好了贵一点也能卖掉，相不中就是说破嘴皮，白送人家也不要。行话讲叫贴船下篙、看酒下菜。小媳妇开口说话了，她说，老板，这件衣服咋卖啊？声音甜甜的，嘴巴里像含着糖果，很好听。张东来答道，签子上写着呢，明码标价，老少无欺。小媳妇是行家，她不会相信签子上的价码，于是拦腰砍一半，说，一百五吧！张东来想这价已经有赚了，但他想多赚一点，实现利润最大化。他有意苦着脸说，加点吧，你不会让我做赔本买卖吧？小媳妇看出她开出的价可以成交，就紧咬玉牙，说不加不加，你要是不卖我就走人。说着开始解纽扣。张东来看出，小媳妇是晃虚枪吓唬他，生意谈到这个份上，你撵她也不会走。就走过来，帮小媳妇拉一拉衣袖又抻一抻衣角，说，多合身，这衣服天生就是为你设计的啊！小媳妇一听笑了，自吹自擂说，人家都说我是衣裳架子，穿啥都合身。张东来被她逗笑了，说是呢是呢，哪天我生意做大了，请你给我当模特。小媳妇笑得花枝乱颤，说那敢情好，咱们说定了！说着原地转了一圈，停时脚下没站稳，险些摔倒。张东来英雄救美，伸手去扶她，慌乱中手停在小媳妇的肉胸上。当她要发火的，谁知小媳妇母鸡似的咯咯直乐，说老板你干吗呀，你这是占我的便宜你知道吗？张东来没经过这事，脸腾地红了，连说对不起。天地良心，我不是故意的。小媳妇佯装生气说，说对不起我也不会饶恕你，你是黄鼠狼给鸡拜年，谁知安的什么心！张东来看出小媳妇不是真生气，说不饶恕可能是想压他的价。果然不出所料，小媳妇向他摊牌了，丢下一百五十元，留下一阵香风走了。张东来目送她的背影，想今天是个好日子，天晚了还做成一笔买卖，挣钱又赚摸。这样一想，身子就痒痒了。锁上店门，也不急着回去，到小饭店要了一碗肉丝面，吃完就进浴室洗澡去了。

第一次去镇浴室洗澡是上个月的事。

那天几个人在小饭店喝过酒后，做东的店主要招待他们洗澡。洗澡前，店主对大伙说，门票他买，浴资自付。说后一脸坏笑。几个人嘻嘻哈哈地跟着笑，骂店主是小气鬼，应该向雷锋学习，把好事做到底。张东来是第一次到这地方来，他想"浴资"应该就是门票，不想里面还有名堂。当然洗一次也就清楚了，都是过来人，又不是童子鸡。

张东来今天是一个人来，轻车熟路，没有顾忌。张东来忘不了上次洗澡闹的尴尬。那天几个人泡澡出来，躺在大厅里喝茶吹牛，顺便也聊一聊生意上的事，有几个衣着暴露的小姐走过来，要为他们按摩。看来那几个人是这里的常客，把小姐当成下酒菜。小姐在他们面前站成一排，他们点菜似的一人点了一个，剩下一个小姐等张东来点她。张东来心跳如鼓，脸红得像猴屁股，吓得不敢说话。几个人见他这副熊样，笑他没见过世面，请客的店主替他点下那个小姐，几个人从沙发上溜下来，猴急地跟着小姐走了。张东来像离群的孤雁，一个人在大厅里受煎熬。在小姐的指挥下，张东来死猪似的躺在沙发上，一会儿正面，一会儿反面。小姐先是按，后是捶，再后是敲，从头到脚，不留死角。说不上是啥感觉，张东来只记得小姐手上是带电的，手到哪里麻就跟到哪里。麻是微麻，痒痒的，酥酥的，往心里钻。按摩结束，小姐向他要了二十元。

张东来今天要再次体会"触电"的感觉。刚才卖了一件衣服，净赚五十元，后来花几块钱吃了一碗肉丝面，还剩四十多，再减去小姐的按摩费，还有赚头。细水长流，有赚就好。张东来不想一口吃成胖子，今朝有酒今朝醉，他是个容易满足的人。

在浴室里小泡一会儿，张东来就不想洗了，他爬出池子，擦干身上的水，赶紧到大厅里躺着。一个小姐早把张东来看透了，见他躺下就问他要按摩吗？张东来点一下头。小姐说一声跟我来，就在前面走了，张东来屁颠屁颠地跟着。小厅里黑灯瞎火的，初来乍到啥也看不清。张东来叫小姐把灯打开。小姐说，开啥灯呀，你又不是童子鸡摸不着门路。说后就扑过来，两只手蛇似的箍着张东来的腰。张东来是过来人，明白小姐的意思，也就是吃碗肉丝面的工夫，事情就结束了。完事后，张东来意犹未尽，咂巴一下嘴，好像饥汉吃肉，还没来得及品味，碗里的肉就囫囵下肚了。想再来一次，小姐把手伸向他，他掏出两张十元票子。小姐退后一步说，你打发叫花子呀？痛快时喊爹叫娘的，转身就变脸。男人都是白眼狼，没一个好东西！张东来和小姐讨价还价，说上次就是这个数，你不能乱涨价。小姐声音高起来，你蒙鬼啊，上次你没做，做了就是五十。张东来不知行情，小声对小姐说，叫啥呀，不就五十嘛！付钱后心想，只当刚才那件衣服卖亏了，那碗肉丝面喂狗了，没啥了不起。

这就是一个人开店的好处。

姚二妹回来了，张东来的自由土崩瓦解。

多日没喝酒，张东来馋得直流口水，酒虫在肚子里翻跟头。张东来瞅个空子对姚二妹说，我上厕所去。趁这工夫，顺路和几个店主约好晚上喝酒。打烊时，几个人过来叫他，姚二妹见张东来有事，就先回了，把摩托车留给他。

这顿酒喝得有点高，脑子里像装了发动机，嗡嗡响。散场后，几个人看着张东来说，我们洗澡去吧，老办法。

今天是张东来做东，按规矩门票应该他买，"浴资"自负，不用他操心。张东来也是这么想的，他们是不谋而合。

一把澡又"洗"去五十元，张东来想好了，姚二妹若是问起，他就说买酒喝了，吃饭吃了。姚二妹不是小气人，应该能够接受。

骑车回到小区，把摩托锁进车棚，张东来开始爬楼。一层又一层，像老驴推磨，转得头昏眼花。爬到家门口，门却打不开。张东来醉眼迷离的，看看钥匙没有错，插进锁孔使劲拧，门像死掉似的一动不动。刚要叫，里面的人把门打开了。他在镇上洗过澡了，于是直接走进房间，往床上一倒就睡着了。张东来不知自己闯下大祸，开门人也错把他当成自己的男人，上床后各自睡去。半夜时分，这家男人要完钱回来，见床上睡着别的男人，当婆娘偷奸养汉，给他戴绿帽子，不问青红皂白，薅起来就打。张东来被吵醒了，睁开眼睛一看，酒被吓跑了。看看这家的房型和自家的一样，连床也放在相同的位置上，不同的是婆娘。张东来知道他浑身是嘴也说不清，一团泥巴落进裤裆不是屎也是屎，自认倒霉吧。男人今夜输了钱，心里正窝着火，回家见到这一幕，正好把火发到张东来身上。男人从厨房拿出菜刀，直指张东来，问他是公了还是私了。张东来吓得想尿裤子，颤声问，公了怎样？私了又怎样？男人斩钉截铁，一字一顿说，你强奸我婆娘，公了要判你重刑，闹不好要杀头；私了，回家拿五万，写字画押，咱们两清！

张东来权衡一下，哭丧着脸说，私了吧。

12

张氏像母鸡护雏一般护卫着自己的家，使其不受损失，更不受侵害。她做梦也想不到，她的家竟会遭遇不测，被楼上那个恶人算计上。责任全在东来，喝酒把不住分寸，尿水灌昏了头，回家时摸错家门，稀里糊涂地爬到别人家床上，与人家婆娘同床共枕。东来胆小怕事，那个恶人狮子大开口，张嘴要五万，迫于压力，他竟然答应下来。钱不是树叶，秋风一吹雪花似的纷纷飘落。话说回来，就是树叶也不能便宜那个坏蛋。张氏坚决不拿钱，她给张东来打气，说别怕，天塌不下来。说着用手使劲拍打自己的肩膀：退一万步，就是塌下来，也由妈给你顶着！

姚二妹的心情与张东来一样，想私了算了。钱是挣来的，拿钱买平安，若是闹出个好歹来，那可是人财两空啊。

张氏没有悲观失望，她说那个恶人是敲诈，闹开来吃官司的是他，而不是张东来；还有，那个骚货也脱不了干系。老话说得好，母狗不翘尾，公狗不敢爬。那个骚货不给东来开门，东来能上她的床吗？二妹你评说评说是不是这个理？姚二妹胡乱点头，她此刻急得像热锅上的蚂蚁，一会儿跑上楼去稳定恶人的情绪，要他耐心等待，婆婆想通了就给他拿钱；一会儿又跑下来做婆婆的工作，要婆婆息事宁人，顾及一下东来的脸面，大事化小，小事化了。婆婆顽固不化，就是不松口。楼上那个恶人看讹钱无望，最后提出无理要求，他说张东来送他一顶绿帽子，他要把绿帽子还给张东来。姚二妹不明何意。恶人面露淫笑，说，你男人睡了我婆娘，我也要睡你，睡了两清！说着伸手拉扯姚二妹。姚二妹听后火冒三丈，想冲上去甩他嘴巴，被张东来死死拉住。这事一直闹到天亮也没有结果，最后去孟志海那里评理。

这几天，孟志海情绪低落，心情懊糟，出门低头走，生怕别人和他打招呼。欣欣不争气，一个大小伙子，整天游手好闲不思进取不说，还给他捅娄子。老话说财主无三代。孟志海不是财主，家也不富裕，祖祖辈辈在土坷垃里刨食吃，日子像温吞水，饿不死撑不昏。去年全村集体搬迁，他家咸鱼大翻身，卖地得了五十万。五十万就是五十扎大票子，堆在柜台上跟小山一般，看着喜人，就跟当年娶媳妇一样开心。可想想土地没了，全家人往后就指望这钱过日子，就不敢高兴了。欣欣这代人是在甜水里泡大的，不知道挣钱难，花起来大手大脚，若是由着他，他和姚苏美下半辈子就得喝西北风。亡羊补牢，为时不晚。出事后，孟志海对欣欣实行严管，锁了他的摩托。姚苏美当场表态，从今往后不再给他零花钱。这都是权宜之计，往远处看，得让他出门挣钱，自己养活自己。

家里一档子事才处理妥当，不想早晨上班，路上看到的又是憋气事，这日子让人没法过了。都说瘟疫传染快，现在看坏事比瘟疫传染要快千倍万倍，只一天时间，家家窗下全部吊起竹筐竹篮，饲养起家禽来。养就养吧，空间是你的，环境也是你的，孟志海可以睁只眼闭只眼，不去管你，但是散养散放就不对了，把小区当饲养场，满眼花花绿绿，遍地鸡屎鸭粪。更有甚者，把小区里的花园当菜园，变花草为青菜萝卜。走在路上孟志海就想好了，上班后让物管办的人下去，挨门逐户做工作，杜绝家禽散养散放，恢复花园原貌。小区是大家的，环境也是大家的，孟志海相信，只要把道理讲透，他相信，小区里的人一定会像过去那样拥护他，支持他。

来到办公室，孟志海见公厕外排着两路长队，一路男人，一路女人，泾渭分明。自打市场放开来，很难见到排队购物的事。孟志海不知公厕里出啥稀罕事，走过去看究竟。一看才知，大伙排队，为的是排除内急。他们家是停水了，还是马桶坏了？孟志海记得他出门前上过厕所，家里的马桶是好的；也没有停水，解手后一撅按钮，哗啦一声，脏物就被冲入下水道。孟志海想自家没有问题，不代表别人家没有问题，他要了解一下，如有问题要尽快维修，这是物管主任分内事，干不好就是失职。

请问你家出啥问题了？孟志海问排在队前的一个人。

无言。

孟志海抬眼看，只见那人咬紧牙关，脸上布满深仇大恨。看来是内急难忍，屎顶屁门子了。孟志海理解他，此人是怕开口说话，跑了气，肚子里的屎也跟着往外溜。

孟志海又问另一个人。那人直言不讳地说，有公厕，在家里上，脑子有毛病啊？孟志海闻后惊诧不已。

　　小区规划时，本来没有公厕的，孟志海想一个小区没有公厕，物管办的人内急了怎么办，总不能回家去解决吧，于是建议在办公的地方建两间公厕。人无远虑，必有近忧。今天看，他的建议是错误的。

　　上班后，孟志海按计划行事，带上物管办的人出去做工作。跑了几户，无人理睬他们。孟志海不死心，苦口婆心地讲道理，有一户人家回答说，孟主任你别浪费唾沫星子，你讲的道理我们全懂。我们知道环境重要，没有环境就没有健康，但是和环境比，我们知道吃饱肚子更重要。话不多，听着震耳。孟志海明白不必再费口舌了，他就是说破嘴也是口抹石灰——白说。于是带头往回来，走到物管办门口，见有人用胶皮管把公厕里的水接到外面，洗衣洗菜，用完了还拎一桶水回家去。孟志海很想说几句，一想水不是油，别说拎一桶，就是拎十桶百桶也不值几个钱。不想月底收水费，公用水费比平常高出几十倍！孟志海当机立断：堵公厕里的水，锁公厕的门。

13

　　这两天，幸福家园笼罩在古怪诡谲的氛围之中，仿佛雷雨前的那个短暂瞬间。这不是好兆头，敏感的人发现，幸福家园可能要发生点什么。

　　孟志海还像往常一样，推开饭碗就去上班。走在小区里，见好多人家在安装防盗门防盗窗，阳台也用不锈钢管焊接起来。孟志海驻足观看，感觉这些人家是庸人自扰，也可以说是脱裤子放屁多此一举。买这些东西是要花钱的，有钱你可以用在别处，把家封得像个牢笼，看着是安全了，实则不安全。门窗能挡住君子，但挡不住小人。报纸电视上早有报道，眼下的小偷比孙悟空还厉害，手段高明着呢，连保险箱都不保险，你把家弄成这样，不是向他们做广告，说你家有钱吗！过去大家都是穷鬼，敞门睡觉都不怕。搬迁了，得了几个钱，感觉腰杆子硬了，是富人了，可那钱不在你家里呀，它们现在正舒舒服服地躺在银行的保险柜里睡大觉呢，要偷只能偷存折。说句放心话，就是存折被偷也不怕，密码在你脑子里，小偷没密码，只能干瞪眼。孟志海一边摇头一边往前走，耳边突然传来一阵风声，跟着"扑"的一声响，半空里飞下一只垃圾袋，不偏不倚刚好砸在他头上，垃圾袋破了，袋子里的残汤臭水顺着头发往下流，上装脏了，裤子也脏了。孟志海往楼上看，想找出扔垃圾的人，问问是啥意思。每家的窗户都关着，连个人影也不见，看来扔垃圾的人不是有意为之，就是想省点力气，不往楼下跑。孟志海前两天跟保洁员提要求，要她们用竹竿把树上的垃圾袋挑去。小区里的绿化树上挂着好多垃圾袋，风一吹哗哗响，跟招魂幡似的，不吉利，也有碍观瞻。孟志海原来当是外面飞进来的，现在才知道根子在哪里。看来得管一管，任其发展，小区就成垃圾场了。

　　回家换一身干净衣裳，又洗了头，才出来上班。走近办公室，见一群人在门口指指点点，像在围观什么。孟志海快步上前，拨开人群往里一看，见他的门上涂着粪便，门把手上还挂着女人的卫生巾。卫生巾上的血呈暗红色，几只苍蝇趴在上面吸食，像瘾君子见了毒品那样陶醉。围观的人见孟志海来了，捂着鼻子散开去。孟志海心里恶心，找来扫帚硬着头皮打扫。做出这等事的不会是别人，一定是那些想进厕所用水的人，看厕所的门被锁，就把气撒到他身上。孟志海想，愈是这样愈不能让步，让他们闹去！在椅子上刚坐定，张大才哭丧着脸找上门来，说屋漏偏遭连阴雨，倒霉事都让他家遇上了。孟志海要他有话就说有屁快放，别兜圈子。张大才咧嘴说，他家小宝被派出所扣留，他正在想办法营救，不想家门又被撬。

孟主任你说说，我咋这么倒霉呢……张大才蹲在地上，用拳头一下一下捶打自己。孟志海说，你赶紧去派出所报案，让公安来取证，争取早日破案，追回损失。张大才说，我哪也不去，就来找你，你是我们小区人民的主心骨。孟志海闻后有点紧张，弄不清张大才是何意图。他迫使自己镇静，一边给张大才搬椅子，一边察言观色。要说张小宝出事，那是早晚的事，不足为怪。好吃狗不离茅厕缸，这小子三天两头往沐城跑，把钱往小姐身上烧，不出事那就奇怪了。跟着好人学好事，一泡鸡屎能坏上一缸酱，孟欣欣走上邪路，就是跟张小宝学的。孟志海心想抓得好啊，应该多关他几天，叫他吃点皮肉苦，断了寻欢的念头。但他家遭劫却是麻烦事。小区里有保安，保安就是负责小区安全的，如今他家不安全了，保安就是渎职，就是虚设，应该承担责任。孟志海记得清楚，张大才家的物管费都是按时交的，不像张氏家要他们费心。听话听音，锣鼓听声，他今天来这里的目的很明显，就是讨说法，把话挑明说，就是要物管办认下他家的损失。孟志海硬把张大才拉到椅子上坐下，问他家都少了啥。张大才猛地擤一把鼻涕，手在鞋帮上擦一下，说，我把零花钱藏在鞋窝里，小偷没有翻到，但是两只母鸡不见了，眼下正下着蛋呢！孟志海一听放下心来，开导他说，损失不大嘛。大才啊，不要学女人，遇点挫折就哭鼻子淌眼泪。男子汉大丈夫，泰山压顶不弯腰，天塌也要强顶着，不能装熊，更不能说孬话！说到这里，他把张大才拉起来，顺手往门外推，说你快回家去吧，营救小宝要紧，耽误一天小宝就要多吃苦多受罪。张大才抬起泪眼问，孟主任，听你话的意思，我那两只老母鸡就打水漂，便宜那些小蟊贼啦？孟志海想了想说，你放心，物管办负责赔偿，过两天你来办手续。张大才见他的目的达到了才转身离去。孟志海目送他，想张大才真是个糊涂蛋，大处不算小处算，掂不出轻重缓急，两只母鸡值几个钱，张小宝到沐城嫖一回娼能买多少只鸡，他算过吗？真是捡了芝麻丢了西瓜！这话孟志海没有说出口。孟欣欣也犯过这事，他没有资本说人家。

孟志海想消停一会，泡一杯茶放到窗台上冷着，听到小区里吵吵嚷嚷的，往外看是一群老娘们在吵架。孟志海把门关上，他怕老娘们来找他评理。老娘们不会有大事，张家长李里短，针鼻大点儿事也能吵上半天，要是为她们评理，你啥事也别想干了。孟志海从窗口端回茶杯，才喝上一口，门就被拍响了。孟志海不出声，想造成室内无人的假象。外面的人很有耐心，一边拍门一边大叫：孟主任你躲着也没用，我知道你在里面，快开门！听声音是张氏，不知她和谁吵架斗气。孟志海把门打开，只见张氏右手捧着左手，跌跌撞撞地走进来，嘴里像含着热物吸吸溜溜的，说她的手被阶级敌人打骨折了，要孟志海给她做主。说着流下两行老泪。孟志海吃惊地问，谁这么大胆，敢下毒手打你？张氏说，还能是谁，楼上那个恶人呗，他早就想报复我！

张氏的儿子张东来那次喝酒过量，进错门上错床，与楼上那户人家结了怨恨。本来张东来答应私了的，不想那户人家狮子大开口，张嘴要五万，想把输掉的钱捞回来。张氏不理睬，一分钱不出，两家人找孟志海评理。男女事说不清道不明，清官难断。孟志海就和稀泥，说你们两家前世有缘，今世才楼上楼下住着，远亲不如近邻，应该像兄弟姐妹一样友好相处。两家人听孟志海说话有道理，连连点头。孟志海又说，张东来上错床有错，但是你家婆娘开门迎接也有错。两家人又是点头。孟志海清楚，点头是表象，仇恨的种子已种进心田，随时都能生根发芽，葳蕤生长。孟志海那天不偏不爱，左打一板右打一掌，一顿饭工夫，两家人就被他打出门去。

今天为的何事？孟志海问。

张氏说，我在花园里挖地种菜，那个恶人说地是他家的。我与他讲理，说地是小区的，属公有，谁挖就是谁的。他蛮不讲理，以强凌弱，不管三七二十一，上来就打我。孟主任你可要秉公办事，狠狠处理他，他要是不服，我就到派出所告他！

孟志海顺着张氏的话说，对呀，这事就该公安管，你赶紧到派出所去，让他们立案查处。

张氏见孟志海打退堂鼓，鼻孔里哼出一声，说，你就知道收钱，有事要你处理，就当缩头乌龟，看我下次还交你钱不！

这话很伤人，放在过去，借她一个胆也不敢说这种话。考虑到张氏身有伤痛，忍了。张氏气呼呼地出门去，孟志海吃不准她是到派出所报案，还是找那家人闹事去。不管张氏采取哪种手段，身为物管主任，孟志海都脱不了干系。

想过去，比现在，孟志海感到物管主任不好当。

14

转眼到了年底，下一年的物管费开始征收；还有公摊水费电费，也按户分解下去，要及时收上来。通知贴在大门口，来往行人都能看到。会计把收据准备好，等了一个星期，没有一户前来缴纳，这是孟志海没有想到的。物管办征收的费用是取之于民用之于民，当年收当年用，透支节余一清二楚，账目公布上墙，欢迎业主监督。今年的支出高出年初预算，究其原因，是公摊费用上去了。水厂和供电公司已送来缴费单，限定日期；到时不缴，停水断电。孟志海与送单人说好话，要他们放宽几日，幸福家园绝不会拖欠他们一分钱的。说出口的话，泼出门的水，通知出去一周，会计那里没收到钱，孟志海犯难了，公摊费用上万元，他拿什么给人家？

接到缴费单那天，孟志海就让会计算细账，看问题出在哪里。说起来容易，做起来却要花费大把的时间。会计在计算器上忙活半天，把各户用电用水累计起来，然后用缴费单上的数减去累计数，

看到计算器上还剩余五位数，会计慌了。从头再来又算一遍，还是
这个数。会计把一沓材料拿到孟志海那里，孟志海看后吃惊不小。
公厕已锁，水龙头已封，物管办的人内急都回家去，公摊费用非但
没有下去，反而大幅度上升。孟志海担心抄表员写错了，打电话核
对。抄表员的态度很不友好，说话像吃了枪子。他说，老孟啊，你
当我七老八十老眼昏花是吧？你当我拿钱不干好事是吧？说后叭地
挂机，孟志海抓着电话还在犯愣怔。会计皱着眉头说，这里面一定
有名堂。孟主任，我们要暗访一下，找出原因。孟志海无力地点点
头。

　　时间就是金钱，时间不容许他们拖延。暗访从下午开始，不是
大兵团作战，而是分头行动，每个人刚跑一两户，就发现问题。下
班前大伙在孟志海办公室碰头，孟志海听后有点不信，说，水流如
线，能流走那么多钱？会计（原是村会计）闲时喜爱看文学书籍，
说出的话很有文采。他说，怎么不能啊，涓涓细流汇成大海，这是
书上说的。大伙一听都点头附和。治安科长（原是村治保主任）说，
你们注意到没有，好多人家把走廊里的照明电接回家，用了公的，
省下私的，公摊费当然就高了。这是新情况，孟志海一听心里的火
直往头上蹿，他拍案而起，说，反了天了，说说看都是谁，抓住了
罚他个狗 × 的！会计很冷静，他说，怎么罚？眼下不比过去，现在
不是他们找我们，而是我们求人家，颠倒了。会计说的是实话，过
去村是一级政府，村民家里的大事小事都能管，村里握有生育和宅
基地审批权，虽说他们审批后还有手续需要办，但他们这是第一关。
想想看，如果他们不给办，其他手续就不用谈了。那时做个村干部
是多么风光啊，谁家有事他们就是座上宾，吃香的喝辣的，嘴上还
叼着带屁股香烟；走出门见到的都是笑脸，就连张氏也是老脸带笑，
老远就打招呼。搬进小区后，手中的权力消失了，大伙也渐渐与他
们疏远了。思前想后，孟志海有了感触，他叹息一声说，不谈过去，

只说眼下。我的意见是，我们可以变换一下工作方法，上门收费，顺便检查一下水和电。大伙听后，都说这方法可行，是一举两得。

这事由孟志海带队负责。

行动前贴出告示，让各户知道是咋回事。第二天物管办倾巢出动，从第一栋楼的第一单元开始，一户一户往后挨。第一户就遇到难题，会计上前按门铃，无人应；又敲门，还是无人应。顺着楼道一户一户敲，家家无人。怪了，好像约好似的，都赶街上集去了。回到楼下，大伙分头到第二单元第三单元去敲门，还是无人。这栋楼的人显然是躲了。于是去第二栋楼，刚到楼道口，空中飞下一袋东西，大伙没提防，袋子砸到会计身上，破了，臭气熏天，一看是粪便。大伙举头向楼上看，一个身影迅速退回屋里，窗户随即关上。好像是张氏，这袋粪便很可能就是她扔的！她家在三楼，先上去问个明白。孟志海安排会计回家换衣服，自己带人上去，叫了半天，张氏把门打开一道缝，人堵在缝里，只露出半张脸，问他们何事。张氏脸上结冰挂霜，问完话就想关门。孟志海手把着门说，我们来有两件事，进门说吧。说后推门进屋。孟志海毕竟做过多年村支书，现在不是了，但是余威还有，张氏不敢把他拒之门外。大伙进了屋，客厅就显得小了。张老爹在阳台上给菜浇水，见来了人，就到客厅说话。

都是熟人，说话不用拐弯抹角。孟志海问张氏，楼上飞下一袋脏物是怎么回事？张氏说，我不知你说的啥。张氏神色慌乱，不敢与孟志海对视。看她这样，就说明那袋粪便与她有关。但是没有亲眼见到，又没有证人，就不能把事件硬扣到她头上。今天上门的目的是收费和检查水电，别的都不重要。

张氏真的骨折了，她左手上着夹板，用带子吊在脖颈上，像电影里刚下战场的伤病员。她做事用那只好手，看着很别扭。孟志海想说几句暖心话慰问一下，想起那天的不痛快，又怕说了扯出事端，话到嘴边又咽了回去。孟志海言归正传，说起今年的公摊费用和下一年的物管费，自然又讲了取之于民、用之于民的道理，让她家带个好头，给小区做表率。张氏一听，脸上的道道皱纹像蚯蚓似的游动起来。这是她发火的前兆。不出所料，张氏暴跳起来，说话像打机关枪：别给我穿高木屐！你把我家当你们给养老的儿子啊？我自家过自家的日子，谁要你们管你们找谁收钱去！说着就撵他们出门。治安科长是火炮性子，他冲到张氏面前说，请你识相一点。欠债还钱，买东西付款，自古就是这个道理！张氏见治安科长对她凶，说，凭啥让我交公摊费？那是你们用的。你们搞腐败叫我掏钱，天下有这道理吗！说着用那只好手捞了一把，治安科长的脸上立马出现几道血口子。张氏怕对方还手，往地上一躺打起滚来，尖叫道，没得王法啦，强盗上门欺压百姓啦……张老爹也躺到地上，大喊大叫，和张氏一唱一和，像演二人转。孟老太爷和张氏家住对门。孟老太爷的小儿子听到哭闹声，猛地打开门，不问青红皂白，开口就说，我家老爷子烦死你们了！你们要是不走，我就打电话报警了！说话明显向着张氏家。好汉不吃眼前亏，孟志海见状，带着人慌忙撤走。

收费搁浅了。

新的一年悄然来临，物管人员、保安、保洁人员上个月的工资还没有着落，水厂和供电公司付款期限已到，明天就要断水断电。断了好啊，物管办已经揭不开锅了，就是砸锅卖铁也付不起那笔巨款。孟志海翻开会计送来的新账本，看到上年接转的红色数字，心里乱成一锅粥。他叹息一声，把账本合起来。

15

日子仿佛一下回到20世纪。回想六七十年代那会儿，家家点的是煤油灯，队长、会计家才点罩子灯，天黑以后，伸手不见五指，全家人靠一盏煤油灯照明。孟志海那时读小学，晚上写作业，靠油灯近了，头发嗞溜一下就被烤焦了，满屋都是焦煳味。注意看，读书的孩子没一个有好头发。吃水要到门前的水塘里一担一担往回挑，一瓢水先洗碗，再刷锅，最后留给猪羊喝，一点不会浪费。

现在电断了，水也停了，无月的夜晚，幸福家园里一片黑暗，每家点起煤油灯，如豆之光，仿佛杯水倒进沙漠即刻就被吞噬了。没有电，电视机、电唱机都成了哑巴。小区里黢黑一片，路过一户人家，透过玻璃看见屋里的灯，如同黑夜见到鬼的眼睛，令人毛骨悚然。上楼下楼靠手电筒照明，一时间，蜡烛、煤油、手电筒成了抢手货。

吃水是个问题。张氏的左手还没有好，做事使不得力，她指挥张老爹把公厕的锁砸了，水龙头捅开，本指望有水的，哪知滴水不见。张氏抬脚踹了一下门，和张老爹骂骂咧咧地回家来。没有水，阳台上的菜变黄了，叶子耷拉着，像缺奶的孩子，看着叫人心疼；小葱也无精打采的，葱绿成了黄绿。水是生命之源，该死的水厂，该杀的水厂，心肠坏透了，想把幸福家园的人都渴死啊，心肠比旧社会的地主老财还要毒百倍。气过了，骂过了，日子还要往下过。张氏和张老爹不是华山一条道，张东来和姚二妹在镇上开店，跑几里路到那里吃饭喝水，回转时捎两瓶开水，晚上就能对付过去。别的人家可苦了，有的投亲，有的奔友，像饥荒年代逃难一般，为一口水而奔波。这不是长久之计，解决问题的唯一办法就是交齐欠款，让水厂开闸放水，供电公司推闸送电。这两家表态，只要款到，滞纳金可以减免。"水大头""电老虎"，说话铁口钢牙，由此看，胳膊很难扭过大腿。

孟志海已几天没去办公室，他想去，但不能去。他每天都让姚苏美装作路过的样子走那里看看，从姚苏美带回的情况看，这几天小区里很不平静，又有几家遭劫，有一家上午刚在信用社提了五千元，下午就被贼偷走。这个贼一定知根知底，真是人心叵测！张小宝从派出所回来没几天，旧病复发，又骑车去沭城寻乐。倒霉人放个屁都砸脚后跟，喝口冷水也塞牙，张小宝跟小姐还没做成那事，派出所的人像神兵天降一般到了现场。张大才恨铁不成钢，放出话说不救他了，让公安判他几年，最好把他的祸根给割了。这是气话，最终还是到信用社提了五千元把他救出来。都是钱惹的祸。想想两年前，张小宝是个不错的小伙子，勤劳又持家，常年出门打工，按月寄钱回来，张大才去镇上取钱就差用喇叭筒喊了。张大才的意思很明显，他想让小宝有个好口碑，过两年好讨媳妇。自从搬迁后，张小宝就脱胎换骨，成了另外一个人。看来人是不能太有钱，就像窝里的鸡，吃一爪刨一爪才好。

一群老娘们，每天按时按点坐在阳光里打麻将，谁够牌了就推倒重来，满桌哗哗的洗牌声，听着就像下冰雹。老娘们出手不高，彩头不大，但是半天玩下来，也有几十元输赢。赢者高兴，输者骂街……

孟志海摆摆手，让姚苏美就此打住，他的头大了，不想再听了。好好的一个村，变成这个样子，他心疼啊！

几名保安恋恋不舍地离开小区，保洁员也作鸟兽散。民以食为天，他们都为自己的生计奔波去了。

孟志海也要操一操自己的心，为儿子的未来着想。孟欣欣二十出头了，自出娘胎还没出过远门，孟志海打算带着他，出去闯一闯，看看外面的世界。

大湖魂

1

今天是个非同寻常的日子。范舟早晨看日出时并不知道，这一天将与他的生命紧紧地联系在一起。

太阳钻出水面那一刻，范舟觉出有些异样：毛茸茸的，黄中带晕，仿佛刚出壳的小鸡仔，虽是早晨却像黄昏。范舟到湖上工作已满八年（准确说还差七十九天），从没见过今天这样的太阳。在过去的日子里，可以说，太阳就是范舟的晴雨表，他不听天气预报，只看日头，就知道天气如何，风是几级，雨量大小，甚至是否有雾。范舟还会看水色。老校长于自信一辈子待在湖上，也没有他这身本事。

范舟这身本事书本里没有，是他自己日积月累总结出来的。在湖上工作，整天与湖水打交道，不会观天察水可不行。但凡事因人而异，小猪前拱，小鸡后扒，各有各的本事。于自信这方面弱一些，但他也有自己的拿手绝活。早年他是依靠自己身体的些微变化来判断天气的，譬如萎靡了困倦了，或者腰酸腿痛，他根据程度大小，就知道天是要刮风还是要下雨。现在岁数大了，身体老化了，别说刮风下雨，就是艳阳高照他身上的每个关节都不舒畅，好像轴承没膏油一样。这样一来，于自信就不能用老经验来判断阴晴雨雪，于是他就收听天气预报。

范舟感觉今天的日头有点不对劲，他想喊老校长出来看看，听听他的意见。范舟从船头回来，刚要进船舱，听到寝室里传出一阵鼾声，知道老校长还在觉头上。范舟不忍心叫醒他。今天是星期天，昨天傍晚孩子们都被家人接走，单剩下江河娃没有走，不知他家人被啥事耽搁了没来接他。江河娃昨晚哭哭啼啼的，睡得也不踏实，范舟知道他是落孤想家了。范舟打算早饭后把江河娃送回去，这事他不想惊动老校长。老校长岁数大了，他自己说刚满五十，看他的面孔要比实际年龄老得多。湖风裂石头，常年生活在湖上，人的面皮糙得像砂纸，穿套头毛衣，稍不当心就将领口的线给钩出来。

老校长的脸粗糙是不怕的，再过几年就告老还乡，老伴说啥也不会嫌弃他，主要是他脸上的沟壑太多，近瞅就像八级大风的湖面，褶褶皱皱，一浪紧赶一浪；背也驼，看着像单峰骆驼，这可能与他常年伏案和早年摇橹弄桡有关。这样一个人，放在城里，早就不在教学一线了。水上小学不行，这里就两个人，一个校长，一个教师。复式教学，老校长教数学，范舟教语文，一个萝卜一个坑，缺谁都不行。

水上小学现有五个班，二十名学生。从人数上看，二十个人是不可以成为学校的，放在城里还不足一个班，但是对水上小学来说，这人数已经是极限。一条渔船办学校，船舱一分为二，一边做教室，一边做寝室，二十名学生把半个船舱挤得转不开身，再多一个都无法安排。

范舟没来水上小学之前，这里只有老校长一个人，他既教数学，又教语文。那时学生没有今天多，老校长把学生隔离开来，他这边讲完课，把作业布置下去，又到那边上新课。范舟来了以后，两个人做了分工，范舟教语文，老校长教数学，一副担子两个人挑，老校长顿觉轻松不少。前几年，老校长的精力还行，上午闲下来就张罗午饭，范舟刚下课他就把饭菜摆上桌，饭后不歇息，离开饭桌就上讲台，从一年级讲到六年级，半天不停歇。近两年，老校长的身体是每况愈下，一年不如一年。现在，他除了上课，范舟已不让他做体力活了。

2

水上小学位于洪泽湖西南部，与泗洪县的半城镇隔水相望。小学创办人于自信是渔民的后代。幼年时他跟随父亲在湖上学打鱼，到入学年龄，开明的父亲将他送去岸上读书。完小毕业后他接过父亲手中的网，面向湖水背朝天，重复父辈的生活。

在岸上读书时，于自信最崇拜的人就是自己的老师。老师的知识非常渊博，人世间的事他无所不知。读书时，于自信就萌发长大了当老师的想法。

少年的梦想多年以后才得以实现。那时于自信手里已经有了积蓄，但是他知道如果上岸办学，那点钱显然是杯水车薪，微不足道。于是，他把眼睛盯在自己的渔船上。他想我何不利用自身的优势在湖上办一所小学，让更多的渔家儿女告别愚昧，走向文明？说干就干。于自信自己动手将船舱改成教室，又上岸购置一些教学用具，便开始招收学生。那时招生真难，渔民们世代生活在湖上，不知道读书的好处。在他们眼里，读了书不代表会捕鱼，只有学会捕鱼，才能安身立命。于自信不气馁，一条船一条船地跑。精诚所至，有几位家长被他说动了。从此，小小船舱有了琅琅读书声。

范舟知道水上小学源自于一次环湖旅行。

那时范舟还是县城师范学校的二年级学生。毕业前夕，他与秦雯雯来洪泽湖游玩。游完老子山，乘船去半城镇。船在湖中劈波斩浪，疾驶了三个多小时，于傍晚时分抵达半城。船在减速、靠岸。此刻，他俩并不急于到岸上去。早晨在老子山他们已看过湖上日出，现在还想看看湖上日落。

傍晚的湖风很温柔，轻轻地吹拂着他们的面颊。范舟面西而立，两眼盯住落日。这时一阵读书声随湖风从远处传来。范舟疑惑了，当是幻觉，因为这里离半城还有几里路，孩子们的读书声不可能传到这里。回首湖面，浩浩湖面只有晚归的渔船，范舟闹不清读书声来自何处。秦雯雯知道范舟在寻找什么，她屏住呼吸，两耳像雷达在捕捉声源。找到了，准确说，读书声就出自那艘不动的渔船！范舟侧耳细听，但最终不敢确定。秦雯雯看范舟怀疑她，把握十足地说："相信我，没错！"

船上的人已全部上岸，单剩下他们俩。船老大走出船舱，看到两个年轻人在指指点点，就知道他们在谈论什么。船老大是个热心人，他走过来告诉范舟，说那是一所水上学校，老师叫于自信。范舟和秦雯雯都是师范学校的学生，不日他们将毕业离校，走上三尺讲台，今天听船老大说起水上学校，他们的好奇心上来了。船老大见两个年轻人对他的话感兴趣，愈说愈有劲，最后提出开船将他俩送过去看一看。

谁知这一看，范舟就将自己的工作定在了这里。

开始时，秦雯雯根本没把范舟的话当真。这里是啥条件，课桌不像课桌，凳子不是凳子，就连教室也不像教室，一个师范毕业生怎么能到这种地方工作？渔民缺少文化，那是他们漂泊不定的生活造成的，你一个人能改变得了吗？

秦雯雯心里暗暗好笑，她想范舟今天游湖游出兴致，肯定是一时心血来潮，用好听话哄这个叫于自信的人开心。待看到范舟的言谈举止，秦雯雯知道他是认真的。

3

报到那天的情景如一帧珍贵的照片，永远珍藏在范舟记忆的相册里。闲暇时，范舟就会打开相册，兀自把玩。

开学的日子一日日临近，范舟不顾秦雯雯反对，如期来水上小学报到。于自信见到范舟，有些不相信这是事实。范舟将介绍信递给他，于自信心里的一块石头才轰然落地。他不顾学生在跟前，冲上来紧紧握住范舟的手，连声说："谢谢你！谢谢你！"范舟听出来，于自信是含着热泪说这话的。

按照惯例，一个单位调进新人，要搞一个欢迎仪式。于自信也考虑到这个，但水上小学仅有他一名教师，要搞也只有他一个人唱独角戏，不搞又怕冷了范舟的心。于是，于自信就让学生都来参加，不想气氛还挺热烈。学生们可能每天见到的都是老面孔，乍见新老师一个个都挺兴奋，注意力全集中在讲台上，于自信声音高起来，他们就用力拍手。仪式搞了十分钟，学生们的小手都拍红了。接下来是范舟发言。范舟嗓音浑厚，说的是普通话，听起来就像收音机里的人在说话。学生们每天听到的都是于老师的带着渔民腔调的本地话，今天听到这么好听的话，感到很新鲜，一个个竖起耳朵，生怕漏掉一个字。

欢迎仪式结束后，于自信宣布今天放假，让新老师熟悉环境。听说不上课，学生们像飞出笼的小鸟，都跑出船舱，在甲板上追逐打闹。

所谓环境，说穿了就是一艘渔船，几分钟就熟悉了，后来范舟才知道，于自信要他熟悉的不是环境，而是这里的生活。

水上小学仅有于自信一名老师，范舟来了后，开口就叫他于校长。刚叫时于自信不习惯，老脸红了一下，对范舟说："范老师，我哪敢当校长？论年龄我比你痴长几十年，你就叫我老于吧！"

范舟说："那怎么行！"想想又说，"学校是你创办的，你就是校长！"

两个人说着话，不觉已到中午。于自信叫范舟跟他来，范舟不知干什么，走出船舱，看于自信到船头去。船头有个用木板钉起来的简易棚子，棚顶用石棉瓦缮盖。范舟进去一看，才知道这里是厨房，于自信将衣袖往上一捋，把煤炉子捅开，便开始淘米洗菜。他一边做事，一边问范舟会不会做饭。范舟老实说没做过。于自信说不会不可怕，这事简单，一学就会。说着从缸里捞出一条咸鱼，叫范舟拿去洗。范舟蹲在船边洗鱼，这时过来两个大点的学生，他们到厨房里做帮手，不多会儿饭就好了。

范舟今天来上班，这是水上小学最大的喜事。于自信心里高兴，菜也多做几样，吃饭时还搬出一坛陈年老酒，要和范舟喝几杯。范舟自从踏上这条船，就感觉出水上小学像一个家庭，于自信是家长，学生们都是他的孩子。这里吃饭师生同桌，大学生不但照顾小学生，帮助装饭、搛菜，还照顾他们的老师，吃完饭不让于自信动手，一个个抢着去洗碗。

下午，学生们在寝室里嬉戏耍闹，于自信和范舟在教室里聊天。于自信不遮不掩，把自己的老底亮出来，说他只有小学文化，肚子里没几滴墨水。范舟心想，他来了正好，可以弥补于自信的不足。

话愈说愈多，范舟敞开心扉，把自己的女朋友也告诉于自信。于自信听后问："是不是那天与你同来的那个姑娘？"

范舟腼腆地点点头。

于自信夸赞说："范老师好眼力！"

"我们刚刚恋爱，还不知结果如何呢……"范舟想起秦雯雯对他来水上小学工作的态度，未来如何，他心里真是没底。

　　于自信心里高兴，没有细想范舟话里的意思，他顺着自己的思路说："你们城里人思想就是开放，刚恋爱就成双成对地游山玩水。想我们那时候，结婚前，连手都不敢拉的。"

　　"你们赶上了好时代啊！"于自信慨叹道。

　　于自信的婆娘是半城人，在岸上生活惯了就不愿到水上来，她说人在水上就像没有根似的，风吹草动，船就像摇篮，晃得人头晕。于自信见婆娘不适应船上生活，就让她和孩子在娘家生活，农闲了才上船小住几天，顺便给于自信缝缝补补。结婚二十年，于自信一直过着牛郎织女般的生活。

　　天色渐晚，太阳渐渐接近水面。那日游湖，船老大热情地为他们介绍水上小学，出于对他人的尊重，范舟和秦雯雯没能好好地欣赏湖上落日。今天秦雯雯不在身边，范舟心里虽有失落，但他想这并不妨碍他观赏美景。

　　往日这会儿，应该生火做饭了。于自信见范舟在看落日，没有打搅他，悄悄到厨房去。范舟发现了，也跟去。于自信正在搋面，见范舟来了就放慢速度，像表演，让范舟看清楚。

　　于自信一边搋面，一边告诉范舟，说孩子们最爱吃他做的小刀面，像小鸭吃蚰蟮似的，哧溜哧溜，一大碗面条，一转眼就吃完了。范舟在师范里读书，也常吃面条，但那面是机器压出的，放在大锅里下，味道很寡淡，同学们都不爱吃。小刀面范舟没吃过，于自信说学生们爱吃，想味道一定不错。

　　面已经很柔韧了，跟橡皮泥差不多。这时于自信停止搋揉，拿出擀面杖，将面压成饼状，然后一下一下向前擀。范舟想起来了，所谓小刀面，就是用擀面杖将面擀成面皮，然后用刀切成条条。范舟小时候经常吃这个，母亲擀的面条薄薄的，柔韧爽口，他们一家人都爱吃。范舟知道擀面很累人，母亲每次做都要汗湿一身衣服。果然，于自信开始脱衣服了。范舟跃跃欲试，想试一下，又怕擀不好，把面糟蹋掉。于自信看出范舟的心思，就将擀面杖递给他，说眼看千遍不如手做一遍，放开手脚干。范舟照着于自信的样子做，开始有些笨手笨脚，用力不匀。于自信在旁边指导，手把手地教。渐渐地，范舟找着感觉了，两只手灵活起来。于自信很满意，待面皮厚薄差不多了，他才把范舟换下来。

于自信的刀功非同一般，刀起刀落，笃笃笃笃，一路切过去，看得范舟眼花缭乱。面条切好了，范舟凑近了看，面条宽窄如同韭菜叶片。如于自信所言，孩子们很爱吃面条，面条挑在大碗里，孩子们头都不抬，吃得呼噜呼噜的。

为孩子们的安全考虑，于自信立下规矩，天黑后谁都不准走出船舱，上厕所要报告，必须两个人同行。今天没有上课，孩子们无作业，晚上又没啥可玩的，于是一个个爬上铺，早早睡下了。

于自信在舱里搭一个通铺，孩子们都睡在一起，全是男生，没啥顾忌的。孩子们睡下后，于自信提着马灯进来，为他们掖好被子，发现衣服掉了纽扣，就拿进教室为他们缝补。

4

日出日落，转眼三四天过去了。星期天大多数孩子要回家，于自信就用小划子将他们送走，星期一再将他们接回来。范舟刚来，好多事不会做，有力使不上，于自信安慰他，等送走孩子就教他划船。

会了不难，看于自信划船跟玩儿一样，等范舟爬上去，小划子却像疟疾患者摇晃不止，范舟想稳住身体，脚底像踩着弹簧不听使唤，人也跟着打踉跄。于自信怕范舟栽下湖去喝水，就叫他蹲下。于自信拿起船桨，双手一动，小划子稳稳地向前驶去。

一天下来，范舟脚下才有了根。

星期一上午，按照课程安排该范舟上课，到时间，范舟听到的不是铃声，而是"嘟嘟嘟"的哨子声。学生们听到这声音，一个个系上红领巾，快步跑出教室。范舟不知咋回事，放下课本，跟出来一看，见学生们已面向桅杆站成一排，两手中指紧贴裤缝，昂首挺胸，目视远方。范舟蒙了，当于自信临时调课，上午改上体育课了。刚要开口问，只见于自信满脸严肃，口衔哨子，吹着"一二一"，小步跑到桅杆旁，转体面向学生，立定站好。整套动作干净利落，像个训练有素的军人。

范舟愈发蒙了，他想体育课是很轻松的，不必这么严肃。

于自信面对学生，大声说："同学们好！"

学生们朗声回答："老师好！"

于自信又说："报数！"

"一、二、三、四、五、六……"

范舟被于自信的认真样子逗笑了。从小学到中学再到师范，体育课他上得多了，像于自信这样严肃认真的他从没见过。再说在这茫茫大湖里，没有人知道你是如何上课的，既然如此，还这么正儿八经的干啥？

报数结束，于自信变戏法似的从口袋里掏出一块红布，朗声说："升旗！"

声音刚落，八名学生"刷"地举起右手，和他们的老师一道高唱国歌。红旗在国歌声中顺着桅杆徐徐上升。

范舟见此，像士兵听到号角，"叭"地一个立正，也面向国旗，举起右手。

自从跨进校门，范舟记不清自己参加过多少次升旗仪式，但没有一次让他这么刻骨铭心，激情澎湃。范舟热泪盈眶，情不自禁地与学生一道唱起国歌，直到国旗升至杆顶。

升旗结束，学生们迅速返回教室，等待范舟给他们上课。

范舟兀自在甲板上站立了好一会儿，待如潮的心情平静下来才回到教室。

学生们见范舟走上讲台，一齐起立："老师好！"

范舟回礼："同学们好！"

礼毕，学生们迅速落座。

上周范舟已给学生们上过两节课，他发现学生受于自信影响，卷舌音重，如儿、耳、二等字读得不太准确；另外四声也分辨不清，常把上声念成去声。范舟眼下要解决的问题是纠正错误，使学生读字准确，学会说普通话。

学生对新老师很是崇拜，范舟的每一句话他们都认真听，用心记。范舟看学生们如此好学上进，从心里喜欢。三个课时下来，范舟感到学生们进步很大。接下来他开始教授新课。

学生是复式编制，范舟教一年级新课，其他年级的学生也可以听。一年级新生刚学拼音，没学好这一课的同学正好补一补。

范舟上课时，于自信闲下无事，就将小划子划进芦苇荡。芦苇荡里藏着宝，只要进去就有收获。收获最多的是野鸭蛋，运气好时一次能捡到一二十枚，偶尔还能遇上鸟蛋。于自信不捡鸟蛋，留着孵小鸟。过去于自信不懂，遇上鸟蛋他会好奇地摸一摸，高兴时还会拿出来对着太阳照，看幼鸟长成啥样。小鸟多疑，只要蛋被人摸过，它们就不再孵化。于自信发现小鸟的秘密后，再遇上鸟蛋，他会将小划子划开去，离鸟巢远远的。

小划子驶离芦苇荡，如果时间早，于自信就不急着回来，他会划进浅水区，摘一篮菱角，采几节野藕。在回来的途中，若是碰巧邂逅打鱼人，他们会很慷慨地送几条大鱼给他，如此一来，饭桌上的菜就丰盛了。过去只有于自信一个人，既要上课又要做饭，整天忙得像救火，星期天也闲不下来。这一天，于自信要用小划子把孩子们送走，然后上岸去，油盐酱醋、煤炭米面、针头线脑，把这些婆婆妈妈的事处理完了，天也就晌了。午饭是在岸上吃的，孩子们都走了，于自信也想轻松一下。饭后，于自信不急着回来，他倒背双手在镇街上来来回回地走，待吸足地气才爬上小划子。于自信把自己的这种行为喻之为"充电"，这个"电"就是"地气"。大地乃万物之母，于自信每周到岸上"充"一次"电"。

范舟来了后，于自信不像过去那么紧张了，只要他愿意，每天都可以到岸上去。但于自信没有那么做，他把空暇时间都用在生活上。

范舟上午上课，下午闲下来，他把学生的作业批改完，又将第二天的课备好，太阳还高高的。这会儿做晚饭显然还早，范舟无事可干，就爬上小划子，到湖里去兜风。范舟刚学会划船，瘾还不小。事不凑巧，他刚解下缆绳，于自信正好出现在甲板上，如此一来，范舟兜风的计划就泡汤了。

范舟清楚，于自信这么做，完全是出于对他的安全考虑，虽说他划船技术有所长进，但是一个人单独出行，于自信还是不放心。

闲得无聊，范舟就到厨房去琢磨晚饭。现在离吃饭还有一段时间，范舟想搞点花样，把饭做得好一些，给孩子们一个惊喜。在船上生活几天，范舟已知道孩子们爱吃什么。那天于自信说孩子们爱吃面条，范舟后来发现孩子们对面疙瘩也有兴趣。在于自信指导下，范舟做过一次，这次单独做，他想应该没有问题。范舟拿出面盆，用勺子在面缸里挖了两勺面，然后一边淋水，一边用筷子搅拌。开始情况很好，干面见水，结成一个个小疙瘩。范舟想做饭也不是一件难事，心里一高兴，嘴里就哼起曲子。他就这么一边哼曲，一边淋水，一边搅拌。不知咋回事，面盆里的疙瘩刚开始还小小的，不一会儿就结成大疙瘩。范舟分析，可能是水淋多了，于是就加面。面加进去，疙瘩还不见小。范舟知道坏菜了，他一不做二不休，伸手将面揉成面团。他想我做不成面疙瘩，擀面条总可以吧。他一会儿摁一会揉，感觉均匀了，就用擀面杖擀。不想歪打正着，小刀面做得还不赖，吃饭时于自信一个劲儿地点头，孩子们也说好吃。

5

几周课上下来，范舟感到他们的课程安排有点不科学，上半天上课，口干舌燥，人都累瘫了；下半天无事，又闲得心慌。他建议于自信改一改，两个人一人上一节，有张有弛，劳逸结合。于自信说那样好是好，就是时间打碎了，啥事也做不了。范舟想想也对，课就这么一直上下来。

水上小学的情况比较特殊，说是半天，早饭后开始上课，一直到吃午饭才下课，除去课间休息，足足超过四个小时。于自信这么安排，考虑的是孩子们的安全。泱泱大湖，茫茫湖水，于自信不敢有丝毫大意。

又是个星期天。

早饭后，范舟驾舟，于自信领路，把孩子们一一送走后，范舟双桨一动，小划子转过身快速地向西岸行驶。于自信端坐船头，湖风轻拂，远眺西岸，直感到心旷神怡。

屈指算来，范舟到水上小学刚满一个月，但他适应能力强，各方面进步都很快。湖上的事最难的莫过于弄桡驾舟，非渔民难能弄好。范舟虽非渔民，但有于自信悉心指导，他的驾舟技术已渐臻娴熟，晓得底细的人知道范舟是个新手，换个人看他在舟上的一招一式，还当他是老把式呢。

范舟跟于自信上过几次岸，除了正常的购物外，还到镇里去过一次。

那次去是领工资。教办室的人好像知道他们要来，他俩刚到，人家就将工资发给他们。范舟后来知道，他们上岸的日子不光教办室的人知道，就连于自信的妻子也知道，而且还能掐算到他们的小划子何时靠岸，他俩上岸后的路线。那天他俩上岸后，第一站先到百货公司，买了针和线，回过头往卖文具那边去，迎面碰上一位中年妇女。于自信见了满脸堆笑，主动上前搭话，说："嘿嘿，你来啦？"

范舟好生奇怪。于自信平常话不多，前几次范舟跟他到镇里来，目睹相识的人都是主动和他打招呼，今天是个例外。中年妇女穿着农家衣，脑后梳个鬏，皮黑，大约四十多岁。于自信问她话，她充耳不闻，却把脸转向范舟，说："要是我没有猜错，你就是小范老师了。"范舟感到蹊跷，不知她怎么知道他的。范舟推测此人可能是学生家长，也有可能是湖上渔民。这时于自信给他介绍，说："范老师啊，她是我内人，你就叫嫂子吧！"

范舟明白过来，摇头说："于校长，论年龄你比我大得多，我该叫婶子才对。"

于自信摆手说："岂敢！岂敢！你我同事，喊她婶子折她阳寿呢！"

既然如此，范舟也就不再坚持。

那天，于自信没有因为妻子的到来而提前返回。他像以往一样，把要买的东西买齐，又到小吃店吃午饭。饭后剔着牙，在镇街上慢条斯理地溜达。范舟走在镇街上，心提着，为于自信捏着一把汗。说实话，自打第一眼相见，范舟就看出嫂子是个很有主见的人。当然这样的人性格往往比较倔强，说话行事不愿受他人左右。范舟怕她忍耐不住说出啥不得体的话，叫于自信失掉面子。范舟后来知道，他的担心是杞人忧天。在日后的接触中，范舟发现生活上的事嫂子大都听于自信安排。那天她一步不离地陪在于自信身边，向他报告家里的情况。于自信嘴里"嗯""嗯"着，表明他知道了。太阳偏西，于自信才掉头往岸边走。

上了教学船，嫂子就像进了自己的家，里里外外地拾掇。她把带来的时鲜蔬菜放进厨房，便开始整理他们的寝室。于自信像个真正的爷们儿端起水杯在甲板上慢慢地呷。范舟不好意思，要到厨房做帮手，于自信一把拉住他，说：“别去，娘们儿就这点能耐，让她忙去！”

有嫂子在，两个大老爷们享福死了，啥事不用操心，可是晚上住宿却成了问题。水上小学都是男性，晚上师生同铺。现在嫂子来了，今天学生虽然不在这里，但他们三个人显然是不能同室而眠的。晚饭后，范舟将铺盖搬进教室，找个地方安顿下来，不想睡觉时于自信却过来了，他对范舟说：“我俩睡这里，夜里可以拉拉呱儿。”

范舟两眼涩涩地想睡觉，刚要睡着被于自信推醒了。于自信主动提出要跟范舟学拼音，他说他在舱外听过范舟的课。过去他没有学好拼音，现在很想补上这一课。

范舟一听睡意跑了。过去他纠正学生拼音，还担心于自信面子下不来，今天看是自己小肚鸡肠，把于自信的心胸想窄了。

于自信说话不兜圈子，范舟也和他直来直去，他坐起身问于自信啥时补。于自信笑笑说看把你急的，总不能现在就补吧？范舟听不是现在，觉瘾又来了，倒头又睡。于自信不想睡，要和范舟聊天，叫他说说对嫂子的印象。

范舟开口就说：“嫂子能干，会体贴人。”范舟也是今天刚认识嫂子，再说他就没词了。

于自信对范舟的话不加评说，却问范舟知不知道他为啥到教室里来睡觉。

这是他俩的私房事，范舟哪里会知道？

于自信提出问题，并没有要范舟回答。范舟看出于自信心里不痛快，好像对嫂子有意见。果不其然，只听于自信自言自语地说：“看把她能的，嫌我在那里碍手碍脚！范老师你说说，几个月才见一面，我……我能不碍手碍脚吗？嘁！"

"碍手碍脚"这个词用在这里可谓内容丰富，往深处琢磨难免不叫人耳热心跳。范舟虽未成家，但正在恋爱，夫妻之事他还是知道的。

于自信来和范舟聊天，基本上是他一个人说。范舟曾听于自信说过他的恋爱故事。那是 20 世纪 70 年代，那时人们的思想还很保守，像电影《李双双》里说的那样，是先结婚后恋爱。通过一天观察，范舟看出，于自信夫妻感情挺好，嫂子处处关心他、体贴他，范舟看不出嫂子哪里不好。

于自信说了一会儿停下来，范舟找不出话来说。过了一会儿，还是于自信打破岑寂，他叹息一声说："这娘们儿歪歪点子多，她要我调到岸上工作，把你留在这里。范老师，你听听，她说的是人话吗？"

范舟听了这话一个激灵坐起来，紧张地问："于校长，你真的要调走？"

于自信又重重地叹了一口气，说："我咋会离开这里？"少顷又说，"我就这么拍拍屁股走人，对得起你吗？"

听了这话，范舟悬着的一颗心才放下来。说句没有信心的话，于自信要是离开这里，范舟都不知道自己在这里能坚持多久。范舟清楚，秦雯雯说他时他曾动摇过，上班不几天便开始后悔，他责备自己不该心血来潮。这里生活枯燥，交通不便，与外界唯一的联系就是船尾那艘小划子。范舟感到安慰的就是自己年轻，又有文凭。他想有这两大优势，工作几年，调进城去应该不成问题。

于自信不知范舟想的什么，看范舟不说话，怕他睡着了，就打听起秦雯雯的工作情况。于自信这一问让范舟犯了难，他来水上小学一个多月，不但没见到秦雯雯，信也没有收到，秦雯雯目前的情况他是两眼一抹黑，啥也不知道。过去两个人在一个班级里坐着，隔三岔五还要约会一次，节假日更是出双入对，不是逛街，就是泡图书馆。像目前这种情况，从他们确定恋爱关系时起，还没有出现过。星期天，范舟也想回去看看秦雯雯，问问她的工作情况。前两个星期他要学划船，这两个星期又要陪于自信上岸购物，更重要的是，于自信在船上已待了好多年，他才来这里，星期天就想往回跑，实在张不开口啊。范舟不知该不该把心里话告诉于自信，犹豫良久，范舟想，与其把话憋闷在心里，不如一吐为快。既然于自信能开诚布公地将他妻子说的话告诉他，他也没有什么需要隐瞒的。

6

范舟后来多次自责，他责怪自己不该将心里话毫无保留地说出来，让于自信为他操心，他来水上小学是工作，而不是谈情说爱。他刚走上社会，过早沉湎于男女私情，容易给人造成不好的印象。

于自信没有责怪的意思，也没有因此而对他产生不好的印象。恰恰相反，于自信自己倒像是做错了事，他把秦雯雯对范舟的不满完全归咎于自己。他的依据是：范舟是因为他才来水上小学工作的，秦雯雯与范舟意见不一，不同意他来这里，是出于对他的爱，而范舟又固执己见，我行我素，才有了龃龉。眼下木已成舟，唯一能够补救的就是让范舟星期天回去，主动向秦雯雯道歉，说几句顺耳话。女人嘛，都是软耳朵，好话一哄就眉开眼笑了，天大的事也将化为乌有。渔民们常说："鱼虾怕喂，女人怕哄。"于自信是过来人，这方面颇有经验。

转眼又到周日。于自信安排范舟回去，范舟没走。范舟有着自己的考虑——他愿把期盼留在心里。范舟相信秦雯雯对他的感情。他坚信，不要多久，秦雯雯就会主动与他联系。

一个星期没回，下个星期还没回。于自信看范舟风平浪静的，还当他与秦雯雯有了联系，疙瘩已除，但仔细观察又看不出他与寻常有啥不同，更看不出喜悦。于自信由此断定，范舟是虚荣心作怪，不愿主动向秦雯雯低头。这是年轻人常犯的毛病。老话说，认错不蚀本，舌头打个滚。年轻人火气旺，在火气头上想不到这个，等跌了跟头才清醒，可惜已经晚了，想修复关系，需花双倍精力。于自信年轻时与妻子常磕碰，吃了不少苦头。

于自信不愿范舟走自己的老路。秦雯雯虽说是他的恋人，但不是妻子。由恋人到妻子，中间还有一段漫长的路要走。这路走好了可结秦晋之好，偏了则为路人。最为关键的是，范舟已来水上小学工作，用世俗眼光看，他的身价与过去已有了差别，此时的他已非往日的他。

于自信不敢将话挑明，他怕范舟承受不起。

熬过了一天，又熬过了一天。在于自信的记忆里，他从没感到时间走得如此缓慢过。又一个星期天在于自信的期盼中姗姗到来。这天天刚蒙蒙亮，于自信听到野鸭和叼鱼郎的鸣叫声便悄悄地下了床。起先，范舟还当他出去解手，可过了好一会儿还不见回来。范舟侧耳静听，船尾静静的，船头厨房传来瓢勺碰击声。范舟不知于自信起这么早干啥，他走进厨房，看于自信已将早饭做好了。

于自信见范舟起来了，笑笑说："你去把孩子们叫起来，我们今天早点上路！"

今天的早饭是范舟到水上小学以来吃得最早的一次，孩子们感到新奇，在朦胧的曙色里东张西望，一言不发。湖风轻吹，雾霭袅袅，给人一种仙境般的感觉。于自信将方桌搬到甲板上，直到吃完饭，晨光才随着水鸟的破晓声如期而至。范舟到船尾去解缆绳，此刻，一轮红日随着缆绳的出水"哗啦"一声跃出水面，把一湖碧水都染红了。范舟惊呆了，瞬间不知所措，他感觉红日是他用缆绳钓出水面的。

于自信自小在湖上长大，日出日落见得多，也就见怪不怪，他看范舟对着红日发呆，便走过去将小划子拉近教学船，又搭好跳板，让孩子们一个个下到小划子里。范舟最后一个走下来，他抽下跳板，小划子便离开教学船，箭一般往前驶去。范舟已熟悉线路，路上基本不要于自信费心，先送谁，后送谁，他心中有数。送完孩子，他们照例到岸上去。

小划子靠岸，于自信将跳板放好，叫范舟先上去。范舟听话地跳上岸，回过身想去系缆绳，见于自信不但没将缆绳甩上岸，反将跳板抽回去。范舟诧异，说："于校长，你……你还没上岸呢！"

于自信暗忖，该到和范舟交底的时候了，于是他一边掉转船头，一边对范舟说："今天我不上岸，是专程送你回城的！"

范舟一听是这样，心里慌了，他往后退几步，想用助跑的办法跳上小划子，于自信早有提防，双桨轻轻一动，湖水在桨叶下一声欢笑，小划子就离了岸。范舟鞭长莫及，他就向于自信说软话，他说："于校长，你上岸来，我陪你吸饱地气再回去不迟呀！"

范舟这点雕虫小技早被于自信识破了，他断然说："别婆婆妈妈的，你快去快回，下个星期天我在这儿等你！"说完这话，于自信头也不回地走了。

于自信的话听起来不太入耳，好像是批评，其实是长者对一个青年人无微不至的关怀与体贴。范舟伫立岸边，心里像起了风的湖水一浪追赶一浪，久久不能平静。

小划子已经走远了，范舟看出于自信这么做是下了决心的。既然如此，待在这里也是徒劳。范舟翻过湖堤，先去教办室。上周到镇上来，他给秦雯雯寄去一封快件，回信地址是教办室。范舟揣算，从镇里到县实验小学，一般信件三天寄到，快件当天就能收到。秦雯雯收到信要是及时回复，早该寄到了。范舟昨天又给秦雯雯写了一封信，信就在口袋里揣着。今天他做好两手准备，要是秦雯雯的信还没有来，他就将口袋里的信寄出；若是来了，他将视情况而定。

　　范舟怀着激动的心情来到教办室。教办室的人见到他都打听于自信，问他怎么没来，是病了吗？压根儿不提信件的事。范舟知道秦雯雯的信没有来。离开教办室，范舟踌躇半天，最后到邮电所去寄快件。讲句心里话，范舟真想听从安排，去一趟县城。从镇里到县城也就一个多小时车程，只要爬上车，车轮子一动，他就可以见到秦雯雯。见到心上人，所有的思念、担忧、苦恼都将结束。在水上小学，范舟感觉与秦雯雯是天上人间，遥不可及，到了镇里又感到近在咫尺，想不到水上岸上竟有如此大的差别！范舟想到这里，一颗心激动得仿佛要生出翅膀，他真想一下子飞到秦雯雯身边去。

　　范舟最终没去车站，而是走小道去了湖边，他要找个隐蔽的地方探一探于自信的虚实。刚才上岸时，范舟就有预感：于自信说今天不上岸是骗他，为的是让他断了回校的念头。还真给范舟猜着了，于自信将小划子划到湖里转了一会儿，看范舟离开了又划回来。于自信没有想到，他的计谋还是被范舟识破了。

　　于自信上岸后，顺着石板路悠然地往镇里去。范舟从隐蔽处走出来，他看时间还早，本想去车站看一看，了解一下进城汽车的班次，又担心于自信办完事突然离开。罢罢，还是到小划子上等着吧，上了小划子，就万事大吉了。

7

　　于自信今天到镇里无有大事，既不领工资，也不购物。上次妻子来，和于自信没谈拢，结果一夜没睡，把要做的针线活全做完，连入冬盖的棉被也套好了。这娘们儿就这德行，心里不顺畅就做事，整夜不睡。这倒帮了于自信的忙，要不这会儿他还要照着清单去购物呢。

　　在镇街上踱了两个来回，买了一捆时鲜蔬菜，于自信没像往常那样慢条斯理地去小吃店吃午饭，而是匆匆返回码头。于自信想早点回去，把课好好准备一下。范舟回家去了，一周后回来，他要把范舟的语文课上起来。于自信怎么也想不到，范舟没有听从安排。他赶回码头时，范舟早已等候在小划子里。

见了范舟，于自信不知说啥好。无言是金，也许不说比说了好。于自信爬上小划子，刚将跳板抽回来，范舟就荡起双桨。

从那一刻起，于自信才感到自己真正走近范舟，了解了范舟。因为走近和了解，在以后的日子里，于自信不再当着范舟的面谈论秦雯雯，更不强迫他做什么。

回到学校，于自信发现范舟比以往更爱做事。他主动把自己的课调到下午，这样一来，做午饭的重担就落在他肩上。范舟早上起得很早，把饭做好了，太阳才像个懒婆娘懒洋洋地钻出水面。饭后，于自信上课去了，他就摇起小划子到浅水区去，遇上菱角和野藕他会顺手采摘一些。浅水区里还有湖蚌、螺蛳。在那里，有好多长腿水鸟在觅食，范舟看着好玩，就将小划子划过去。长腿鸟很机灵，见了人身子一耸，扑闪着翅膀飞走了，又在不远处落下。它们的羽毛雪白，嘴和腿都是红色的，漂亮极了。范舟欣赏一会儿，然后绾起裤子，从小划子里走下来，要不了多会儿他就能收获一篮子湖蚌、螺蛳。野鸭爱吃螺蛳，在这里范舟还经常捡到野鸭蛋。

范舟将午饭做得花样百出，湖蚌做汤，鲜；螺蛳肉炒韭菜，香。孩子们吃得开心，只有于自信清楚，范舟将一上午的时间都花在做饭上，他是用劳动来打发时间，使自己无暇考虑个人的私事。

日出月落，时间又过去几个星期。今天又是星期天，一大早范舟就在做着上岸的准备。今天上岸的事情比较多，天渐渐冷了，取暖的煤要买，越冬的大白菜也要储存。岸上人有一句话，叫作家中有余粮，生活有保障。在水上生活的人不光要有粮，还要备足煤和菜，冬天的生活才有保障。

上岸后，范舟的第一件事就是跑邮电所。于自信清楚，他那是给秦雯雯寄信呢。以往到岸上来，范舟都是先到教办室，然后再跑邮电所。可能是失望的次数多了，后来他就不去教办室，而径直去邮电所。看范舟对秦雯雯如此一往情深，于自信的心里好像打翻了五味瓶，啥滋味都有。于自信年轻时没有认认真真恋爱过，在这方面缺少体会。不过，他从范舟身上看出失恋是件挺痛苦的事。回想起他与秦雯雯第一次到船上来，时间过去几个月，两个人的关系非但没有往前发展，反而倒退了。细琢磨，恋爱这玩意还真有点云山雾罩，让人摸不着头脑，从某种意义上说，有点像大雾天行船，让人晕头转向，莫辨东西。恋爱没有指南针，成与不成全看一个人的运气。

从镇里办完事回来，于自信的头脑一直在高速运转，夜里也不消停。以于自信几十年的生活经验看，眼下两个人的关系要想恢复如初，靠范舟一个人还难以达到。他俩是自由恋爱，不是媒妁之言。刚开始于自信还挺羡慕他们，把他俩想象成是世界上最幸福、最完美的一对。今天看来他那是盲目崇拜。当初他看到的只是卿卿我我的表面现象，没有看到深处的东西。看来自由恋爱并非十全十美，它最大的缺点就是中间缺少一个穿针引线、来回过话的人，两情相悦，爱情一帆风顺时显示不出，一有风吹草动便显露出中间人的重要来。

解铃还须系铃人。刨根究底，范舟是因为于自信才来水上小学工作的。范舟今天遇上困难，于自信理应鼎力相助。

于自信与秦雯雯有一面之缘，知道她在县城的实验小学工作，有这两条，于自信就想背着范舟进一趟城，只要见到秦雯雯，下面的事情就好办了。

星期二这一天，于自信向范舟撒了一个谎，说要回家看看，如果没有要紧事下午就回来。范舟见于自信要回家，而且很急，就想他家里定有大事等着他处理，于是就用话宽他的心，说："于校长，你放心走吧，学校的事你不用操心。"

　　于自信怕范舟为他担心，忙用轻松的口吻说："也没什么大事，就是看看你嫂子。"

8

　　通过这件事，于自信越发认定自由恋爱没有媒妁之言好。要不是他自作主张地进城去，范舟与秦雯雯的恋爱关系能否保持下去，很值得人怀疑。

　　那天于自信乘车赶到实验小学，他本打算直接到教务处去打听秦雯雯情况的，哪知刚进校门就被传达室的老头拦了下来。老头把于自信打量半天，问他干啥来的。于自信过去来这里听过课，受到过校长的亲切接见，所以就没把老头放在眼里。但老头是把门的，不过他这一关，就见不到秦雯雯。于自信心急如焚，就想快刀斩乱麻，他张嘴想说来这里听课，又怕说漏嘴闹出啥节外生枝的事，于是就实话实说。老头听他说来这里找人，忙拿出登记簿让他登记。于自信心里老大不痛快，但人在屋檐下，不得不低头，拿起笔一笔一画地认真填写。老头接过登记簿，一看他要找的人，就像两个失去联系的地下党一下接上了头，忙跑上前拉住于自信的手说："我总算等到你了！"见这阵势，于自信误当老头就是秦雯雯的爹，心情一下子好起来，高兴地说："我也总算找到你了！"两个人手拉手高兴半天，最后老头才把于自信拉到长凳上坐下。于自信想，下面老头就该安排他的女儿来这里和他见面了。哪知老头是个慢性子，他不但没去叫人，反而在凳子那头坐下来，不慌不忙地探问起他和秦雯雯的关系。于自信看老头慈眉善目的，而且对他此行如此关心，心里琢磨或许老头把他当成范舟的爹了。既然如此，那么也就容许人家的爹来考察一下他。于是，于自信就把自己来此的目的一五一十地告诉老头。老头一听，惊讶地从凳子上跳起来，说："敢情你也不知她在哪里呀！"

于自信听老头这么说，也从凳子上跳起来，两眼盯住老头瞅，确信老头不是开玩笑，这才疑疑惑惑地问："秦雯雯真的不在你这里？"

老头见于自信迷迷瞪瞪的，两手一拍大腿，"嗨"地长叹一声，呼啦一声拉开抽屉，从里面拿出一沓信件。于自信一看，全是范舟写给秦雯雯的。老头说："你今天来得巧，迟一天我就把它们退回去了！"

于自信小心接过来，连声说："幸好没退！幸好没退！"

告辞出来，于自信的心情变得沉重起来。原来想秦雯雯就在实验小学，只要来了，一切问题都迎刃而解，现在看事情远非这么简单。于自信走在大街上，心里像塞进一团乱麻，杂乱无章，无头无绪，不过他的宗旨没有变：既然来了，就是大海捞针，也要摸清秦雯雯的下落。

于自信找到教育局，又找到人事股。于自信找对了，人事股的人个个都是活档案，于自信刚问，人家就告诉他，说今年的人事有变化，秦雯雯被分配到人民小学去了。打听到实底，于自信拔腿便走。

来到人民小学，于自信很顺利地见到了秦雯雯。秦雯雯还记得于自信，见了他笑嘻嘻的，还问他好。于自信一看，心里有了底。于自信趁热打铁，当场把范舟写给她的信件拿出来，秦雯雯见到这一封封带戳的信件，往日的忧虑、惆怅、等待，还有孤独、委屈，顿时化作两行热泪流了下来。此时无声胜有声，于自信来时准备的一肚子话，这会儿一句也用不上。临别时，于自信向秦雯雯发出邀请，要她有时间到湖上来，看看他们的水上小学。秦雯雯也想尽快见到范舟，她想到星期六下午没有课，便和于自信约好这一天过来。

事情办得顺利，于自信有一种如释重负的轻松感。此时天已近午，于自信抬头瞅瞅日头，肚里陡然有了饥饿感，这是多年没有过的，他就近找了一家小饭馆，还自斟自饮地喝了二两。下午从城里返回，在镇街上没有停留，便划着小划子回来了。

回到船上，范舟还在上课。于自信没有惊动他，一边哼着小曲，一边到厨房做饭。范舟下课见到于自信，问他咋不在家住两天。于自信喜滋滋地说："我是想住两天的，可你嫂子要我别婆婆妈妈地惦记她！"

范舟一听笑了，说："于校长，都老夫老妻了，脸还这么嫩呀，嫂子说就让她说去呗！"

于自信不敢在这个问题上多纠缠，赶紧用话搪塞，说："你嫂子跟我说，等我们放假，她带儿子来这里住几天。"

这么一说，范舟也就无话可说了。

于自信像幼时盼年一样，开始数着指头过日子。

星期六这一天，于自信从半夜起就在为上岸找借口。星期二那天进城，于自信说是回家看妻子，范舟信了；今天上岸接秦雯雯，于自信思来想去，只有说去教办室开会，范舟才不会生疑。在一周时间里，于自信接连说了两次谎，两次都是美丽的谎言。

吃过早饭，于自信就划着小划子上路了。

按说下午出发，和秦雯雯的时间才吻合，但于自信考虑已和范舟说去开会，若是下午走，怕范舟看出破绽。

小划子靠岸后，于自信一直等候在小划子里，中午到岸上的小吃店里简单地吃了一点，丢下碗就返回来。没想到于自信回到小划子里没多久，秦雯雯就一脸热汗地赶来了。于自信见了又惊又喜，一时不知说啥好。过了半晌，他有点冒失地问："姑娘，你咋来得这么早？"秦雯雯有点不好意思，停了会儿说："您来得不是比我还早吗？"于自信一想也是，于是忙点头承认："是的，是的。"

于自信对待自己的家事从来都是粗枝大叶，不管细节，然而考虑起范舟和秦雯雯的事，心又细得像针尖。他瞅瞅日头，估摸这时候回去有些早了，于是磨磨蹭蹭的，有意改变航道，将小划子划进避风港，和秦雯雯看了一会儿风景，直到日头偏西，才掉转船头，划向教学船。

范舟初见秦雯雯，误当是幻觉。又瞅，确是她！秦雯雯见范舟犯愣怔，扑哧笑出声，说："傻样子，不认识啦？"

于自信一看两个人好上了，身子一闪走进厨房。于自信这时是把自己当作媒人看待的——媒人只管牵线搭桥，下面如何谈就是他们两个人的事了。

当晚，于自信将秦雯雯安排在教室里住，让范舟过去陪她。于自信想，只要过了这一夜，生米变成熟米饭，往后啥事都不用愁了。

孩子们的觉好睡，上床不一会儿都睡着了。于自信在床上辗转反侧，一会儿想范舟，一会儿又想那个看门老头。于自信想，范舟经历一场虚惊，现在雨过天晴，他的心该踏实了。想到那个看门老头，于自信"嘿嘿"地乐出声。那真是个好老头呀！想想看，如果不是他把范舟的信收在抽屉里，而是退回来，那要造成多么大的误会呀！于自信正在前前后后地乱琢磨，不想范舟静悄悄地回来了。于自信翻了一个身，关切地问："咋回来啦？"范舟紧挨于自信躺下来，嘴对住他的耳朵，兴奋地说："好饭不怕晚！"他怕于自信不明白，接着又说，"秦雯雯说，她要把人生最美丽的事放在他们婚礼那一天来做！"于自信听后，老脸热辣辣的，心里的小火苗也一蹿一蹿的。

转过天是星期日。这一天，于自信第一次打破生活规律，没有上岸吸地气。一大早他把孩子们送走后，将小划子交给范舟，要他陪秦雯雯去湖上玩。秦雯雯在湖上玩了半天，下午就上岸返回城里。

送走秦雯雯，范舟就像换了一个人，突然变得爱说爱笑起来。开始那两天，于自信老担心范舟会问他一些什么，譬如到教办室开会，是如何与秦雯雯相遇的？其实于自信多虑了，此时的范舟正沉浸在幸福中，幸福的人都是粗心的。

9

潮起潮落，斗转星移，转眼范舟到水上小学已是第八个年头。刚来时，范舟还是个二十出头的毛头小伙子，现在已是年近三十的黑脸汉子了。这个年龄，不管是湖上人还是岸上人，都该有家室了。于自信在这个年龄，娃子都三岁了，可范舟就是不结婚。从表面看，他和秦雯雯的感情比这湖水还要深。八年来，他俩是每周一封信，范舟上岸的第一件事就是收信，寄信。于自信曾经和范舟开玩笑，说："抗战也就八年，你咋就攻不下秦雯雯这座堡垒呢？"范舟显然有难言之隐。今年初，秦雯雯到湖上来玩，当着他俩的面，于自信老话重提，本来气氛挺好的，秦雯雯听了这话就沉默不语了。范舟瞅空道出实情，于自信听后，心情一下沉重起来。从那天起，于自信又像八年前那样，频繁地到岸上去，他跑教办室，跑教育局，还到县城的人才市场去。

于自信万万没有想到，几个月跑下来，他会一无所获。于自信闹不明白，论条件，水上小学眼下虽说不能与县城的学校比，但回过头看看，变化也是不小，用一句渔民们忌讳的话说叫作翻天覆地。过去他们想都不敢想的电灯，还有收录机、幻灯机、电视机，现在全有了。功劳要归功于范舟，是他教出了好学生，镇里、县里才对他们刮目相看。自从范舟来这里工作，每年都有考进重点中学的。去年还放了个响炮，四名毕业生，竟然有三人考进了县一中！另外一人进了县二中。这个升学率在全县一下就排在了第一。为此，分管教育的副县长还专程到水上小学来看望他们，县里的报纸、电视都有报道，让他们露了一回脸。过去每到新学年，于自信就划着小划子一条船一条船地跑招生，费尽口舌，现在是孩子的家长主动找他们。于自信压根儿没有想到，有这成绩和影响，竟然没有人愿意到他们的学校来工作!

时间如水,中考在即,暑假也一天天临近了。这一天,于自信将学校的工作交代给范舟,又划着小划子到岸上去。于自信今天换了思路——既不跑人才市场,也不去教育局,而是直接到范舟的母校去。于自信想,既然范舟能来水上小学工作,那里就不缺少这样的热血青年。后来的事实证明,于自信想对了。那天他赶到那里,学校正忙毕业生分配的事。于自信把自己的来意说了,校方积极配合,经过一番动员,一个名叫郝爱民的同学愿意到水上小学工作。于自信怕情况有变,当场与他签订协议。

协议签下了,于自信心里的一块石头才落下地。离开师范学校,于自信想加快速度返回来,把这个喜讯告诉范舟,不知为啥,两条老腿像灌了铅就是走不快。从车站乘车回来,上车不久,于自信就迷迷糊糊地睡着了,一路睡到镇里。近两年,于自信感到精力远不如过去,不管晴天雨天,腿脚都不灵便,动一动还隐隐作痛。按说这个年龄不该这样,于自信知道这是常年生活在湖上,寒湿已入骨入髓了。

走出小镇车站,于自信哪里也没去,直接上了小划子。

10

自从知道校友郝爱民要来水上小学工作,范舟便开始倒计时。今天是六月十一日,也就是说还差七十九天,范舟到水上小学就满八年!八年啦,想想看,人的一生能有多少个八年?用今天的眼光看,范舟当初的选择是有些草率,但他并不后悔。在这漫长的八年里,每当范舟想离开这里,就会回想起那天到水上小学报到的场景——老校长惊喜、激动的面孔,还有孩子们因欢迎他而拍红的小手,他就打消了这个念头。

在水上小学虽说生活枯燥,工作辛苦,但回溯一下也很充实。范舟过去没有这种感觉,随着调离日期的一天天临近(暑后他将调到秦雯雯的学校工作），他又对这里产生缠绵难离之情。这里水清景秀，民风淳朴，师生相濡以沫，亲如家人。说真的，要不是为了秦雯雯，他愿意留在这里，和老校长做伴。

这是范舟的心里话。

又到周末，傍晚时孩子们的家人都来接孩子，单剩下江河娃没有走。自从水上小学有了知名度，学生家长对他们也另眼相待。过去每到星期天，范舟和于自信就要用小划子送孩子们回家，现在不要送了，都是他们的家人来接。

孩子走了，范舟闲下无事，就坐在甲板上看落日。孩子们离校时，太阳还有一竿子高，一眨眼就接近水面了。范舟两眼盯住落日，此时落日的光芒变得轻了柔了，碰到眼瞳没有芒刺感，还有一种吸力，蓝天、落日、湖水，仿佛一幅油画。

落日开始入水了。范舟凝神静听，仿佛听到金属淬火的哧溜声，他把手伸进水里，水热热的，温度好像比先前高了。

湖上的夜色也很美，头上一个天，湖里一个天，满天的星星倒映在蓝宝石一样的湖水里，让人觉得深邃、神秘。

看完夜景，范舟走进厨房，见于自信坐在桌边打瞌睡，江河娃趴在饭桌上做作业。范舟有点不好意思，说："老校长，您该和江河娃先吃，早吃早休息。"

于自信扶着桌子站起来，说："人多了吃饭才有滋味。"

吃完饭于自信就睡觉去。范舟把碗筷洗了，锅刷了，又将厨房整理干净，才和江河娃到寝室去。

转过天，当叼鱼郎的第一声叫唤在湖面上响起时，范舟就醒来了。今天是星期天，按说可以多睡一会儿。江河娃可能是想家了，夜里醒了几次，醒来就哭，闹得范舟也没有睡好。范舟浑身懒懒的，很想再躺一会儿，但想到早饭后要送江河娃，就不敢睡了。

范舟轻轻地起了床。

早饭做好了。范舟从厨房出来，他打算把江河娃叫起来，吃完饭就将他送走。此时，太阳刚好顶破水面，慢慢地浮游出来。湖上的日出神圣、美丽，美就美在它点亮了大湖的灵魂，升华了大湖的品格，使大湖高不可攀。

范舟喜爱看日出，八年来，他每天都伫立船头看大湖将太阳分娩出来，然后又将它送出水面。看得多了，范舟因此练就出一套看日出的本领。他能从太阳出水时的细微变化里看出风，看出雨，看出雾。今天，范舟感到太阳在浮出水面那一刹有些特别，有些异样：晕晕的，黄黄的，初升的旭日却给人落日黄昏的感觉。再注意观察，分娩后的大湖似乎也没有往日妩媚、清秀，这是他八年来未曾见过的。但是有一点范舟可以断定：今天有风，而且风级不小，另外还有什么他一时难以说清。范舟想喊老校长出来看看。老校长还在睡，范舟不忍叫他。

范舟和江河娃吃过饭就上路了。现在小划子由南向北，向大湖深处划去。今天范舟划桨的速度很快，力度也大，他想抢在起风前赶回来。

太阳在升高。往日这会儿，湖上的温度已经高起来，在湖上捕鱼的男人早就甩去衣衫，将自己古铜色的肌肤呈现在赤日下，一任如豆的汗粒在光脊上滚动。范舟感到今天的太阳少了往日的火辣劲，照在身上软绵绵的，犹如秋日一般。范舟抬起头，看到天空灰蒙蒙的，像雾不是雾，不一会儿，湖面上起了风，风里有一种颗粒状的东西抽打在脸上，有点儿痛。范舟不知这是从西北刮来的沙尘暴，当时他还乐观地想，等送走江河娃，他一个人，风再大点也不怕。

风说大就大起来，天空也由刚才的灰蒙变成了昏黄，那种颗粒状的东西不是一粒粒地抽打，而是铺天盖地，打得人睁不开眼睛。湖上的能见度很低，先前看到的船队，转眼就不见了。江河娃没见过这种天气，刚才还伸出小手，指指点点地告诉范舟他的家在哪一艘船上，现在小脸都吓白了，惊恐地抱紧范舟的腿。有江河娃在跟前，范舟感到碍手碍脚，有力使不上。他一改往日在课堂里的和风细雨，对江河娃大声说：“站着危险！快蹲下！”江河娃从没见老师对他这么严厉，噤若寒蝉，老实地蹲下来。范舟叉开双腿，奋力划桨，朝着既定的方向前进。

风愈刮愈大，浪愈来愈高。看着满湖汹涌的波浪，范舟知道风力有六级！经验告诉他，如此大风，别说小划子，就是捕鱼船也早躲进了避风港。范舟现在已不敢北行，他知道侧浪而行，小划子有可能被推翻。他迅速掉转方向，将小划子对着波浪。

波浪像猛兽一个接一个地涌向小划子，把小划子推搡得左摇右晃，颠簸不止。范舟加快划桨速度。他现在划桨已不是为了前进，而是寻求平衡。

一个巨浪在大风的驱赶下像一堵墙似的压向小划子，小划子迅速向一侧倾斜，范舟一个趔趄，险些栽进湖里。他惊出一身冷汗，忙低头看江河娃，见江河娃趴在舱底，一动不敢动。此时，江河娃的衣服已被湖水打湿，范舟想叫他坐起来，小划子颠簸得厉害，他怕闹出啥闪失，只得作罢。

范舟在湖上工作八年，大风大浪见过，就是没见过今天这样的天气！范舟心里掠过一丝不祥：他知道大风若是无休止地刮下去，他和江河娃凭着这一叶小舟，在这前不靠村后不着店的地方，此行怕是凶多吉少。想到这，范舟有点不寒而栗。

大风带着哨音在大湖上呼啸，湖水用“哗”“哗”的浪涛声回应着它。此刻，范舟的脸已变得麻木，那种颗粒状的东西打在上面不再有疼痛的感觉，但是心却不肯麻木，变得异常敏感，随着小划子的上下起伏，一阵阵地翻滚拱动。范舟感到自己有晕船的迹象——他小时候晕过车。晕车的滋味不好受，心里翻江倒海的，呕吐起来恨不能将苦胆都倒出来。真是怕事有事，范舟刚想到晕车，心里便有一股酸水冲向喉咙，“哇……哇……”范舟抑制不住地呕吐起来。

“这个鬼风！这个鬼天！”范舟气得破口大骂。

江河娃生在大湖，长在大湖，他从没见过人呕吐，所以不知有晕船一说。他看范舟吐成这样，当他是病了。江河娃吓坏了，他爬到范舟身边，问："老师，你怎么啦？"

"哇……哇……"范舟吐得张不开嘴。

波浪起伏，小划子随着波浪一会儿爬上波峰，一会儿跌入浪谷。范舟顾不上划桨，他趴在小划子边，大口大口地对着湖水呕吐。早晨吃的饭很快就吐光了，范舟想停止呕吐，却欲罢不能。

小划子在悄悄地改变方向，范舟强撑起身子，刚将方向调整好，一个巨浪迎头打来。小划子飞上半空，湖在下面，范舟在浪尖上往下一瞅，心里惊叫一声："妈呀！"他知道如果不及早调整方向，他和江河娃可能随着小划子的倾覆翻入湖水中。范舟清楚，如此风浪，如果得不到救援，后果将不堪设想……

范舟不敢往下想了。

又一个巨浪打过来。小划子像生了翅膀，在浪尖上停留一会儿，在向下跌落时，范舟感到眼前飞过一道黑影，他低头一看，江河娃不见了！几乎同时，范舟纵身扎进水中。

范舟在湖上练就出一身好水性，他一个猛子就找到了江河娃。他将江河娃托出水面，想让他回到小划子上，抬眼一看，小划子已顺风而下，被巨浪推出数米远。范舟奋力泅水，想借助浪的力量追赶上小划子。他在前进，小划子也在前进，距离不见缩短。范舟昨晚没有睡好，刚才又晕船，现在体力渐渐有些不支。他感到四肢僵硬，身体也不停地往下沉，就在他用尽最后一丝力气，又一次将江河娃举出水面，一艘捕鱼船赶了过来。渔民们救起江河娃，回过头再救范舟，湖面上只有汹涌的波涛，已不见范舟的身影……

11

大风刮了两天终于停止了，无风的湖水又变得像往日一样清澈、柔顺、妩媚。

这天清晨，一丝曙色刚跳出水面，在甲板上坐了一夜的老校长缓缓站起身，随他而起的还有水上小学的二十名学生和一个身着白衣白裤的年轻女子。老校长面东而立，如一尊雕像一动不动，他在等着东方日出。

湖面上一片静寂，连早起的叼鱼郎也忘记鸣叫。

天色渐明，呈现在老校长眼前的是无边无际的捕鱼船，每艘船头都放着一只花圈。

太阳出来了，老校长慢慢转过身，颤着手从口袋里掏出国旗。同学们见了，都将自己的红领巾系到脖子上，当国旗顺着桅杆徐徐上升时，同学们举起右手齐唱国歌。老校长今天升旗的速度较往日慢了许多，国歌结束了，国旗才上到桅杆的一半高度。老校长停止动作，将自己的双臂停在半空里。过了半晌，老校长又将国旗缓缓降下。同学们不解其意，当看到老校长将国旗覆盖到范老师身上时，他们不约而同地解下自己的红领巾，双手捧着，轻轻地覆盖在范老师身上……

那个白衣白裤的年轻女子，见到如此场景，悲情难抑，跪倒在范舟身边，说："范舟呀，雯雯接你回家来了……"刚说一句，就哽咽得说不下去了。

二十名学生早已哭成了泪人，此刻，他们面向朝阳，齐刷刷地跪了下来，跪在最前面的是江河娃。

尖利的唢呐声骤然响起。唢呐声里，湖面上出现一条通道，教学船一声长鸣，沿着通道缓慢地向前驶去，船过处，湖面上落满了黄色的纸钱……

后　记

我的童年是在农村度过的。

童年记忆最深刻的事是门前的菜园子。菜园子不方不圆，随地赋形，用芦柴围起。那是母亲起早摸黑，利用休息时间建造起来的。有了园子，母亲也就有了用武之地——劳动归来或是下田前，她都要到园子里去，先是翻土，后把泥土敲碎，继而整平，最后撒种，不几日平整的细土上就冒出一层嫩芽，毛茸茸的，看着像汗毛。见到嫩芽，母亲的眼睛变细了，眼角的鱼尾纹也变深了。我发现，只要有空，母亲就会到园子里去。步骤是这样的：母亲先将园门打开，如果身后有鸡，她就挥手把鸡轰开。鸡在园外，眼露贪婪之光，绕着园子转。母亲不放心，把园门关严，才抬脚向园里走。母亲走路很好笑，就像戏台上的演员，把脚高高抬起，脚尖轻轻落下，好像怕吓着谁。细观察，才发现母亲是怕踩到嫩芽。母亲站稳身子，弯下腰，两手便忙碌起来。母亲的手像蜻蜓点水，又像小鸡啄食，不大工夫就拔了一把草。又过几日，嫩芽长成嫩苗。苗厚了，母亲就间，给苗留下生长的空间。再过些日子，嫩苗长高了，叶子也长宽了，认识的人就说，这是青菜，那是萝卜。其实，母亲园子里的品种远不止这些，被青菜、萝卜遮挡住的还有大椒、茄子，还有韭菜和西红柿。旱了母亲挑水浇灌，涝了挖沟排放，蔬菜们在母亲的呵护下叶肥茎粗、苗壮成长。看着绿油油的一园蔬菜，邻居们无不交口称赞。

渐渐地，我家饭桌上的菜多了起来。

吃着母亲种的菜，我们一个个长大，又一个个离开家。

走上工作岗位，我就想像母亲那样也拥有一方园地，工作之余到自己的园地里播种"蔬菜"。

这个愿望后来是实现了。

我的园地里"蔬菜"品种长得较为茂盛的是小说。我像母亲一样起早贪黑，把业余时间全部用在园地里。看到经过自己精心打理的小说在全国的一些刊物上发表，我的心情与母亲当年的心情一样喜悦。喜悦时就把劳作时的艰辛忘得一干二净。

2015 年 5 月 20 日